诗国 新八卷

（总第二十五卷）

《诗国》编辑组 编

图书在版编目（CIP）数据

诗国. 新八卷/《诗国》编辑组编. —北京：
中国书籍出版社，2014.9
ISBN 978-7-5068-4478-9

Ⅰ. ①诗…　Ⅱ. ①诗…　Ⅲ. ①诗集-中国-当代
Ⅳ. ①I227

中国版本图书馆CIP数据核字（2014）第235204号

诗国 . 新八卷

《诗国》编辑组　编

责任编辑　张媛媛　于建平
责任印制　孙马飞　马　芝
封面设计　海马书装
封面题签　鲁迅先生遗墨
出版发行　中国书籍出版社
地　　址　北京市丰台区三路居路97号（邮编：100073）
电　　话　（010）52257143（总编室）　（010）52257140（发行部）
电子邮箱　chinabp@vip.sina.com
经　　销　全国新华书店
印　　刷　廊坊市金虹宇印刷有限公司
开　　本　710毫米×1000毫米　1/16
字　　数　245千字
印　　张　14.5
版　　次　2014年12月第1版　2014年12月第1次印刷
书　　号　ISBN 978-7-5068-4478-9
定　　价　45.00元

卷首诗文

五月京城景物妍，临门双喜拓新天。

小龙定把宏图展，诗国华章万代传。

——郑伟达：《癸巳迎诗国》（2014.7《诗国·新六卷》）

承前启后志教诗国开新纪；

挥旗引领情吐霞彩颂中华。

——周克玉：《孙轶青〈开创诗词新纪元〉》（《心羽飞絮·克玉诗集》）

目录

诗论卷

诗国开卷

王充闾诗作

端木蕻良百年冥诞

太息西风扫碧芜，文星殒落水天孤。
书传芹圃留精品，笔绘科旗展壮图。
立雪情真成梦幻，识荆缘尽对空庐。
九泉应有吟魂在，知我灵前一恸无？

拜谒列夫·托尔斯泰墓园

漫道萧萧墓垅寒，丰碑高矗地天间。
百年风暴安然过，万仞门墙讵可攀。
名重方知千纪短，才雄不觉五洲宽。
尔来冷对邻家事，独拜文宗兴未阑。

北京故宫《太和邀月》活动赋诗（二首）

一

惯道龙廷似战场，静中冷眼阅苍黄。
悲闻霸主烹功狗，愤说佛爷觅罪羊。
露重风高玄鬓冷，钟鸣漏尽黍离伤。
精忠枉自迷青简，回首当抛泪数行。

二

电转蓬飞六百春，太和觞咏忆前尘。
俗将醉眼观醒眼，谁解抽身是爱身！
为蝶为周同属梦，呼牛呼马任由人①。
亦曾桑下经三宿，不为浮名损性真。

注：①呼牛呼马，语出《庄子·天道》，谓毁誉由人，不予计较。

杨仁恺仙逝周年祭

灵光鲁殿渺难留，国宝沉埋岁又周。
学术已然开一代，德行犹自耿千秋。
班荆昔慕扶风帐，遗爱今怀沐雨楼。
此去公应不寂寞，宗师多被夜台收。

“华夏诗词奖”终评纪感

爝火炎晖各有光，骅骝跛耸望孙阳。
凝眉每伴三咨叹，击节频添一瓣香。
创见应融人我见，文场耻作利名场。
疏狂恐有遗珠憾，展卷灯前细品量。

题王向峰《四季咏怀》组诗

畅咏韶华一大观，骚坛沃野簇峰峦。
未登兜率三千界，且托莲华皕四盘。
妙谛苍黄存意象，神思莽荡涌毫端。
谁云诗到唐时尽？放眼新程路正宽！

咏怀庄子

逍遥齐物任天真，见说蒙庄有后身。
呼马呼牛随世态①，无功无己做神人。
千秋帝业今何在？一代天骄早化尘。
唯此布衣贫叟健，摛文体道久传薪。

神华千古仰文宗，士有庄周后世风。
耻做牺牛衣绣锦，不蕲泽雉入雕笼；
自崖返矣君行远，以道观之吾志同。
死而不亡仁者寿，绝尘超轶耸鳌峰。

人间浊世漫苍黄，泽雉牺牛各有方。
散木不材为岂易，破头洒血想蒙庄。
困踬乡园一布衣，垂竿织屦久忘机。
畸人不幸常人幸，齐物何曾见物齐！

咏石榴

烈日烧成一树彤，万花攒动火玲珑。
高怀不与春风近，破腹时看肝胆红。

题《刘声宇画集》

漫漫成功路，悠悠远客情。
高山钦仰止，华夏赏丹青。
对雨浮尘净，拈花妙悟生。
会心三数语，说与解人听。

满江红·德国“格林童话路”之旅

向往格林，童话路，追随未歇。抬望眼，奇观胜境，诗怀浓烈。地母搴裳极乐土，天神弄影澄波月。看等闲现出万花筒，情真切！　赏“红帽”，忆“白雪”，喜羊活，笑狼灭！羡牧鹅少女，百年无缺。悦耳笛声除鼠患，俯身热吻倾心血。漫回眸，公主舞霓裳，芙蓉阙。

题王秀杰《千秋灵鹤》·调寄一剪梅

千古灵禽一大观，化了丁仙，壮了辽天。翩翩雪羽弄晴妍，绿衬葭蒹，红映金滩。　词客流连感万端，净却尘缘，结契诗缘。王家有女志高骞，苦作年年撰此宏编。

金缕曲·贺《粤海风》百期芳诞

文苑纷如许。《粤海风》高张胜帜，刊林独步。装点羊城花照海，拼却百期辛苦，赢得了佳评无数。文化批评经世务，粲珠玑，快意说今古。看试手，拓新路。　神州健笔夸翘楚。畅襟怀，扬清激浊，更无他顾。历雨经风寻常事，守正不移有素，但江阔潮平稳渡。芳信天涯播近远，总关情，爱此青青树。兴国梦，春长驻。

浪淘沙·大帅府感怀

游子殢天涯，惨淡年华。可怜春半不回家。老鹤还巢犹有梦，雨暴风斜。
耆旧暗嗟讶，不见归槎。青楼寥寂噪昏鸦；无主空陵开又闭，谢了林花！

古体诗卷

◇ 星光灿烂

◇ 百家风雅

◇ 容县诗情

星光灿烂

丁　芒

纪念抗日战争胜利

云霞拥处忆烽烟，血洗河山恨八年。
流火飞熛吞虎口，奔雷驭电走龙泉。
砍关小袭霜锋紫，绝路围歼浩气玄。
百万英躯填破国，枪挑落日马头悬！

屯溪青影

屯溪青影绕窗流，一篙春风过画楼。
远近飞峦成浅渚，高低爱眼觅盟鸥。
平桥怀月抒长志，小叶题诗散细愁。
未入黄山先沐雨，万颗香梦滴心头。

咏长城

群山锁起供磨刀，砺我中华剑气豪。
枕畔千年风雨夜，城头十万马萧萧。

秋游敬亭湖

敬亭水泊柳如梳，画艇烟桥远近浮。
纵是秋来风景异，一林鸟语泻成湖。

南歌子·西湖晚泛

山暗疑云坠，水红溶夕晖。垂杨轻拂晚风微，且向波纹乱处看霞飞。

停桨凭风送，听莺着意啼。蓝桥水树暮烟低，不觉霏霏细雨湿人衣。

蔡厚示

贺新郎·访张元干故居感赋

春踏城南路。聚骚朋，吟诗作赋，月洲佳处。凭吊仲宗桑梓地，爱国群怀深注。斥日寇凶横今古！钓岛风云长属我，肯跳梁小丑猖狂舞？当执戟，卫吾土。　昔年流浪西江浒。遇机枪，纵横扫射，藏身荒墓。七十春秋宁虚度？誓报家仇国侮[①]！圆美梦，全心奔赴。放眼神州风雷怒。要惩贪反腐除硕鼠！矗大纛，擂金鼓！

注：①抗战期间，吾家先后遭日寇轰炸、烧掠，屋舍被毁大半。亲友遇害者凡六人。

甲午迎春

声声腊鼓唤迎春，我是东闽快活人。
反腐惩贪功出色，吟诗唱曲韵怡神。
群贤兴会多朋好，双柳心仪尽性真。
圆梦九州遵宪法，儒林游艺复依仁[①]。

注：①《论语·述而》：“子曰：‘志于道，据于德。依于仁，游于艺。’”

晨起口占

底事伤心梦影重？秋风过后复春风。
莫愁湖畔新杨绿，依旧烟蒙夕照红。

读魏键先生《大鼓山·涌泉寺》后感赋

魏生书重鼓山情，往事云烟塔寺横。
铁树花开千古恨，人间恩爱总难凭。

五访昆明谒文勋大师兄

暑退金风爽，黎明寒意生。
山因林转绿，水就势纵横。
我系东闽客，心牵北大情。
刘郎今五度，一笑彩云平。

玉溪毕主任赐宴，赋谢

席上佳肴色色鲜，滇中物美岂虚传？
湖鱼最是清秋好，愿结刘郎再度缘。

减字木兰花

交游天下，乐友寰区诗与画。满眼崎岖，心底红霞雪月俱。三千弱水，但饮深盅知所以。难得糊涂，净几明窗漫读书。

女冠子·怀内

四月十七，已是睽违多日。惹相思。鹃火明郊野，蛙声满沼池。不知路途远，徒有梦相随。来去潇湘水，笑人痴。

欧阳鹤

马年迎春曲

一

漫云生肖总轮回，大好韶光去不归。
休守因循弹老调，应谋改革立新规。
年年不变终须变，事事难为定可为。
一曲高歌中国梦，嘶风万里马如飞。

二

野鹤闲云耄耋身，诗书又伴一年春。
未曾心事如蛇曲，却许襟期共马奔。
盛世重开长寄望，沉霾尽扫总牵魂。
国家有幸民方幸，梦到中兴唱入云。

中华文明最具影响力的精要汉字

一　福

一字迎春倒挂门，人间总盼梦成真。
须知好运非祈得，善事勤修福自临。

二　禄

邑有流亡愧俸钱，前贤箴语至今传。

为官当世须深省，受禄无功应赧然。

三　寿

淡定从容心态平，养生科学是明灯。
国增祥瑞人增寿，岁到期颐步未停。

四　喜

一己悲欢未足论，先忧后乐系生民。
国迎盛世人迎福，春满神州喜满心。

五　公

公可生明廉可威，无私无畏自崔嵬。
官除贪腐民除忿，高唱和谐上翠微。

六　正

邪风陋俗漫侵淫，何处神州觅正音。
但愿天公施化雨，清污涤垢宇寰新。

七　祥

争衅人间未有停，追名逐利总营营。
良医济世方何在？心态祥和万事宁。

八　诚

伪骗欺瞒乱假真，中华美德荡无存。
市场经济呼诚信，去尽泥沙水自纯。

九　智

智愚未必是天裁，知识原从实践来。
厚积潜修勤补拙，梅花骄在斗寒开。

十　富

富贵人间总梦求，锦衣玉食也风流。
行仁立德须牢记，过眼浮云善自筹。

星　汉

罗浮山下四时春（八首）

癸巳秋登罗浮山

登高四望看清雄，岂为荔枝一点红。
碧野披襟长荡荡，苍天舒眼总空空。
东江人物秋风外，南粤山河夕日中。
不见髯苏吾不恨，情怀相继自无穷。

游惠州西湖

天山东指我登途，访过朝云又拜苏。
大圣塔前千树暗，六如亭外一坟孤。
飞霞霜鸟争高下，落日清波似有无。
再贬先生海南去，人间从此重西湖。

癸巳秋西湖与坡仙塑像合影作

朝阳已满惠州城，秋色平湖两湛清。
睡醒东坡旧居士，招来西域老狂生。
百年岁月千年恨，有限诗词无限情。
一入相机成醉侣，胸襟也敢与君争。

过朝云墓

芳魂长伴一山孤，西去眉州怯远途。
倘是坡仙回首望，相思依旧满西湖。

虎门销烟池怀林则徐

收拾一池除祸根，脊梁高耸并昆仑。
龙旗飞影翻龙穴，虎旅传声荡虎门。
宿抱但能怀赤子，征鞭何惧到乌孙。
今朝且看珠江口，战舰千艘慰旅魂。

登虎门威远炮台

无悔当年热血倾，秋风毅魄落天声。
珠江犹作英雄恨，到海滔滔泄不平。

癸巳秋参观黄埔军校感赋

我带西风入此门，珠江无语送斜曛。
星辰日月磨心略，南北东西树战勋。
终使红旗多死士，若非白骨即将军。
而今毅魄归何处，岂忍封疆两岸分。

东征阵亡烈士墓

战骨秋风墓草肥，东江犹送旧声威。
官兵毕竟皆拼死，不问今朝是与非。

岳如萱

芦山抗震救灾[1]

千军万马会芦山，四面八方送物援。
赤子心中恩欲报，阎王手里命夺还。
江山有幸开新纪，黎庶无辜破笑颜。
世上百花一览后，神州特色最鲜妍。

注：①2013 年 4 月 20 日 8 时零 2 分，四川省雅安市芦山县发生里氏 7.0 级地震，造成人员、财产重大损失。截至 4 月 23 日，地震中共遇难 193 人，失踪 25 人，受伤 12211 人。在党中央、国务院的坚强领导下，全国人民共赴国难。

乘京沪高铁从北京到南京[1]

风驰电掣雾中飞，千里京宁一日回。
华夏已经超速度，哈腰君子要追随。

注：①2013 年 12 月 12 日，作者带着基金会秘书处同志，赴苏、沪、浙考察调研，乘京沪高铁从北京到南京。

高台红军西路军纪念馆观后[1]

已揽重霄月，红花遍地开。
可知悲壮士，碧血洒高台。

注：①中国工农红军西路军纪念馆，位于有“塞上江南、北凉古都”之称的高台县，前身为高台烈士陵园，始建于 1953 年，现占地面积 260 亩。园内掩埋着转战河西、血战高台而壮烈牺牲的红五军军长董振堂、政治部主任杨克明等 3000 多名红西路军革命烈士的忠骨。

蔡世平

南歌子·粗茶淡饭

花满朝阳树，红稀落月坡。秋风冷上瘦枝荷。赢得一枚烂漫，又如何？

欲重乾坤窄，愁轻岁月多。能高能矮是山河。最是粗茶淡饭，伏心魔。

浣溪沙·老屋

二〇一三年十一月七日走进潮州古街老屋。

怯步前堂后灶房，总疑迎笑客家娘，小心踏碎旧时光。

墙角草花红朵瘦，雕窗蛛网绿丝凉。久凝天井老残阳。

浣溪沙·梦回锡福围

（六首）

一

蹈浪腾波锡福围，京华梦里几回回，天涯游子踏秋归。

远见渔翁招手笑，趋前童女拽衣随，篱笆墙院敞门扉。

二

进了桃家进杏家，家家柴火煮烟霞，鲜鱼甜酒老姜茶。

兄道人勤仓谷满，婶言地熟好栽麻，顽儿活泼数新瓜。

三

古柳牌楼老戏台，益阳花鼓鼓声催，人人争道俏姑来。

台上佳人才子配，台前杏眼对桃腮，乡村戏事费人猜。

四

登上苇滩一处高，坟头红朵血难消，几家和梦卷波涛。

旧魄犹巡堤脚去，新魂似道筑基牢，如何燕子怕归巢？

五

赣水湘江一梦牵，祖先行迹总茫然，风波万里洞庭船。

无奈桑田成泽国，但留老泪种新鲜，繁花又发向阳园。

六

揭去烟波片片皮，残砖断瓦贝螺栖，故园风物尚依稀。

牛岭坡头蒿草静，瓷场湖面雁云飞，黄泥熟土暖乡思。

赵焱森

观长沙铜官古窑

名与青山共，中华一古窑。
品精凭智慧，艺巧出辛劳。
功益民生大，誉随诗圣骄。
千秋遗址在，伫看识丰标。

长沙岳麓区“中国好人”廖月娥

岳麓民风好，廖娱尤可亲。
古稀勤渡日，随处乐帮人。
料理千般善，关情百念真。
赡孤三十载，点滴见精神。

重游华容古道

烈日如同野火燎，登山问古气萧萧。
林深多有藤萝绕，石老潜藏世事遥。

赤壁兵残临猺道，青龙义勇忆前朝。
英雄铁面如关羽，也顾高情释放曹。

攸县酒仙湖中攸女峰

攸女清江泰自游，群峰如洗望中收。
仙湖煮酒迎宾饮，共享天然醉不休。

郑邦利

白马湖秋夜

白马知何去，今留刀顷波。
纵眸餐夜色，挥桨逐银河。
风送清芬气，人讴婉转歌。
举杯邀客饮，天际觅嫦娥。

海边行

踏歌惊引鸟争鸣，欲向清波洒激情。
鞋袜稍沾泥土湿，衣衫尽染密林青。
行将天暮归舟急，待得云开见月明。
一洗汗尘胸次快，阵风抖乱满天星。

雨中观海

烟笼海面滚雷喧，景色朦胧失丽颜。
暴雨狂侵椰树挺，大潮猛扑石头坚。
无风却起千层浪，逆水能行万里船。
自有艄公操稳舵，冲开迷境见晴天。

亲　海

银浪腾空摩旭日，大潮长吼唤同俦。
沙滩雪白倾童妪，海水澄蓝钓燕鸥。
天高方显沧波渺，襟阔尤欣暴雨稠。
尽管风云多变幻，狂涛万里荡扁舟。

海口东海岸春晨

大海扬波迎远客，前呼后应滚雷鸣。
气凝珠露摇青草，风送浮云逐铁鹰。
轮笛吹残千古梦，胸襟涌满万般情。
镜头瞄准频留影，好让家人细品评。

张嘉光

安宁风物十咏（选九）

长桥日落

日落长河浪烁金，彩虹一道卧波心。
凭栏亲密依情侣，归渚嘤鸣栖野禽。
南北桥头花馥郁，东西岸畔树笼阴。
苍茫暮色迷幽幻，仙境何须别处寻。

登青海日月山怀文成公主

公主当年行路难，翠旌车骑逐尘烟。
秦云陇树迷望眼，草地高崖响牧鞭。
从此长安成远忆，须凭梦寐入乡关。
菱花掷处双峰屹，汉藏同歌日月山。

咏天骥

独往独来无绊羁，奋蹄便见万山移。
跑沙跑雪巡边塞，嘶雨嘶风忆鼓鼙。
岂肯无为枥头老，不因闲散鬣鬃垂。
得逢伯乐称心意，瘦骨千金货所宜。

阆苑珍稀

葳蕤一片北山陲，绿绕崇楼入翠微。
培育珍奇新品种，网罗稀有旧芳菲。
花开四季无闲暇，黛染乾坤布瑞祺。
阆苑不须天上有，施家苗圃复奚疑。

桃园歌乐

仁寿山前桃万树，春来灼灼吐芳菲。
游人浪漫寻幽境，东道殷勤荐酒杯。
白叟黄童花下坐，俊男靓女树间追。
笙歌喧闹无休歇，日落西山不欲归。

天府沙宫

谁挥巨斧辟沙宫，风雨侵凌势更雄。
恐是龙王曾驻跸，几疑仙阙有遗踪。
清晨野雀鸣岩隙，薄暮蛩虫闹草丛。
神秘幽玄谁解得，无言搔首问苍穹。

仁寿霞阁

仁寿山头绕彩霞，沟沟壑壑掩轻纱。
梨花飘雪凝香气，松树入云栖野鸦。
王母瑶台移此处，麻姑献寿富千家。
风摇树杪鸣天籁，漫袅檀烟响玉珈。

踏莎行·春游南湖公园

梨面含娇，桃腮露俏，妖娆枝上群蜂闹。新荷水面小如钱，迎风细柳千丝袅。　　树下斟茶，池边垂钓，休闲共趁春光好。幼童蹑足入芳丛，蝶儿飞去开怀笑。

踏莎行·香港回归三首（选二）

百岁沧桑，千家睽隔，凄风苦雨寒霜厉。直前勇往抗蛮夷，香江常为英雄泣。　　睿智惊天，长虹贯日。一言九鼎神威立。收回失地逐英伦，苍鹰腾起张强翼。

香港回归，炎黄耻雪。中华欢庆千秋节。神州处处沐春光，英伦一夜风折。

每忆当年，空嗟离别。国穷无奈金瓯缺。而今华夏震瀛寰，鲲鹏展翅云天阔。

念奴娇·黄果树瀑布

（二首选一）

晴空万里，响惊雷、声振峻岭深谷。错愕移时方意会，已近黔州奇瀑。遥望前川，云腾雾起，隐现霓虹簇。若真若幻，只疑中拥仙屋。　　俄见倒海翻江，横空狂泻，坠练相连续。雪涌冰涛东去急，騄駬万千追逐。伫立崖头，风生衣袂，为我驱尘俗。如痴如醉，非干酣饮醽醁。

怀旧四绝句

此景重看鬓已皤，风尘卅载耐消磨。
梦携诗卷南天去，谁助南天得句多。

未曾吟醉作诗癫，底事萧然欲染笺。
自是流云催雨急，今宵扰扰不成眠。

谁诉离愁过短亭，一溪醉月几疏星。
分明着意来相顾，恰是三更梦乍醒。

莫笑生涯若转蓬，经年诗事又春风。
谁知一滴相思泪，照见江花过雨红。

重阳寄舍弟

重九匆匆至，霜风卷客忧。
半天黄叶落，一榻白云浮。
月色依西岭，泉声挂北楼。
清吟逢独夜，且莫赋闲愁。

邹积慧

哈尔滨行吟（十首选八）

龙　塔

立地擎天入碧霄，夜旋霓彩向人骄。
风云变幻荧屏里，波段调来四海潮。

松花江

大江迤逦钓流云，一路喧嚣万马奔。
掠岸惊涛犹卷雪，铜琶铁板唱雄浑。

太阳岛

青螺小岛偎江边，旖旎风光映碧澜。
最是太阳居此地，日升日落总情牵。

斯大林公园

旖旎澄江一镜平，微云几抹晚霞明。
笑声洒满园林路，漾起一江欢乐情。

中央大街

石街古朴对雕檐，灰瓦青砖逾百年。
老店而今春不老，只缘诚信做家传。

哈夏音乐会

群星荟萃气拿云，旖旎歌声动水滨。
齐奏腾飞交响曲，峥嵘万木正逢春。

会展中心

俊彩飞扬耸一雄，气吞云梦抱天风。
龙江崛起蒸蒸日，无限商机展会中。

万达文旅城

溢彩流光万媚生，人间仙境鬼神惊。
倚天挥洒凌云笔，敢写神州第一城。

吕子房

车行古道

车行夜色濛，颠簸莫寻踪。

雁过三更雨，轮驰十里风。
林深岩谷险，坡陡石关雄。
古道迷陈雾，何时到蜀中。

暮雨有约

暮雨阴云压小溪，几行归雁叫声凄。
桥头不见伊人影，望尽山湾暗断堤。

冷雨

冷雨沾衣湿透心，脚边小草泪淋淋。
落花踏碎泥泞路，漠野苍凉步步深。

醋相思·盼

一棹天涯千万里。帆影远，家山系。
盼飘渺蜃楼浮海市。车马动，亭台起；
电闪过，乌云起。　暴雨狂风掀大地。
金剑断，诗书坠。叹星月光环珠玉碎。
多少梦，沉江底；多少恨，埋心底。

[正宫]醉太平

探宇

星星闪闪，夜夜年年。月宫何处有婵娟？华光散乱。轻纱彩袖芙蓉面。瑶池舞动金波灿。攀云踏雾上飞船。探奇梦幻。

风筝

风筝上下，搅弄云霞。凌空展翅境无涯。潇潇洒洒。寻星问月银河跨，追情觅梦云帆褂。忽然线断坠悬崖，粉身碎架。

[中吕]醉春风

寻春

穿绿去寻春，踏红来揽景。林间几步鸟惊啼，听、听、听。几处春潮，几临仙境，几番春咏。

醉春风

笑靥醉春风，岩泉飞月洞。晶帘珠玉泻天池，涌，涌，涌。一洗沙尘，一坡红雨，一林春梦。

忆春梦

红绣好花天，梦回青石涧。渔舟又见武陵人，唤，唤，唤。野谷回声，落英敲脸，路迷溪远。

罗庆芳

锦屏彦洞侗族歌节写意

峡幽谷地木森森，翠竹环山起伏青。
流水花桥生态美，好听溪旁流水声。
鳞次相依屋宇静，弯曲清流绕寨行。
进村先饮拦路酒，银佩村姑喜相迎。

欢快唢呐吹热闹，古装侗戏舞芦笙。
寨门开放人头拥，悬响接连鞭炮声。
万里蓝空添乐趣，欢天喜地侗家兴。
顽童场坝闻声笑，乱转天真眼有神。
男女侗家随起舞，项圈头饰闪缤纷。
中场舞到动人处，信物穿梭男女情。
小伙结得腰带系，花桥相约定终身。
歌场对唱才华展，互递眼神欣慕疼。
男女倾心寻侣伴，高枝喜鹊笑盈盈。
年年侗舞舞佳趣，岁岁对歌定终生。
古朴侗家风俗在，不枉悦目此番行。

“酒力”歌

——看《官场饮酒史》有感

你说稀奇不稀奇，酒力也成生产力。接待勾兑成“公务”，一年四季不言疲。喝酒精英显神通，忘乎所以创奇迹。乘着酒兴儿，把那要求提。递上报告请审批，但见点头手签字。成就一番大事业，开启一桌笑脸皮。会喝酒，酒量大，办起事来真容易。几杯上好酒，赚得一大笔。酒力果然成了生产力。

工作终究还第一，中午禁止摆酒席，只那招商可破例。为了筑巢引凤筹集资金下活棋，一桌酒喝它十几万，有谁会吝惜！因人而异，因地制宜，变着花样表诚意。能喝会说谁不要，酒力再现生产力。

借酒攻关是目的，酒过三巡人自喜，攀亲搭故认兄弟，酒宴成功解“问题”。难怪有人敢拍胸口说：“酒力就是生产力。”

董石宝

夏　日

睡起骄阳懒散风，窗前花似去年红。
可怜檐角蜘蛛网，不网青春只网虫。

麦振国

登偕阳楼

巍峨富丽耸云霄，携侣登临染翰豪。
足下翻腾洋浦浪，心中牵系海疆潮。
蓝天咫尺摘星月，古郡千秋击壤谣。
四面湖山多梦幻，看山未许赞山高。

读白玉蟾诗写怀

羸牛卸驾感衰微，未愧风云点化时。
世事纷纭曾缩手，杏坛吐哺铸良知。
盈虚有数销余论，恩怨无嗔咏好诗。
郭外鹧鸪啼不止，鹤猿何意独声悲？

棋子湾

天仙曾对弈，遗迹最神奇。
万子昭湾彩，千涛拍岸矶。

观潮评涨落，搏局论高低。
疆外尘氛起，安危一着棋。

刘宜群

九仙殿赋感

喧传灵迹在斯山，吉日奉香潮涌般。
云雾人生原是梦，何须祈梦礼仙坛？

福建师院中文系毕业五十周年聚会赋感

重逢翁媪意何亲，一别长安慨五旬。
赤帜钢花初握夜，青灯古卷共磋春。
勤滋兰蕙甘尝胆，横斫芳华痛劫尘。
此聚休伤衰朽甚，满园红紫长精神。

追念母亲

慈颜入梦总依然，永隔幽明卅五年。
抚育甘承一生瘁，操持何止半边天？
柏庐古训传勤俭，孟母严规化策鞭。
未报春晖常抱愧，亲难我待孝应先！

重要更正

一、《诗国·新五卷》第 13 页顾浩诗《八韵诗十首》，应列入“新古体诗卷”内。

二、《诗国·新六卷》顾问顾浩，错成“顾洁”。

三、《诗国·新六卷》第 41 页《题松滋滨江花园》诗，作者是唐传义，不是黄培锦。

四、《诗国·新六卷》第 59 页《和顾浩〈高情薄天·游绍兴沈氏园〉》以下五首诗，作者是王同书，漏掉。

这是编者、校对疏忽造成的差错，特向有关作者和广大读者致歉！

《诗国》编辑组

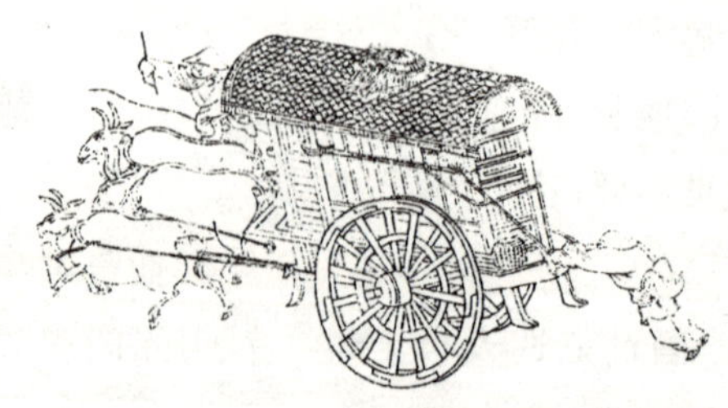

郑伟达

思念家乡白岩山

初冬仍旧果茶香，四季如春沐艳阳。
秀水灵山娇胜画，顽童老者健如郎。
早年种地研医术，而后悬壶处妙方。
创业京城双十载，常思滴水报家乡。

癸巳祝岁

祥龙隐退金蛇舞，瑞雪飘飞百福臻。
敢信来年花更好，为君先寄一枝春。

癸巳元宵有寄

元夜花灯照影斜，金蛇携福入君家。
小诗且当屠苏酒，遥祝安康享岁华。

瞻云寄兴

轻云摇曳自西东，转瞬翻腾塞两空。
不作倾盆伤万类，唯祈润物济贫穷。

贺小女郑东京以优异成绩考取北京中医药大学

录取佳音遍九垓，举家欢庆笑颜开。
寒窗历练磨针棒，妙笔频挥报早梅。
研习中医担重任，传承国学展雄才。
前程锦绣宜谦谨，奋力前行再夺魁。

赵金光

广元行

为避尘霾劫，飞车入利州。
肺从香叶洗，心共碧波悠。
林下三千步，水边四五钩。
茶前乡友聚，一笑扫眉愁。

与兆明、正国、芯涛等乐山金鹰山庄万荷塘赏荷

重重荷叶一池铺，小雨跳珠入画图。
谁着红衣含笑舞，清风摇曳冷香株。

夏日天曌山中

山中无酷暑，沟壑竞清凉。
高木辞炎气，流泉泻冷芳。
天风时带雨，月影自添霜。
晨步松涛里，吟声过数冈。

V　青

蒙谊颂

内蒙山河育国英，秦皇宝地寄乡情。

搏击尘世相携手，酒瀑长城映彩虹。

解贞玲

〔正宫〕白鹤子·葡萄苑抒情

婆娑荫满架，藤蔓挂珠圆，如此画中天，好一个葡萄苑。

〔幺〕夜光融美酒，流韵自天然。提笔蘸云烟，小曲儿溢满仙人砚。

〔双调〕水仙子·扇子舞

丝绸龙骨花穗儿飘，扑蝶身轻雅兴儿高。大秧歌队里英姿儿俏，人娇情更娇，兴高采烈更窈窕。柔身任性儿，轻轻地跳，生怕扭伤了舞伴儿腰。

马涛善

贪官提前出狱之礼遇

报载：前山西省委副书记侯伍杰，因贪污受贿被判刑11年，服刑7年即出狱……

列队欢迎狱院前，“感恩”回报忆当年。
“荣归故里”昂昂笑，胜似“英雄”作凯旋。

公车私用

《人民日报》记者春节期间暗访山西多地，公车赴宴现象确有收敛，但不少军警车辆仍有违规私用现象。

回顾年年吃喝风，公车闯荡虎狼凶。
至今军警少收敛，权仗特殊标识通。

财色双贪团

报载：强奸女下属揭出窝案，广东虎门交通局长黄平等九名官员一并落马。

色狼贪暴结成团，双料一窝禽兽官。
吏治燃眉当务急，虎蚊同打灭方欢。

穷与富

报载：贵阳警方破获特大赌博案，现场有大量现金。涉赌人员中不少拆迁“富”。

家财方阵中，倾刻即输空。
依仗拆迁富，却因牌赌穷。

李葆国

边城军号

每伴朝霞浣晓星，牵衣门启一天程，
和风轻抚小儿梦，尽报平安是此声。

钓鱼岛

东瀛旧事未曾消，浊浪偏从伤口浇。

海石无言长饮恨，台澎饱蘸好磨刀。

过洪泽湖怀陈老总

高家郾上柳烟轻，漫抚星云波不惊。
风雨当年洪泽渡，绕碑犹有马蹄声。

过扬州谒史公祠

秋到梅花岭，疏枝抱石空。
花迟无弱骨，寒重有孤忠。
一束英雄气，几番烟雨浓。
风抟劫后血，尤点广陵红。

甲午刘公岛感怀

耻从孤岛忆烟尘，浊浪偏浇旧痛新。
靖犯岂单交口舌，制夷未必到经纶。
乾坤在握凭一剑，冷暖于心关万民。
海上无时不风雨，阴晴由律亦由人。

咏黄崖关巾帼楼

蓟县黄崖关有明朝 12 将士遗孀用抚恤金捐筑之敌楼，它日夜守候在长城之上，令人望而生叹。

忠魂义化惠云生，巾帼黄崖有令名。
忍听哀鸿唳乡路，甘将遗愿铸连营。
牵衣笛暖城头月，枕戈霜寒铎上更。
画里山川梦中泪，一阶一石总关情。

美术馆参观邓拓捐书画珍宝展有感

琼林寂寂殿堂宽，名画名人两不喧。
惊世长轴足倾国，归流大化可知难？
每临社稷唤推手，便有书生挽巨澜。
多少乾坤扭转事，一人一举一时间。

依韵和沈鹏老《吊瓶输液》

莫言贪卷属轻狂，张旭毫端有主张。
六合犀神堪达古，三山灵气自充肠。
纤尘拂去诗花隽，菊韵拈来墨迹香。
多少春秋未了事，都从点滴液中量。

谒隋炀帝陵

十年功业自煌煌，铁马西风万里疆。
剑指夏辽安塞月，鞭疏茶帛抚夷商。
工程自古轻徭役，故事从来费品量。
千载一干漕运梦，桨声日夜抱雷塘。

河西走廊过明长城

清笳吹影近斜阳，雁点黄沙梦几行。
云抚晴峦抟白雪，雨疏铁面到边墙。

乡心不碎别时冷，关牒每闻通后香。
霜月西风汉唐道，驼铃一步一铿锵。

秋访墩阳古城

抱璞之风久不存，小城故事费寻斟。
孤门犹望三关气，残壁何禁四面尘。
自古欺天难立命，从来破旧可标新。
新居罗列旧垣上，毁邑原为守邑人。

为六六届初三同学会题照

辛卯春节返里，见同班师生元旦合影，20人中有数人已不识，不胜感慨遂成此律。

一纸沧桑感慨真，秋霜难掩鬓边云。
呼来同学方惊老，寻遍全班不识君。
风雨未思谁误我，悲欢却道己耽人。
相看休说辛酸事，杯酒浇开满目春。

飞越天山

边月漫从云里看，东风一笛到天山。
雪峰远哺坎儿井，驼影长扶戈壁滩。
大漠无垠心可渡，人间有梦路非难。
千秋风雨诗兼画，都在英雄剑上弹。

谒锡伯族西迁纪念馆

百代无忘使命先，每衔赞誉说西迁。
刀从野菜和霜煮，马背干馕带雪餐。
成国未思家万里，居功不负史千年。
天山驻马边无事，弓上仍留一箭悬。

秋登箭扣关长城（二首）

势挽星河一箭横，碟楼耸处白云生。
关残犹可惊隼翅，峰险当无借赤绳。
新月晴从秦塞曲，霜枝紫向帝乡倾。
九回何计肝肠断，石上苍阶衔落英。

青山无意写苍凉，紫塞西风雁一行。
石破得从斜径出，墙颓谁记旧时伤。
生悲莫过霜重染，欲固还凭身自强。
烽堞未忘兵铁冷，大书缱绻九回肠。

姜公醉

鲁迅先生百年华诞

药膏贴处垒新坟，走肉犹存解剖痕。
呐喊莽原生野草，正传故事记狂人。
诤言刻骨开天缝，匕首投枪止国沦。
独步骚坛成巨匠，丰碑饮誉载诗文。

谒乾陵感赋

阴盛阳衰始则天，横空日月曌江山。
情偷母后旋登位，命搭王朝换合欢。
女帝风流翻铁腕，男妃倜傥沐猴冠。
千秋功罪谁评说？无字丰碑在舌端。

屈子问天

行吟屈子志难酬，屹立江天望眼收。

任是忠臣怀故国，终由霸主统神州。
长堤合纵虽千里，巨浪连横胜一筹。
政治悲歌名浩世，诗魂不朽铸春秋。

齐天乐·弹指八年

梦吞华夏东瀛客，山河一枪惊破。日出倾巢，瞒天过海，民族横飞灾祸。休生怯懦，纵尸骨填江，逆流操舵。拭泪挥戈，扫除倭寇救亡国。　金鸡偏唱暮霭，看村姑竞艳，毛驴拉磨。牧笛横吹，肥猪倒挂，相庆狂欢忘我。举觞醉卧，忆兵燹连年，几多存殁。敌溃中原，战刀缠玉帛。

宋彩霞

最高楼·学习习近平同志《念奴娇》感赋

雄文出，标格惊天外。造福苍生巡九塞。询贫问苦南街巷，简从深学亲和态。渔船上、焦桐畔、风霜耐。　一阕念奴娇耀彩。细照笃行[①]增警迈[②]。掌权当把灵魂晒。阳春有脚行无碍[③]。满天明月当同载。驾灵鳌、携新绿、潮澎湃[④]。

注：①“深学、细照、笃行”，党的群众路线教育术语。　②警迈，出自陆游“多警迈之思”。　③阳春有脚，施行德政颂词。　④灵鳌，海上巨龟。

满江红·学习焦裕禄

穿越时空，四十载、流芳中国。风雨际、用超群才气，治荒阡陌。冒雨堵烟身似铁，飞流探险人如石。是平生、卓卓起焦桐，长相忆。　英魂在，丰碑立。高天阔，鹏生翼。有锦茵明月，好生之德。鸿雁已传涓滴绿，翠林犹有梅花白。遂平生、炯炯惜民心，山河碧。

何　鹤

春到塞北

塞外群山塞外风，一行归雁影朦胧。
梨花初醒千枝雪，小草狂欢万仞葱。
折就奇香藏笔底，携回野趣晾心中。
聊将游兴铺床下，敢让芬芳梦里红。

家乡即景

牛车款款小村还，鞭打枝头月一弯。
满载春天希望走，夫妻灯下卸丰年。

树　墙

知君本是栋梁材，可叹原非当树栽。
置在街前添一景，出头自有剪刀来。

秋 景

风叶冷飕飕，村姑汗水流。
挥镰割月色，放倒北山秋。

西江月·黄崖关看长城

古道山魂铺就，青砖历史烧成。凌云蓟北舞龙腾，盘在黄崖极顶。台角埋藏烽火，楼头悬挂松声。金戈铁马总无凭，都作烟花梦境。

鹧鸪天·房东宠物狗

户口由来在北京，狼头狐尾有芳名。花衣新款迷街市，美味三餐忧体形。

宠物馆，减肥厅。亲亲宝贝让人疼。打工仔又归来晚，迎面飞来怒吼声。

袁修钧

访孙中山故居

钟灵毓秀出孙文，矢志兴华四海奔。
倡立三民垂史册，谋求一统照丹心。
宏文九鼎炎黄骨，遗嘱千秋赤县魂。
两岸何时相聚首，举觞邀月慰先人！

旅荆州

莽莽神疆造化殊，风磨雨砺出明珠。
三分天下三方策，一座名城一部书。
数百年间王未已，几朝帝业影全无。
编钟雅乐歌新宇，古墓奇珍耀故都。
屈子诗魂千载颂，袁郎文采九州舒。
荆江虹卧车流疾，楚地春回锦绣铺。
黄鹤东翔鸣翠岭，瑶姬西舞浴平湖。
茫茫沧海从头看，岁月悠悠展画图。

郑玉伟

天 平

莫道清来莫道明，世间万物像天平。
一星半点都计较，谁多给就向谁倾。

气 球

大腹便便少武文，被人吹捧上青云。
可怜一阵狂飙落，枝头仅见破皮存。

刘周晰

参观横店影视城

朗朗乾坤日，竟然抓壮丁！
香江翻岁月，嬴政秀宫廷。
但见风烟滚，鲜闻禾菽青。
孤城时易帜，大象化无形。

苏堤顾盼

鸟啼葛岭树高低，钟振南屏望眼迷。

几处故居临水隐，谁家新厦与天齐。
一曲萦回迎旭日，百花烂漫护春泥。
脚下匆匆多少步，今官可识白沙堤？

姜 彬

偕友回沼山

沼岭同游数度春，梅花雪后更精神。
千关放胆无双汉，一路倾心有几人。
小憩茶园诗味品，高攀竹海锦云亲。
风光最爱家山好，生态蓝图日日新。

春雪即句（三首选一）

一窗腊象胜琼葩，剔透玲珑舞柳斜。
今日妆成新款式，路人头插白兰花。

小女冰清于归感作

红烛流辉绚紫瑶，堂前诲女话通宵。
永持霜后松梅格，不羡江东大小乔。
闲读诗书知地厚，勤操家务莫心焦。
出闺万事皆宜慎，如画新程细细描。

除夕儿孙同乐

抢贴窗花与对联，亦歌亦舞笑翻天。
老夫也助儿孙兴，教唱唐诗过大年。

楹联数副

赐福楼

一城灯火连川月；万顷湖光上福楼。

古城木屋

古韵长吟诗外屋；木阳高照画中城。

福星文化长廊

种福求贤先立雪；摘星攀月自成龙。

题琴园·曲折连廊

诗韵有廊皆曲折；琴声无日不悠扬。

题琴园·创作间

窗透湖光书枕月；笔飞琴韵墨生烟。

毕太勋

参观鑫东生态园

朝霞伴我到鑫东，苍翠盈园一望中。
块块菜田青郁郁，间间猪圈闹哄哄。
肥鲜瓜豆争棚架，戏水鱼虾耍钓翁。
抓把春风催绿梦，摇篮新卉映天红。

王崇庆

吊明末爱国英雄袁崇焕

肯把须眉负此生，忧民雪耻作干城。

辽东百战气吞虏，关外孤军甲挂冰。
已许身家酬社稷，安知忠烈死朝廷。
大明自毁擎天柱，鸦噪煤山是后程。

满江红·谒东莞袁崇焕纪念园

凛凛英灵，仍旧是，当年颜色。依稀听，鼓笳隐隐，马蹄嘚嘚。践别亭堆儿女泪，督师祠望辽东月。涟漪起，堤柳舞春风，花千叠。　勤王事，臣力竭；亲抗虏，孤忠烈。叹庙堂高冢，几人同列。积毁宁销天地气？酷刑怎灭英雄血？千万年，不死比干心，光华烨。

沁园春·游武汉东湖花灯会

夜幕东湖，暗香浮动，璀璨花灯。望鳌山鱼跃，金龙对仗；锦屏花簇，丹凤争鸣。火树流光，星桥飞雨，闪灼晶莹众马腾。艨艟战，看火烧赤壁，栩栩如生。　踏歌人海层层，听细语欢浓醉意增。叹梨园不夜，依依梦幻；纱笼万盏，脉脉多情。月色如银，梅花似雪，画舫披虹掠水轻。心潮涌，取玉箫三尺，吹绿春声。

桂枝香·东湖梅园探梅

冰清玉洁，似西子晚妆，寿阳双靥。十万琼枝，灿烂云霞光烨。春心喜与花争发，看东风，戏嬉摇曳。满园春乱，这边红雨，那边飞雪。　谁在唱？放翁词阕。念鹤子梅妻，靖和风骨。碧水粼粼，偏映绿梅奇绝。三千屐印春泥软，一分香，一分愉悦。荡湖幽馥，堆身花影，可人冰月。

周拥军

甲午春节回乡抒怀

心随山水入云湖，胸次江天吞楚吴。
野远不闻帘外事，贫闲还读壁中书。
多年心志经淫雨，千古文章泣大夫。
待到冥鸿双翅起，横飞九万是鹏图。

江城子·世界汉诗协会十周年有寄

十年辛苦不寻常。客京坊，又潇湘。南北萍飘，青鬓付流光。万里云鸿平翅起，犹似我，越重冈。　天涯沦落路茫茫。役风霜，入诗囊。且把沧桑，酝酿大文章。冬去春来颜色改，从未变，少年狂。

梦帕客栈赋（并序）

武陵北麓，青岩腹地，层峦叠障，幽深不知几重。入山三五里，唯松风阵阵，鸟语窃窃，俨然隔世者矣。寻曲径而上，山重水复，忽见屋舍错落，桑田井然，客迷，不知出焉。询于刍荛，应曰："此天池村也，客所何往？"客乃拱手求之，曰："此处闲云堆瀑，怪石嶙峋，缥缈虚无，宛如仙境。吾等不忍别去，寻思盘桓几日，不知可有宿处？"回曰："此间不远，有一客栈，名曰梦帕，客可前往！"客疑，问曰："梦帕何物？前所未闻，何以得名？"应曰："村有女，容有瑕。嫁时以帕掩面，遂入梦，与神女换以头颅。至婆家，揭帕而视之，惊为天人。"客惊，曰："何至于此？"回曰："梦帕寄意，大略如此。宿此客栈，何若与神女会之，客有意乎？"客闻，喜形于色，神往之至。老者掩笑，飘然而去，瞬息不知所终。恍惚之间，半空落一白绢，客拾视之，上书曰："天地大美，垂手得之，大好风光，切莫辜负。"客遵循而至，见有厢房，扣门而入。青瓦白墙，古朴而不失新尚；小窗绿竹，清幽而不输雅韵。掌柜置酒，漫谈奇观今古；石径横琴，细说野蹊秋春。松下数花，拾遗半床红叶；竹间试茗，泛起一山溪云。山风徐来，可拭羸身之倦，流水闲弹，不堪悯世之纷。鹑居鷇食，卓荦不羁随性；低唱浅斟，自由旷达不群。客盘桓数日，浸淫其间，凝山川之灵秀；汲天地之精神。胸纳百壑，神出五行，忭喜难禁，归来叹曰：平生得此一二闲暇，斯足为慰矣！

赋曰：

入武陵之危岑兮，恣山水以娱情。
卧客栈之清绝兮，择涧栖自幽清。
揽梦帕之冰洁兮，对倩影足颐灵。
得倾国之绝色兮，生神思浮沧溟。
有高贤之潜隐兮，如列嶂欲纵横。
闻神女之飞来兮，若瑜佩因交鸣。
幸上苍之眷顾兮，馈泉韵与良朋。
乃乘风之泛槎兮，渺环宇及飞甍。
饮碧露之醉月兮，侧勾栏可摘星。
备佳茗之远客兮，赏风起同云蒸。
洗本性之痴癫兮，听石淙已渊明。
荀余情之江湖兮，轻名利则不争。
远喧嚣之潺湲兮，润万物而无声。
契我心之所善兮，越千岖亦躬行。
织锦字之嫞婉兮，寄别趣乃霁青。
居白屋之击节兮，驰栈驹犹登升。
惟大道之辽遥兮，谁一意当匡宁。
哀国民之憎忧兮，余独处乎山陵。

林星煌

刘少奇故居

一砚荷塘日月行，沧桑思绪对农甍。
竹林也解生民意，欹向书窗送叶声。

岳麓书院

遗响泉声到古墀，赫曦台上仰名师。
千层碧麓千层画，一树红枫一树诗。

长沙天心阁

星郡倭侵火焰斜，当年焦土毁千家。
我来幸眺芙蓉国，远处霞楼近处花。

刘南陔

玉漏迟·抱璞岩感赋[1]

卞和曾抱宝，东南面楚，盼君垂召。绝壁悬岩，饮血对天长号。不为双肢斧刖，只哀叹、贞诳颠倒。堪耻笑，几朝楚宰，至愚残暴。　　又遇霸主贪婪，诈割让城池，明偷强要。未料贤良，完璧竟能归赵。经历秦齐汉魏，哪一代、休乎争扰？频伐讨，遍野乱鸦流殍。

注：①抱璞岩，又名玉印岩，位于湖北省南漳县巡检镇境内，据考证为卞和得宝处，现有遗迹存焉。

潇湘夜雨·沮漳恋歌[1]

我乃河伯，人称沮水，涓流源自保康。奔腾跌撞，暴戾且张狂。行隘口、飞岩走壁；朝嫘祖、文化发祥。伴鸣凤，招摇过市，浩浩赴当阳。　　阿哥须等待，东邻漳妹，追赶慌忙。逗留玩耍，恣意汪洋。翻大坝、情托田野；随管道、恩惠街坊。天荒老，终结连理，千里会长江。

注：①沮漳河上游分东西两支，西支为沮河，东支为漳河，分别源自荆山主峰聚龙山西东两侧。西支经保康、南漳、远安、当阳，东支经保康、南漳、荆门、远安、当阳，于当阳市河溶镇两河口相会，再经枝江、江陵注入长江。两河段总长约400公里，上游建有漳河、巩河两座大、中型水库。

何怀玉

步张船山梅花诗原玉

寒冬绽放岂言迟，奇节環行世共知。
自抱冰霜甘冷落，都缘香艳惹相思。
君王欲访迷三径，粉蝶难亲恋几枝。
风雪催开花万朵，清高尽道合时宜。

闻蝉有盛

昼夜蝉声叫不停，穿林打竹透窗棂。
无疑负屈抒幽怨，有所难平寄恨声。
警我痴心清我虑，扰人好梦恼人情。
灵均壮意伤群小，句句离骚岂忍听。

吊长平古战场

长平古战场，血沃草苍茫。
纸上谈兵乐，坑中埋骨伤。
无能消战伐，有泪吊兴亡。
几度秋风动，齐声颂国殇。

龙门石窟即景

青山绿水护龙门，石窟神龛密似云。
岭势巍峨河脉壮，人文荟萃景观浑。
碑题勒石三千品，佛像仙身十万尊。
香寺白园时点缀，奇花异草竞缤纷。

谒南阳张衡墓有感

八角花墙映淡姿，浑天仪器四愁诗。
如何万世宗师墓，不及三分丞相祠？

鹧鸪天·参观山海关历史博物馆

秦砖汉瓦历风霜，剑戟戈矛说汉唐。万里关城衔日月，千秋石垒演沧桑。观旧物、话凄凉，兴衰更替付苍茫。休言铁镞多生锈，检点依然带血光。

临江山·游南京夫子庙抒怀

夫子庙前欣度步，仁途义路逍遥。黄鹂百啭韵声娇。芳菲都已谢，春色匿江皋。　　道统而今谁秉继？争名夺利啁嘈。弘扬国学倚英豪。圣贤无数个，术略几人高！

蝶恋花·雨花台纪念馆观感

内战连绵烽火遍。日寇猖狂，坏事它都干。化碧苌弘多义胆，驱倭壮士头甘断。　　杀戮华民三十万。漂杵积尸，地赤天昏暗。建馆金陵长纪念，雨花血染花尤艳。

封　敏

郊游房山青龙湖①

高速飞驰自驾行，风光一路竞相迎。
丛林草木霜初染，色彩缤纷秋韵浓。

湖水一泓平似川，柳烟山影接云天。
儿推轮椅悠悠走，共话“青龙出水”缘。

注：①园内有座“青龙出水”黑色大理石雕像，记载过去这一带农民遭旱灾，求雨不得。乾隆帝夜梦青龙，求它降雨，青龙果然降雨救灾。于是在这里修湖纪念，命名为青龙湖。

清平乐 一阕

秋来何处？霜染京南路。欲赏秋光红叶赋，何必香山争睹。　　水天一色波平，山姿影绰朦胧。烟柳黄花幽径，徐行共享秋清。

徐新霞

赞园丁

三尺讲坛论古今，支支粉笔显精神。

谆谆教导情无价，默默耕耘意倍殷。
蜡炬成灰光永照，蚕丝吐尽德长馨。
英才辈出自宽慰，不计辛劳不计勋。

吴凤鸣

庐山道中

径窄崖当路，云闲竹影浮。
黄莺鸣日暖，紫燕叫声柔。
曲曲亭依水，娟娟月傍楼。
多情山亦醉，人物竞风流。

吴华山

乡　情

老屋树安然？乌鸣回昨天。
行云无退后，溪浪肯争先。
草有重荣日，人无再少年。
梦中走不出，此处水和山。

王永桂

怀留美儿孙

北斗挂楼边，南山卧牖前。
身依淮甸立，心向海涯牵。
何处三声雁？谁家万里船？
悠悠天际月，能得几回圆！

梁明泰

垦区地窝子

无垠大漠尽沙丘，军垦住房何用愁？
挥镐挖掘封洞顶，夏凉冬暖胜高楼。

鲍　平

癸巳年初冬携诗友瞻仰戴厚英塑像有感

不畏风寒立故乡，一生豪气向天狂。
浮名未必诗人意，淮水依依青史长。

风入松·谒戴厚英墓

长淮望断立苍茫，远帆自成行。一声汽笛潸然泪，问残柳、何事愁肠？魂上九重仙苑，梦回千里家乡。　　音容常在几曾忘？相对更凄惶。寒鸦点点松林外，依然是、缕缕花香。坟前三杯浊酒，风中一抹斜阳。

李建勋

八秩感怀

苍苍白发夕阳妍，回首经年百感添。
昔日愁烦随水逝，今朝听曲享幽闲。

吟诗敲句邯郸路，赏景舒心举步难。
完美人生何处觅？ 知足常乐最心甜。

迟兰馨 王素英

九龙蟠杨

九龙蟠杨属小叶杨，树龄千年，世人罕见。主干直径5米，冠幅750米。独树成林。九条侧干犹如九条苍龙，招引游人观赏。

蟠杨出世逾千年，傲雪经霜古道边。
顶冠虬龙含日月，身披铠甲壮云天。
繁花似锦空飞落，独树成林地有缘。
饱赏奇观天下客，东风带雨不思还。

村姑赶集

满面春风土气扬，车推菜果透芬芳。
眼盯买主高声卖，玉米新烀可口香。

孙骑爷背

红杏压枝墙外垂，房前枣李后庭梅。
孙童耍赖骑爷背，双手采摘得意归。

渔歌子·山野人家

朝饮清风晚品霞，乡间儿女各当家。
择野菜，选新茶，频敲电脑售山花。

徐　风

除夕夜怀戍边战士

迎春家宴各争酣，万众团圆展笑颜。
东截豺狼西堵贼，能忘战士沐风寒？

王跃农

雨

云腾万象生，闪电舞长龙。
泼洒缤纷意，淋漓浪漫情。
飞珠杨柳绿，扯线稻棉丰。
可叹乾坤大，时敲警示钟。

肥皂泡

五彩迷人眼，一吹便上天。
辉光虽靓丽，顷刻化云烟。

晨　牧

山泉伴唱鸟鸣晨，身沐朝霞玉露亲。
绿醉双眸花烂漫，挥鞭一路牧流云。

徐于斌

鹧鸪（五则）

数日阴晴翻复频，簇枝桃蕊半均匀。

楼头况味些些暖，陌上草茵浅浅陈。

怜叶小，探芳勤，难为心绪这般新。何妨更放闲思远，缄寄义皇向上人[1]。

按：①刘教授永翔先生尝有诗云：“俗物茫茫八极尘，怜君亦自失真淳。相逢奈作寒暄语，我是义皇向上人。”

槛外已多软语禽，十分春色九分匀。等闲蝶翼阶前舞，随意好风帘外熏。

抛手札，叠心痕，离时情比见时真。盆栽芍药案头供，便度人间一段春。

经夜园林积绿荫，雨埋花絮了无痕。踏青曾有可心侣，折柳空怀别久人。

捐旧事，付芳尘，休将此意向谁陈。枉劳含泪送春眼，春似人情亦少根。

附：鹧鸪天·敬和于斌女史

刘永翔

欲报琼章掷笔频，新词累改未停匀。歌翻楚郢高难和，步效邯郸丑易陈。

言曲曲，意勤勤，岂徒佳句溢清新。且搔白雪添愁鬓，遥谢黄花比瘦人。

拟筑园林引啭禽，宁知卉木未栽匀。天寒桃李移难就，地瘠兰芝养不熏。

空有愿，漫留痕，不如意事易成真。传来消息犹堪慰，好鸟枝头未负春！

日日畦头惜寸阴，年年浑未见春痕。灌园培土谁如我，李白桃红竟逊人！

锄积藓，饔生尘，何期一纸荐书陈。能经青眼应无误，珍重移来上苑根。

浣溪沙（三则）

癸巳初春，寒舍乔迁，蒙锡光先生赐玉，兹步原韵，并谢郭、卞、张诸诗友。

春到城南绿映庐，湖光云影暖风徐。一窗风景半橱书。　尺楮裁诗酬盛意，高山流水听焦桐。栏杆移影日凌虚。

天地苍茫寄我庐，此心安处自舒徐。云边雁去一行书。　无限江山横落日，可怜世事逐飘梧。少年壮志转成虚。

抛却闲愁别旧庐，老来情境各迟徐。灯前偶读数行书。　壁上龙泉犹似雪，梦中凤鸟不栖梧。天涯风起夜窗虚。

附：浣溪沙·贺徐于斌女史新春移第

孙锡光

碧水相依好结庐，心随明月共纡徐。一庭花木伴琴书。　掩卷闲看龙聚薮，调弦且唱凤栖梧。安康未敢忘盈虚。

曾国光

贺新古体诗登程

一

旧词新唱喜精明，古体新诗已启程。
唐律虽优需解套，千年古韵创新声。

二

才俊集思唱大风，创新旧韵根仍同。
各互长短求发展，何惧路遥盼永兴。

赞民族英雄邓世昌

先烈英名邓世昌，亲临炮舰打东洋。
同仇敌忾杀倭寇，血洒海疆世代扬。

李同振

采桑子 · 女航天员王亚平太空授课

惊天动地一堂课，教在仙疆，学在凡乡，疑是嫦娥讲授忙。　　几时圆梦蟾宫往？听也周详，看也灵光，广约星辰开发商。

临江仙 · 南水北调畅望

北国风光南国水，长江连贯长城。洞庭滋润太行青，燕归迷惑起，泥味若湘中？　　自古波涛东逝去，谁将新脉开通？修辞“玉带”错形容，长缨今在手，喝令调苍龙。

【双调】蟾宫曲 · 农民工夜思

累一天彻夜难眠，思念家园，惦记粮田。井水清凉，炕头温暖，粗饭香甜。扯白云且当信笺，拜清风聘作邮官。汗水涟涟，泪水潸潸，墨水篇篇。

周峙峰

忆鞭挞之辱

1944 年余 12 岁被抓夫，无故挨日军皮鞭施暴。旧恨新伤，愤然咏之。

狂鞭虐我稚童身，抽碎爹娘滴血心。
今上长城裸脊站，背朝世界亮伤痕。

忆东北流亡学生

红军走过之后，不几天村里又迎来了几位东北学生。他们住在学堂里，白天给学生上课讲演，晚上向村民宣传，痛诉流离之苦，口唱流亡歌曲。每每声泪俱下，群情激奋，在民众中掀起了一股反日浪潮。

一诉流离两泪汪，他乡月下梦爹娘。
松花江水三千里，化作哭声呼救亡。

登长城忆抗战胜利日

襟抱幽燕饮朔风，依然剑马啸云空。
忍弹国破悲河泪，愤挽家仇怒矢弓。
血沃长城怀激烈，秋染赤叶映鲜浓。
千峰更蘸夕阳血，壮写关山万世雄。

罗荣坚

横州茶园

委风夏雨罩青纱，六月横州显异葩。
茉莉田园天地艳，千家万户醉香茶。

刘大辉

长白诗兴（组诗）

遥祭长白山抗联营地

哪里芳菲寄国魂？峰高壑险老林深。
风吹后背英雄骨，火烤前胸壮士心。
圣洁营盘曾取义，菁华后代要知恩，
高扬靖宇忠和爱，永保黎元做主人。

长白山天池

玉洁冰清铺在天，久为仙子照娇颜。
长凝碧水牵冰雪，高举琼波是火山。
力扫凶狂投闪电，恩施寒冷涌温泉。
涛声总与民声汇，白马奔驰闯下凡。

长白山林海

绿遍群山入九霄，凌云意志寄松涛。
掀天碧浪神威肃，拍壁菁波气势豪。
无畏冰霜挚志节，昂然器宇见风标。
莫言林海非英物，曾聚关东十万彪。

长白山雪

济世甘霖转做云，化为白絮落缤纷。
天池冰结瑶池渺，冬雪晶莹瑞雪勤。
盈尺琼花高洁意，如席玉帛大悲心。
疾风驾尔同呼啸，不许人间肇劫尘。

鹧鸪天·长白山高山杜鹃

猎猎云旗浩浩风，将余引向杜鹃红。
百年野火枯荣后，千里青峰劲挺中。
凝冷艳，点苍穹，雷魂请到雪魂空。
丹心一束虹霞顶，要染关山十万重。

鹧鸪天·长白山雷电

怒骂阴霾狗苟营，凌霄烈火送光明。
隆隆金鼓千山震，闪闪天灯万怪惊。
彤碧落，照峥嵘，驱除黑暗惠苍生。
人间幸有雷和电，鬼蜮惶惶筑不成。

鹧鸪天·怀念奶奶

国破家残起祸殃，携儿背井远逃荒。
深明大义情怀厚，久付辛劳骨气刚。
明善恶，启贤良，几多关爱忆慈祥。
悲凉一段杨家将，讲落孙儿泪两行。

钟定英

紫　薇[1]

斑斓锦簇压琼枝，紫气氤氲五色奇。
本性不因皇宠改，魂萦寒舍赋新诗。

注：①据史料记载，唐玄宗对紫薇最为好感。在开元元年（公元713年）特令中书省更名为紫薇省，并把一些官职也冠以紫薇的代称，因而有“独立黄昏谁是伴，紫薇花对紫薇郎”的诗句。

一剪梅

卸甲幽居送晚霞。月照窗纱，舌品粗茶。一任红尘熏脑瓜。春赏梅花，冬咏雪花。　　故旧相逢打哈哈。日子优吗？身子康吗？沐浴书香浣腑瑕。不信仙槎，不信乌鸦。

蔡显江

梨　花

梨花一树白，也为领春开。
各色争芳艳，诗心取素怀。

江边小聚

闹市春失味，郊原草亦香。
素餐寻野菜，荤膳钓鱼塘。
入座环围炕，开窗近对江。
白屋无酒具，共碰小瓷缸。

神　笔

静看阴云变化中，游人散尽远山空。
雷声振落一帘雨，神笔描出七彩虹。

晚　照

池边古柳挂夕阳，取镜谁知老更忙？
紫燕清喉声细碎，白鹅振翅影修长。

腊　梅

新婚蜜月亲，举世腊梅姻。
嫁与严冬汉，悬枝为孕春。

刘淑湘

京北郊野森林公园

西桥拱畔芷汀东，纵有天来沁腑风。
大树成林林吐绿，小莲出水水流红。
苇塘十里凭鱼跃，柳杪千条任鹊冲。
壮景原生惊四邑，阿侯独美远江中[1]。

注：①阿侯，出自史典，指民间美女。相传其为汉代洛阳民女莫愁的女儿。

药　君

满江红·自负沧桑心不老

影瘦凭栏，回眸处，痴心未决。伊去后，壮年挥笔，知吾秋叶。感念人生八千里，轻抛三十四旬别。料无违、人在旅途中，难跨越。　情未了，心难歇。拔剑舞，群虫咽。抑锋芒、莫言沉沙戟折。举世滔滔皆善是，待谁苦苦同心结。更哪堪，陆离还凭谁，照天阙。

陶光顶

初　夏

插罢黄秧插晚秧，农家梦带稻花香。
宵来一阵雷霆雨，尽唤蛙声出草塘。

蛙　声

雨后圩乡碧浪生，稻花香里乱蛙鸣。
害虫捉尽豪情发，齐为农家唱正声。

望　月

一镜高悬宇宙间，清光隐约见仙山。
愿留一片原生态，不许干戈闹广寒。

方　镜

巡瓜菜大棚偶感

万类生存争自由，违时规律在人谋。
岂能相信山拦路，未可怀疑鞭断流。
枯草犹言春有望，良才莫道事无求。
大棚瓜菜启蒙迪，科学登攀重厚修。

周洪伟

卜算子·咏古城榆林

举目望长街，恍若回明代。塞外榆林述旧时，典雅依然在。　风彩大牌楼，庭院原生态。朴雅民宅老巷悠，古韵满边塞。

西安秦岭野生动物园观海狮表演

戏水腾空转眼间，潜游跃起又接环。
狮人媚吻掌声畅，妙趣连连笑语添。

张友福

清平乐·雪松

苍苍古树，今日润甘露。叶茂枝繁根基固，勃勃生机永驻。　平生最爱奇峰，任凭暴雨狂风。朗朗高空日照，常年郁郁葱葱。

战马颂

一啸腾空气若虹，南征北讨建殊功。
为民立下千秋业，伏枥犹嘶万里风。

贺崇俊

荷　花

立定池中志未移，自将姿色比虹霓。
芙蓉菡萏凭人叫，从不因污怕说泥。

访茶园

野径难行不觉遥，柴门犹似羽茅寮，
清风掐指知人到，先遣茶香过小桥。

煮　茶

薪火烹茶碧绿汤，铜壶玉盏自先尝。
却怜门外渴行者，一缕兰馨过短墙。

蒋泰材

假物咏“文革”人物

松（周）

谁信堂堂一劲松，竟然身陷夹缝中。
顶天不顾风和雨，护得山青花也红。

楠竹（刘）

凌云气节毓葱茏，一夜无端冰雪封。
若问上天何打压，恐其冲上最高峰。

柳（邓）

水土于斯最重情，几经摧折复重生。
但看村市葱葱处，便有鹂莺咏柳声。

桐（林）

质本轻佻强出林，张开罗盖怪阴森。
做琴怕诉亏心事，才起秋风自陆沉。

张开照

黄河魂·中国梦

一

滚滚黄河九道湾，湾湾犹像母摇篮。
风沙涤尽神州绿，代代儿孙孝祖先。

二

黄河文化誉人寰，石窟龙门瑰宝传。
碧水轻摇中国梦，腾蛟起凤好家园。

符呈荣

过　年

少妇新妆美艳浓，时装靓丽比春同。
厨中巧手精调味，笑看家人醉举盅。

陈栋培

咏南海

南海无垠涌浪花，全都亮丽写中华。
谁来戏弄一珠水，正好葬身喂小虾。

单济康

苏堤春晓

长堤春晓柳先知，紫燕翩翩剪舞姿。
小草路旁张耳听，踏青脚步美如诗。

断桥残雪

细雨迷濛生柳烟，断桥残雪意留连。
俊男靓女绵绵语，恰似蛇仙追许仙。

花港观鱼

红鳞吐玉结群游，嬉戏飞花逐碧流。
尤爱深潜巡幻海，浮生趣得乐悠悠。

柳浪闻莺

垂柳千株丝雨稀，清风拂浪寄情依。
绿云深处鸣声脆，原是黄莺恰恰啼。

吴世炎

夏明翰

红日胸中艳，遗言主义真。
一诗传永远，震撼后来心。

常　青

临江仙·悼常兴增兄、慰王连珍嫂

深夜惊雷传噩耗，大哥驾鹤天堂。前年族谊诉衷肠，何堪急去，亲友倍心伤。　兄嫂夕阳同作伴，相知共享春光。如今冷月照幽窗，云开雾散，玉骨傲寒霜。

时东风

西安兵马俑（二首）

一

战马嘶鸣军阵雄，待平南北扫西东。
秦皇一道征伐令，万里乾坤归大同。

二

坑中兵马势威风，今若挥师可扫东。
千古奇军惊世界，始皇虽去也称雄。

易中文

观海军联合军演有感

蓝波远望无垠处，舸舰成行壮海天。
号信传呼千里外，敌情隐现浪花间。
群机顿起凌空逼，万炮齐鸣覆地穿。
今世倭贼殊好战，警钟常响虑危安。

丁光志

人　生

贵贱尊卑莫怨天，人生自古本艰难。
都说勤俭少遭罪，立志登高去闯关。

陈秀新

再谒王十朋记念馆

灵溪又溉菊花黄，景带崇祠姓氏香。
三谏堂中唯社稷，十年窗下一文章。
穷经莫若先忧国，鉴古何妨累面王。
归去左原秋稻熟，江湖廊庙两思量。

沁园春·诗怀

莽莽昆仑，浩浩黄河，滚滚长江。对渊容岳载，心屏万里；天舒地畅，意网千张。气定南疆，威加东国，笔扫妖骸浪底狂！我何幸：有山朋满座，海色盈囊。　　谁矜祖上荣光？喜当代英雄揽八荒。想词空今古，柳韩李杜；风开豪放，辛陆苏黄。章写民生，篇关世运，品越前贤未可量。君与待，看文峰韵汉，其右三唐！

乐清文艺界诸友过访

携山问水君过我，不可无诗我谢君。
悬瀑碧开新酿酒，杜鹃红举斗岩春。
风怀澹荡契知友，乡俗村粗宅见仁。
一例朋簪松与竹，摄回长此作家珍！

邱正印

甲午春祭

又是新春甲午年，曾经历史复心间。
清廷败落起风云，日鬼侵袭挑战端。
志士粉身护海疆，国贼垂眼让主权。
马关签下百年恨，遥祭邓公写今天①。

注：①邓公，即邓世昌，清北洋水师致远舰管带（船长），甲午战争英勇作战，为国捐躯。

曾凡浩

忆江南·小荷

蓝天远，大地近身边。浅水青鱼鳞尾尾，荷塘绿叶角尖尖。隐现爱缠绵。

李 勇

斥养恶犬者

财大气粗胆却寒，买条恶狗把门看。
堪怜过客身难保，试问人权值几钱。

杨子忱

学 步

牛犊落草拜八方，拜地拜天拜乳娘。
乳母爱犊舌舔颈，幼犊护母脊贴梁。

打 站

牛犊落草总摔跤，再度登爬身还摇。
乳母未曾瞧一眼，不瞧时节站犹牢。

蛐 蛐

蟋蟀蛐蛐入夜黑，南墙叫过北墙随。
轻悠细缓已成曲，少小家声引我归。

牛 蹄

头上太阳头下荒，黄牛老汉共犁墒。
汗珠落地摔八瓣，蹄印裁田镶两行。

吴 军

大美临沂颂

蒙山巍峨沂水长，男儿英豪女飒爽。
浴血战场多俊杰，乳汁哺育军威扬。
琅琊魔幻碧波淼，东夷又飞金凤凰[①]。
精英辈出创新业，大美临沂谱乐章。

注：①“琅琊”“东夷”均为临沂古国名称。

朱恒铸

龙 腾

吐气冲霄汉，腾空镇泰西。
行云霞万里，布雨涨千池。
耕海航途阔，巡天雷电驰。
真龙舒首尾，华夏正斯时。

抒 怀

老夫生就爱直言，最恶阿谀弄媚谗。
贱骨羞于忠骨硬，良心更令祸心寒。
小人远距三分地，肝胆宁抛一寸丹。
卌载春秋何所得？清风两袖亦欣然。

蛇年说蛇（二首选一）

秉持癸巳意情真，自古由来毁誉存。
最是今年开胃口，伺时尽把巨贪吞。

梳妆台遐思

人间万象，真真假假，幻化莫测。所观之相，未必其真也。

飞霞流韵尽飘蓬，雪月风花几复空。
夜梦曾惊香鬓改，晨妆喜顾玉腮红。
人前但炫芙蓉艳，幕后鲜闻藻饰情。
傅粉浓浓遮旧面，谁张鹰眼辨榛荆？

戴世法

金秋即墨笔会登鹤山

气喘登山拜玉皇，但求天下万民康。
顶巅有意观沧海，只在茫茫雾一方。

崂山观海

金风瑟瑟昊天高，万里河山感自豪。
强国富民依众力，何愁大海起波涛。

吴 晓

思 乡

糯米粑香甜酒甜，爽心不腻数汤圆。
香肠腊肉多风味，追梦思乡过大年。

余宝义

鹧鸪天·姚家源木板桥

西向村头水一泓，千年滋润总关情。
平桥默默波中卧，送去迎来浪上行。
孤寂影，鹤娉婷。更凌风雨复霜冰。
乡民泽惠千年久，昂首长虹再担承。

万国珍

黄旭华
——隐姓埋名30年中国核潜艇之父

隐姓埋名三十年，只为核艇敢攻坚。
中华大地奇男子，压倒西风展笑颜。

陈俊贵
——为报战友深情，几十年守护天山筑路士兵墓园的老兵

同志情深贵似金，死生相托记犹新。
世间多少如兄弟，俊贵真诚实可欣。

格桑德吉
——悬岸边上的护梦人、西藏墨脱山区教师

格桑德吉女儿郎，不慕虚荣到布江①。
泥石滑坡何所惧，全心只在教书忙。

注：①布江指为雅鲁藏布江。

陈春松

务农感怀

两手操机耕日月，一心掌耙种桑田。
耕耘免税开颜笑，半是农夫半是仙。

村居遣怀

久坐山村畔，栖身筑瓦庐。
闭门非净土，入世是江湖。
莫羡鸳鸯梦，休嫌老酒壶。
无须居隐娱，垦地品经书。

巫志文

木棉花

一树流丹灿碧空，浩然之气贯长虹。
沧桑磨就嶙峋骨，守望云山岁岁红。

江英明

汀江峰市拐子渡

峭壁礁岩滚响雷，急流凶险浪成堆。
船如弓箭疾飞去，动魄惊心万劫回。

溪涧鲤跳

无雨晴空滚响雷，小桥流水染余晖。
可怜鲤跃无门跳，腾起半空寄壮怀。

张庆阳

红　树

赤红霜后染，几树水边霞。
似炼非因火，不春犹胜花。

桂　花

傲骨非凡种，花开万点祥。
一枝才放萼，十里已闻香。

吴经国

青　田

潮涌青田至，刀启石门开。
春暖丹山绿，云腾白鹤来。

卓理泉

浪淘沙·韩国济州岛成山峰印象

戊子夏日，游济州岛成山峰时，突遇十级台风。导游说，此处平日多阴雨且多狂风，今天难得晴空丽日，更能彰显奇峰苍翠，波涛卷彩。

独自伴汪洋，不怕风狂。奇峰苍翠百花香。最盼晴空悬丽日，绝妙容妆。

看海浪翻扬。海鸟翱翔。波涛万顷映天光。域外游人频赞美：佳境之王。

夏仲秋

漫步江堤

落日依青草，晚风吹柳绦。
绿堤人攘攘，碧水浪滔滔。
月涌银光滟，星垂玉宇高。
箫琴歌悦耳，听众乐陶陶。

孙继贤

致天马

毋庸忧伯乐，天马自行空。
蹄奋又长啸，奔驰拓碧穹！

郑太平

黄山石壁松

扎根岩上净无尘，铁骨钢筋岁月深。
采气听涛远人境，披霜饮露近冰轮。
喜看风雨两三雁，淡忘沧桑几万春。
休笑翠冠枝干小，阿谁石壁可生存？

林伯松

“8·15”保钓

豪杰乘风登钓岛，五星闪闪耀云霄。
力排恶浪伸天道，气贯长虹慑鬼妖。
神社幽魂胡作祟，晴空朗日断难饶。
护疆大任千钧重，不可轻心意志消。

丁　品

雾霾日出门所见

吐雾吸霾愁悟空，如男八戒喜相逢。
满街口罩千般样，逃去逃来盼北风。

路桂英

太空授课

千年传说不虚谈，今日课堂搬上天。
神女飞船佳话谱，国人上网意情牵。
摩登时代他成佛，梦幻太空我似仙。
五帝三皇谁可比？炎黄后裔胜先贤。

悼淮海战役无名烈士

弹雨枪林忘死生，英雄胆略鬼魂惊。
老粗白布盈三尺，稚嫩容颜绽五星。
忠烈千秋虽有我，丰碑百丈憾无名。
生年短暂为人杰，卧地赍怀报国情。

唐传义

再谒当阳玉泉寺

重访当阳谒玉泉，堆蓝山下佛光悬。
关公显圣明香火，智者传经隐烛烟[1]。
铁塔高高观世道，珍珠滚滚示人间[2]。
常怀善意心常泰，后果前因不问仙。

注：①智者，祖师和尚。 ②珍珠，珍珠泉。人在岩上击掌，珍珠泉水即刻翻涌。

潘友辉

洛阳吟花

含珠噙露下瑶台，曾是嫦娥鬓上钗。
巧借东风十万里，一枝一叶报春来。

乡村三月

粉桃翠柳满枝桠，三月人间处处花。
笑看村姑红颊透，武陵园里种南瓜。

春郊速写

榆钱未下菜花黄，三月人间处处香。
树底不知何许妹，穿针引线绣鸳鸯。

大写红旗渠

水上长城举世惊，山碑座座树高峰。
红旗渠畔岩如赤，尽是愚公血染成。

庄壁章

马年颂马

神骏威风上战场，征途千里蹴夕阳。
一声长啸惊天地，再写神州崛起章。

王俊朝

农行新风

扶贫政策暖民心，农业银行气象新。
化雨春风圆好梦，惠农贷款进家门。

程余庆

庐山地震感伤

蜀境重遭天作孽，残垣断壁山撕裂。
冤魂缕缕草生悲，长恨绵绵心滴血。
绿甲神兵济困危，白衣天使呈豪杰。
人间真爱满神州，重整家园昭日月。

刘　麟

鹧鸪天·贺高利克博士寿[1]

宜有名都名士居，庭栽桃李满通衢。
笔传今古千般态，学贯西东万卷书。

眉自展，意常舒，风姿应羡此公殊。
昆仑山外长流水，多瑙河边不老躯。

注：①高利克博士乃斯洛伐克著名汉学家。

虎年正月观感

男的乖张女的刁，百年老店日萧条，
短斤缺两揎拳骂，撒谎吹牛掩耳逃。
三顾难逢脸含笑，一言不合手拿刀。
招牌依旧心全黑，太子居然换了猫。

老　骥

山中独坐晚眺

山中独自坐，远望画图开。
岭抱黄家岙，江临赤剑台。
年深问故老，国弱仗奇才。
莫效霓裳曲，鼓鼙动地来。

刘友竹

欣闻夔州将重建杜甫草堂

（四首）

一

几度夔州觅草堂，无缘拜谒荐心香。
东屯茅屋无消息，西阁高斋隐混茫。
凤藻长留亲謦欬，鸿泥易杳掩行藏。
曾瞻梓阆新祠宇[①]，峡口何时缮旧庄？

注：①作者在 1992 年作《谒梓州杜甫草堂二首》，1996 年作《谒阆中杜少陵祠二首》。

二

闻道山川大改装，浣花湖已葬汪洋。
汉唐文物沉龙窟，仙圣遗踪陷鬼乡。
万里搬迁民有恨，千秋危害国无光。
渝州后事谁承办？老杜如知痛断肠！

三

天意从来要好诗，高情胜境两相依。
风云时代需歌手，伟美山川待画师。
功到巅峰追大雅，律精晚节建良规。
诗城美誉原非忝，长谢少陵驰壮思[①]。

注：①“壮思”见李白句：“俱怀逸兴壮思飞”。

四

今聆佳讯热中肠，不啻诗城添俊章。
茅屋高斋寻旧址，枣庄柑圃着新装。
刊名《秋兴》真多兴，情系草堂重作堂。
巴蜀山川蒙厚爱，蓉夔梓阆尽辉光。

李四平

念奴娇·再和天地一斗

壮心依旧，任风烟四起，无暇回首。静里抛他尘世想，无奈心胸难就。湖海情怀，功勋气节，肝胆朝天剖。丹心一片，生来龙性天授。　　漫道补恨无天，卷帘送爽，佳句连环扣。报自人寰风雨急，绚出满庭清昼。白发何妨，直欺姜尚，大碗青梅酒。壮心依旧，再和天地一斗。

陈敦源

钓鱼岛时事（三首选一）

大国泱泱宥寇雠，祸心不死效前尤。
家仇血泪斑斑在，国恨江山处处留。
树静奈何风雨扰，天高岂畏滓尘浮。
一人一唾倭奴灭，剑出龙鸣孽障收。

夏爱菊

雪后梅趣

一树寒梅新染霞，红花边上挂冰花。
儿童笑摘晶莹物，说是银钗可饰妈。

红梅赞（二首）
——赞我家这株三角梅

青枝绿叶欲流油，红粉丹霞染栋楼。
满院鲜葩皆逊色，一株艳照小区秋。

高踞凉台着盛装，披红戴绿动门窗。
洛阳国色陶潜菊，不及吾家一树香。

情寄荆门油菜花

菜食青苔籽出油，黄花好插女儿头。
荆门三月金铺地，春涌家家画里楼。

老　农

一条扁担担朝霞，汗洒千重稻浪花。
待到竹林栖鹊闹，烫壶米酒品南瓜。

〔正宫〕合欢曲·上课时间①

小孙郎，坐童床，快快亲亲小脸庞。
羞笑低声催奶走，课堂之上莫荒唐。

注：①今天幼儿园开学，五岁未满的孙儿升大班。我给他送被子，正遇老师叫各位同学到新床上坐一会儿熟悉一下。我乘机亲他一口，他羞笑着低声说："奶奶你走吧，现在是上课时间。"（我的天呀！）

〔正宫〕小梁州·拔猪草的小姑娘

泉水高山野卉香，满目春光。竹篮拔足喂猪粮。和曦里，几个小姑娘。

[幺]山歌对着枝头唱，戏窝中喜鹊飞翔。眼底清，声嘹亮，咩咩咩哩，学叫草边羊。

〔正宫〕汉东山·插秧歌

青苗担两箩，十指点棵棵。姑娘种什么？口粮也么哥。汗洒春田盼秋获。一亩禾，一路歌，谷千轲。

〔正宫〕汉东山·采茶歌

红衫背竹箩，云雾罩青波。蜜蜂舞婆娑？采花也么哥。玉手纤纤点洪柯。问菊娥，满了么？往回驮。

陈中寅

诗国怀诗圣有作

律细言工旨更幽，飘蓬万里笔难休。
曾期圣主追尧主，尚忆吟眸转泪眸。
老病穷愁今古叹，沉雄顿挫海天讴。
浮词力扫千年续，莫效有人风马牛。

吁请两会参与者戒烟

由来烟作孽，肺病况喉炎。
代表何须近，委员遮莫沾。
图强端赖勇，戒瘾合从严。
尔等关天下，惟期美政添。

蔡红柳

日暮望远有感（二首选一）

秋风浩浩天将暮，云与青山齐涌来。
休叹长绳难系日，一轮灿灿在襟怀。

咏月五首（五首选一）

盈亏真若人间事，几度沧桑归大荒。
但得胸怀容玉宇，清辉浩荡共情长。

有　赠

数年辛苦不寻常，热血滋春开绣章。
心宇应能悬日月，人生何必道炎凉。
放歌沧海观潮起，寻梦青霄任翼扬。
竹韵兰风舒沃野，与君把盏共芬芳！

郭　涛

闻周峙峰老78首新作入《诗国》

身在云头气自高，霓虹一吐壮层霄。
雄心跃跃何言老，再卷飙风弄大潮！

乡　梦

镜里发稀乡梦稠，情思总在枕边流。
儿时屋畔桃花水，尚绕村前烟柳洲？

来　客

放眼秋云追雁还，每将霞处认家山。
情知物事非昨日，犹向来人问旧年。

中秋夜

相邀喜设花间酒，临啜迟迟少二人。
霾雾垂帘隔碧落，婵娟爽宴不能嗔！

都市梦

身困华楼霾雾缠，老来犹羡武陵源。
聊将山水壁间挂，时梦塘蛙荷底喧。

秋野拾趣

双轮伴驾老皮囊，秋野采撷诗半筐。
垂柳桥头观甩钓，妙词偏被鹭叼光！

睦　邻

不砌砖墙竹立笆，这厢栽豆那厢瓜。
花前月下隔篱坐，香阵难掰你我家。

静

从底寒蛩初弄弦，紫薇香馥抱蝶眠。
露滴惊破水中月，黄雀朴棱钻入天。

孤独翁

屈指灯前数冷清，又闻年尾不歇工。
零丁桌上零丁酒，瑟瑟寒巢瑟瑟风！

晚秋韭菜

老太老头围道旁，有说有笑手中忙。
何惜败叶去一半，更恋秋余那段香。

花园里，那对老夫妻

媪瘫蹀躞月经年，练步偎依翁瘦肩。
知累心疼轻拭汗，笑插银髻紫罗兰。

叶爱莲

游松阳延庆寺塔

古柏鉴沧桑，浮屠日月长。
石碑苔沁绿，池岸柳梳黄。
唐宋诗文在，林泉景色芳。
尘埃寰宇净，放眼赏华章。

徐蓓芳

腊梅落

金肌玉骨意幽长，竹笔摹神墨客忙。
翠鸟穿枝花竟落，静观一树韵无伤。

贺新春

开颜展笑贺新春，一片清宁扫故尘。
修善福临心事顺，云开见月梦成真。

迟乃义

咏家乡集安

荷花池

翠扇红衣玉骨香，临风映日比宫妆。
丽都池水留花影，仙子凌波百世芳。

秋　荷

盛日芙蕖似丽姝，游人乐赏不畏途。
秋来池影依然在，黄叶珠实入画无？

新开河人参

人形玉质赞灵丹，名盛新开驻集安。
实粒珠红花也妒，结根仙药寿星餐。

葡　萄

一架葡萄小院中，繁枝浓穗绿荫篷。
明珠紫气迎宾客，新采同尝稚与翁。

林明宗

满庭芳

日月如梭，光阴似箭，结婚四十周年。同舟风雨，不畏苦和艰。偶有愁怀难释，轻声慰，旋即心宽。谁能解，温馨话语，一句胜千言。　曾经相拌嘴，一如阵雨，洒向晴天。喜双双俭朴，勤奋为先。彼此时常敬让，心相系，日子香甜。无须问：“爱情啥样？”意会赛言传。

张海如

李清泉（藏头诗）

李责蕊常开，清谦好运来。
泉源捐丽水，布助乐心怀①。

注：①古代泉与布并为货币。详见《辞海》。诗人李清泉赞助《诗国》举办年度评奖。

刘松林

春　桃

门外小桃经夜雨，嫩腮迎日滴春光。
虽无翠袖风中舞，却有芳姿眼底香。

方　向

一半儿·双抢

抢收稻子抢插秧，头顶晨昏星月光，不误农时人倍忙。垌中央，一半儿青葱一半儿黄。

孙宇璋

下乡探亲

小女下乡看外婆，村街楼宇似星罗。
粗心忘记门牌号，忙打手机问表哥。

村妹还乡

正是新荷吐艳芳，打工五载始还乡。
轿车驶进深山寨，村妹携回上海郎。

渔　姑

采莲捕鲫正繁忙，三夏渔姑汗湿裳。
夜里相思难入梦，鼠标一点会情郎。

放鸭郎

茫茫湖水荡心扉，嘎嘎声中鸭竟肥。
为步小康开富路，千军万马一竿挥。

李雄安

公园晚眺

宿鸟归巢掠碧空，媪翁坐断夕阳红。
林间摇碎溶溶月，湖畔送来爽爽风。
情侣双双牵手笑，沙鸥对对引吭鸣。
华灯初上歌吹起，锣鼓如潮震耳聋。

新春试笔

漫天瑞雪涤轻尘，爆竹烟花耀彩门。
霜叶涂红添喜气。柳丝摇绿钓芳心。
粲然一笑枯枝秀，乐也高歌禹甸春。
珠落玉盘声声脆，敢放豪情动地吟。

檀　钟

秦　陵

七十万人修一墓，百千妃嫔作殉人。
皇权无限民涂炭，世上于今怕说秦。

秦俑坑

秦皇已朽秦陵在，尚有雄兵地下藏。
想是独夫心不死，留将后世看荒唐。

坑儒谷

烈火焚书忧未除，又从峡谷事坑儒。
后生若使逢秦世，宁作农夫莫读书。

贵妃石雕像

一尊雕像见风流，舞袂轻飏面半羞。
游客纷纷争合影，石头仿佛也温柔。

高朝先

钓鱼岛记事

是狼不改豺狼性，是贼总存贼子心。
血债未冥神社鬼，硝烟又涨海云阴。
岛横代代我门锁，浪鼓年年汉家音。
驱倭当年能记否？长城十亿看当今！

孙世廉

为圆明园鼠首兔首归里感赋（二十韵）

鼠兔当归里，悲欢泪复盈。
焚骸经九死，劫烬警三生。
亡命从兹去，伍潮谁遏平？
膏粱陈剑下，灶上任煎烹。
发指人形兽，魂游鬼影城。
沉冤难一洗，四散叹残瑛。
昔日曾遗臭，今天怎撇清？
销赃忘却耻，炫宝岂添荣？
再掌无星称，多分几勺羹。
家珍随浪卷，鱼鲠在喉横。
可笑蛇吞象，何谈棘绕荆。
尝新尊古训，启后促前行。
漫漫蚰蜒路，拳拳杜宇情。
涅槃离别久，关隘奋呼争。
滴骨亲怀憾，初弦月映觥。
遥参黄帝冢，渴盼亚夫营。
癸巳春之讯，仲昆心顿萌。
珠峰悬准鹄，阆苑早啼莺。
“长恨歌”吟罢，“凤还巢”启程。
圆明园烙印，中国梦牵萦。

姜树帜

心　大

海纳百川容乃大，去留随意漫观天。
不惊宠辱庭前树，花落花开顺自然。

助　人

助字灵犀在感情，至高至美爱之精。
叵能体贴与人便，胜过群芳玉液羹。

冼国华

退休乐

教坛离别廿三载，无累无忧享晚年。
树下弈棋争胜负，江边垂钓赛神仙。
笑谈不少鸿儒客，唱和还多大雅篇。
更喜儿孙酬壮志，为民为国慰心田。

冯倾城（澳门）

咏兰诗二首

一

细意勤调护，幽兰报我开。
素心真玉洁，芳息是香来。
王者怀先圣，骚人仰楚才。
新阳欣早到，悄悄上高台。

二

尽注心头爱，幽兰喜复开。
相期蜂未至，却见蝶飞来。
静坐香弥逸，凝思觉有才。
千丝待裁剪，好句闪灵台。

咏澳门镜海长虹

远岫浮云淡，澄波濯翠薇。
长虹天际落，日暮海鸥飞。

相　思

未名烟柳忆千条，各自天涯望鹊桥。
星眼有情传客恨，月钩无力惹魂销。
暗将红豆春时撷，待把青蛾镜里描。
天上梦圆人寂寂，凭栏对影伫清宵。

临江仙·乡愁

蓬岛金风依约，神州玉露纷垂。鹊桥架起是何时？只期珠合浦，不忍蝶分飞。　　遥想他年携手，哪堪此夜沾衣。常相隔海诉相思。又将星子摘，日盼彩云归。

高阳台·咏龙游诗词大会

诗帜风扬，骚人斗集，不期胜会龙游。浅唱高吟，一时雅兴方稠。初窥石窟神奇日，正潇潇雨歇高秋。独销凝、暗自神驰，远豁清眸。　　迢迢万里云山外，只芳思遐托，一梦悠悠。姑蔑遥遥，空余几点轻愁。凤凰山翠濠江碧，看何时、更得来游？谱新词、独立踯躅，镜海潮头。

水龙吟·记神舟七号太空之旅

酒泉序属金秋，长征劲送飞船去。凌霄彩焰，行空天马，排云踏雾。直上苍穹，电驱光掣，地球何处？问浩茫宇宙，何生何止？从今起，求深悟。　　喜得太虚漫步，展红旗、月垂星舞。飞天服在，历诸般劫，若金刚固。一旦功成，草原回返。晚霞娇妩。看腾欢禹甸，旗林花海，为英雄举。

张宪武

踏莎行·原始胡杨林秋景

碧浪翻腾，金箔闪亮。辉煌灿烂织粗犷。塔河血脉润根基[①]，无垠荒野生机旺。　　枯干婆娑，残躯倜傥。百折不馁豪情放。千年不倒矗刚强，千年不朽添悲壮。

注：①塔河，指塔里木河。

一剪梅·克孜尔尕哈烽火台

双塔巍峨矗赤荒。历尽沧桑，熔铸坚强。恍如夜火告烽急，昼燧狼烟，报警联防。　　西域时逢虎豹猖。敌忾同仇，戍卫边疆。金瓯壮丽不容缺，瀚海丹心，斗志昂扬。

编者按：2014年7月，由广西诗词学会主办，南方黑芝麻集团之南方诗社承办的“甲午岭南雅集暨《商海诗涛》恳谈会”和中华诗词学会及广西诗词学会主办、南方黑芝麻集团承办的“钟家佐诗词研讨会”，同时在广西容县举行。全国著名诗人、词家、论者应邀与会。现将其诗、文选发《诗国》。

钟家佐

《商海诗涛》寄语

芝麻虽小大文章，辟出新天耀远洋。
时代精神圆国梦，中华文化重儒商。
雄才可创千秋业，白手能成五百强。
敢问风骚谁管领？春潮滚滚汇南方。

中华诗词学会于容县举行“钟家佐诗词研讨会”诚谢众诗友

一

有朋万里自京华，难得峤山共品茶。
诗海遨游探意境，文心点染织云霞。
老夫愧乏胸中策，盛会频颁锦上花。
励我余生勤命笔，纵情挥洒到天涯。

二

堪嗟霜雪早盈头，未悔生为孺子牛。
忙里偷闲涂翰墨，狂来乘兴作诗囚。
怡情饱览四时景，畅意漫游五大洲。
借得几张残破纸，自持秃笔纪春秋。

蔡厚示

次韵和家佐兄《〈商海诗涛〉寄语》

阵阵诗涛尽锦章，黑芝麻誉越重洋。
汉荣巨子神州梦，绣水嘉宾四海商。
白手起家谁创业？雄鲲展翅我为强！
风骚自有真情领，造化心师胜万方。

刘庆云

减字木兰花·读《商海诗涛》奉赠李汉荣老总

田头骑诵，天赐吾才必有用。卅载征程，深味商场风雨情。　手持一卷，雅致高怀行里见。月镂云裁，意象纷纭扑面来。

侯孝琼

虞美人·甲午岭南雅集

（外一首）

此行自有情牵处，欲其山川聚。赏

荷时节到来无？一刹抟云拨雾到苍梧。

无须胜寻春风早，不叹垂老老。问谁杖履步如飞，但得良朋美景不思归！

西江月

甲午岭南雅集，琴棋书画相邀。兴来何惧路迢遥。且遂山川襟抱。　　文化潮来迅疾，同传一脉风骚。欣看商海涌诗涛，入眼神州更好。

商海诗涛

禹甸方兴文化潮，而今商海涌诗涛。
同挥诗画如椽笔，绘出江山分外娇。

星　汉

参观黑芝麻博物馆，赠李汉荣吟长，步钟家佐诗翁韵

读到诗经第几章，心通千古自洋洋。
半生功业身犹健，一粒芝麻事可商。
中国梦中能辟路，地球村里再争强。
登都峤顶风云起，更有吟声在上方。

李树喜

和钟老《〈商海诗涛〉寄语》

容州一地两华章，雅韵芝麻誉五洋。
万缕馨香调冷暖，几家文脉植农商。
已将平仄连经略，更以恢宏铸百强。
五类集团真耀眼，东方亮了亮西方。

题集团南方诗社

五类当年屡受讥，如今诗社举华旗。
佳篇若问知多少？一粒芝麻一首诗。

杨逸明

读《钟家佐诗词选》

自书自咏出天真，字里行间不染尘。
这个高官可交往，只缘他也是诗人。

咏芝麻糊

儿时爱灌此醍醐，小舌将盘舔到无。
不是人生常健脑，岂能真悟到糊涂。

赞南方黑芝麻集团步钟老韵

神奇黑色谱新章，五类名声播五洋。
馆被推敲成博物，儒能提炼到经商。
芝麻有益何妨小，企业因诗格外强。
欲使九州人共醉，浓香何啻在南方。

登容州经略台真武阁

北流江水绕高台，登阁烟光一望开。

山正送青争自荐，云仍留白待谁裁？
好诗不信人题尽，杰构浑疑神降来。
胜迹几多存劫后，还供我辈逞吟才。

西江月·赠南方黑芝麻集团李汉荣主席

营养堆盘黑色，健康透脸红光。芝麻小小谷中王。粒粒饱含希望。　手以一双致富，名能五百称强。又吟诗句又经商，圆了炎黄梦想。

张福有

恭和钟家佐先生《〈商海诗涛〉寄语》

帆集绣江织锦章，乘风举棹向重洋。
黑芝麻乳名八桂，红牡丹霞飘七商。
创业同心赖忠耿，操盘联手结高强。
都峤山上抬望眼，天下包容此一方。

题《商海诗涛》

峤山绣水毓风骚，雅集开怀进绿醪。
大事业红染商海，小芝麻黑卷诗涛。
三人感动三千界，五类欣成五百豪。
继往开来新届启，神州领路再擎旄。

题南方黑芝麻博物馆

南方首稼黑芝麻，生态称雄雅不差。
厅接上林殊柘馆，地邻环府贵妃家。
万般产品咸收展，一等名牌岂谬夸。
购买率高期永续，创新策略信无涯。

临江仙·贺《家佐说诗》《说家佐诗》结集

携旅天池曾几度，有缘供泛诗舟。白云峰下韵悠悠，浮生多少事，难忘那年秋。　信是吟怀情不老，华章雅墨俱收。山中幸未枉凝眸。三江源大泽，流派涤遐愁。

熊东遨

读《商海诗潮》赠汉荣兄

历尽沧桑道未穷，襟期远绍汉唐风。
诗裁星月初三景，人立西南第一峰。
天地德从中岁悟，乐忧怀与大贤同。
凌霄见证云雷疾，独有苍崖百丈松。

周燕婷

题南方黑芝麻集团兼赠李汉荣先生

老少咸宜，健康食品芝麻黑；

智仁同乐，风雅情怀格调高。

魏新河

容州即兴

一徙南溟玩物华，太真颜色未须夸。
都峤山远横云际，经略台高俯海涯。
北极廷征金橘柚，南方业重黑芝麻。
锦囊已富凭谁理，不是诗家即画家。

登真武阁

名楼皆傍水，云气拱轩窗。
形胜争高处，声华见此邦。
可堪东入海，无奈北流江。
四顾苍山罢，初心自可降。

宣奉华

读《商海诗涛》有感，赠李汉荣诗友敬和钟家佐吟长原玉

峤山翠壁镌诗章，绣水清漪奔大洋。
韵继千秋兴国运，芝香万里富华商。
惠民玄馔民多健，播我仁音我自强。
砥砺艰辛三十载，中流一柱壮炎方。

王德虎

《商海诗涛》研讨会，用家佐韵

商海诗涛涌锦章，扬帆万里越重洋。
芝麻花绽开新境，绣水歌欢助富商。
潇洒九州逐云去，探盘八桂结高强。
风骚独领胸怀阔，滚滚春潮在四方。

黄小甜

贺《商海诗涛》出版，赠汉荣兄步钟老原韵

喜看黑类铸华章，庆幸今无红海洋。
些小作坊凝梦想，平生本色是儒商。
万般苦辣开新宇，几许酸甜证自强。
爱洒人间春意暖，流光溢彩耀南方。

曾国光

为钟老家佐诗书人生喝彩

八桂诗坛一俊颜，诗书溢彩洒人间。
文能射虎桑麻茂，笔可屠龙车马喧。
为政常牵民众苦，退休不忘夜思源。
牛棚觅句春秋血，秉尺大方谱懿天。

梁 帆

编辑《八桂四百年诗词选》奉呈钟家佐会长及编委诸同仁

一卷长诗挟雨风，敢将警句掣蛟龙。
悠悠百载文光灿[①]，落落千家律赋工[②]。
但见名流连海岳，更欣妙笔出词宗。
箫心剑胆飞思动，豪气穿云拍太空。

注：①《八桂四百年诗词选》将清代至今近400年的广西旧体诗词曲赋编成一部大型选集，以填补广西诗词发展史的一段空白，连接各朝代的诗词脉络，这是功及千秋的文坛大喜事，也是作为向广西壮族自治区成立 50 周年献上的一份厚礼。 ②落落：高超不凡貌。北周·庾信有“落落词高，飘飘意远”之诗句。

为李汉荣吟长《商海诗涛》问世题赠

掣鲸商海涌诗涛，双棹宏开拍浪高。
万里东风风壮胆，一支椽笔笔如刀。
容州寄概文心雅，岱岳纵歌意气豪。
探锦书山喜攻玉，森森八桂咏离骚。

李舜清

登容县真武阁

尊武弘经大略开，沙丘基上显奇才。
悬空四柱神工现，绣水多情去又回。

罗学江

凌云睡美人山

一卧千年来展眸，养精蓄锐自优游。
娇容尚赖乡邻护，草长莺飞景更幽。

梁智华

祝贺《商海诗涛》出版兼致李汉荣先生

满卷珠玑韵律锵，梦中咀嚼味犹长。
投身商海胸怀阔，纵笔诗涛墨雨狂。
小小芝麻行万国，悠悠绣水达三江。
荣光灿灿辉峤岭，一代鸿儒不可量！

蔡厚示

读钟家佐山水诗七首

（一）钟家佐：《水调歌头·三访长白天池·一》

长白远召唤，万里驾云来。天池果是吾友，胸胆向天开。吞吐风云气概，磅礴豪情关外，纯净绝纤埃。寰宇一杯酒，四海俱欢怀。　山之巅，海之角，见蓬莱。一方瑰宝，千秋身隐大荒垓。溢出飞流激浪，一泻三江浩荡，桑海几兴衰。河岳为俦侣，日月共徘徊。

评：此词调之韵式全依苏轼中秋词，除叶

平韵者外，前后片两六言句兼叶仄韵。不仅韵律精严，且豪迈、雄放之概一如东坡。诗人站在长白巅，俯视寰宇风云。若诗人无阔大胸怀，必难写出如此气概，且诗人与景物融而为一，写景即写己，真做到天、人合一矣！上、下两阕结拍，尤显出诗人“民胞物与”之襟抱。视“寰宇”为“杯酒”，其想象力颇似唐李贺之《梦天》诗。

（二）钟家佐：《水调歌头·三访长白天池·二》

三度访长白，不惜古来稀。天池风月如昨，白玉嵌琉璃。转眼十年人老，白发萧疏秋草，何故更情痴？大地当书卷，山水是吾师。　登山顶，攀危石，上高陂。崖前飞瀑，终年宣泄任奔驰。却见湖波常满，何处源长水远，冰雪化泉溪。涓滴入江海，天地最无私。

评：诗人神与物游。以山水为师、为友，故能融情入景，又融景入情，做到情与景兼。“大地当书卷，山水是吾师”是一篇主旨。结拍更直扣主题：学天地之无私，涓滴皆为人民服务矣！此何等共产党人之襟怀！

（三）钟家佐：《游长白山天池》

天池水面高程 219 千米，水面 9.8 平方千米，为我国最高之火山口湖。

烈焰冲腾霄汉间，几经河岳卷狂澜。
横空荡漾一湖水，拔地崔巍万仞山。
突兀奇峰惊鬼斧，轰鸣飞瀑震尘寰。
江山自有英雄气，放目神州极壮观。

评：此诗人初游长白山天池所作之七律。首联溯天地之来由及起始状况，写久经考验、锻炼之壮士情怀。颔联叙目前所见横空、拔地之山水气势，呈诗人顶天立地之襟期，足为士林之千秋风范。下半转入议论，稍涉宋诗风格。

（四）钟家佐：《再游长白山》

名山原在大荒中，削出芙蓉立亚东。
一镜天开涵日月，三江浪涌跃蛟龙。
风云变幻增形胜，世事苍茫任转蓬。
四海蜚声身却隐，半藏迷雾半冰封。

评：此诗作于 1998 年 9 月 8 日，颔联写天池的“一镜天开”和三江龙跃，极具雄伟气势。颈联写长白山形胜，于风云变幻中感世事之苍茫。隐知诗人师名山之精魂，若雾豹之藏身矣！此真深见性情之作焉。

（五）钟家佐：《武夷山》

醉饮漓江探武夷，休言耄耋已来迟。
云崖傲岸千秋画，蝶梦萦回九曲溪。
微雨轻烟添翠霭，丹峰玉笋竞新奇。
古今骚客情何激，水水山山尽是诗。

评：晚清至民国时期之著名诗人赵熙有《赠僧诗》诗曰：“逢人先说武夷山。”何此山令人赏爱一至于此？余尝于唐、宋以来诸大家如李商隐、陆游、朱熹、辛弃疾等集中屡见及，今复于醉石斋诗中读得之。“云崖傲岸”“蝶梦萦回”，岂非诗人风骨、理想之写照乎？微雨、轻烟、丹峰、玉笋，长逗诗人之情于无穷，此固古今骚客咏武夷山之佳章所以层见叠出焉。

（六）钟家佐：《过仙凡界》

武夷山有仙凡界，过此登巅作天游。
武夷山里觅仙踪，蓦见仙凡界可通。
直上云梯收宿雨，登临阆苑播清风。
幌疑化蝶飘尘外，犹悸游园惊梦中。

天设景观人设险，无端猿鹤变沙虫。

评：此诗具浓厚的浪漫色彩。仙、凡各象征理想与现实。诗人置身仙境，俯视尘寰，帮“收宿雨”以“播清风”，栩栩乎化蝶入梦矣！此诗自不俗。

（七）钟家佐：《九曲溪》

浮槎逐浪胜轻车，放浪形骸山水娱。
崖耸千寻惊浩瀚，溪回九曲入清虚。
平生已惯风涛险，处世羞为名利驱。
频向山灵相问讯：移家竹筏可安居？

评：古今咏九溪之作多矣！能处险不惊，羞为名利驱使者，固山灵所欢迎。若家佐兄迁家武夷绝顶，仆愿卜芳邻焉。仆尝有诗云：“十四回回武夷，滩声筏影总相思。何当化石山头立，看到风烟俱尽时？”此诗颔联：“崖耸千寻”和“溪回九曲”，寥寥八字，概括尽武夷形胜。

丁国成

“要以自己的血肉养活诗”

1999年1月，我尚未退休，曾代表《诗刊》去武汉参加湖北诗人阎志（现为《中国诗歌》主编，由人民文学出版社以书号出版的新诗月刊）的作品研讨会，亲耳聆听著名老诗人曾卓的精彩发言。他说：“当诗不能养活诗人的时候，诗人要以自己的血肉养活诗！”真是铮铮作响、掷地有声，让人心灵受到震撼！我把此话记在本子的扉页上。当作自己的座右铭。

“诗能养活诗人”的时间很短——也就是在“计划经济”时期，国家实行“专业作家”制度：专业诗人享有工资。诗人只靠写诗，就能养活自己和家人。而在实际上从古以来，诗就养活不了诗人。“诗人少达而多穷”（欧阳修），“达”即飞黄腾达、官运亨通；“穷”指仕途坎坷、生活贫困，即穷愁潦倒。“诗家事业君休问，不独穷人亦瘦人。”（陆游《对镜》）因为写诗，累得形销骨立，又穷又瘦（李白嘲杜甫：“借问别来太瘦生，总为从前作诗苦。”）“行遍天涯等断蓬，作诗博得一生穷。”（陆游《贫甚戏作绝句》）连诗圣杜甫都是“朝叩富儿门，暮随肥马尘。残羹与冷炙，到处潜悲辛”。何以致此？李白有诗道破：“吟诗作赋北窗里，万言不值一杯水。”

新时期以来，诗人处境更加艰难。原始社会有过“石器时代”“铜器时代”“铁器时代”。著名诗人公刘生前自称生活在“纸器时代”——他家用具多为“纸器”：纸箱、纸盒、纸制品。由于穷困，一些诗人弃诗而去。上海诗人季振邦还写了《戒诗》文章，即如“戒烟”“戒酒”“戒毒”一样，戒掉“写诗”，原因很简单：“二十年诗坛笔耕，除了微有薄名外，身无长物。在当前，一夜苦吟，搔破头皮，还抵不来一顿早茶。”（1993.8.3《文汇报》）文坛流行一句笑话：“《十五的月亮》十六圆（元）”——著名诗人、词作家石祥的《十五的月亮》歌词已成为经典作品，稿酬却只有16块钱。至于无名诗人，非但没有稿酬，出书还要自费搭钱，穷困所迫，无奈“戒诗”，是可以理解的。

但是，绝大多数诗人词家和社会贤达，不管多么艰难，还是乐诗不疲，坚守诗歌阵地，保持一方净土，毫不动摇，都在“以自己的血肉”养活诗歌。因为大家认识到：诗是文学王冠上的“明珠”，是艺术宝塔的“尖顶”，是人类心灵的“宗教”，是精神沙漠的“绿洲”，是国家民族的“神圣事业”！有位“金秋笔会”诗友也说：“诗是龙的眼睛。”不错，古人早把诗比作“诗如神龙，见其首不见其尾”（见赵执信《谈龙录》）。总而言之，诗是非凡的不朽事业，值得为它付出一切！

首先是诗人词家，心甘情愿为诗付出，如醉如痴地爱诗，似癫似狂地学诗，废寝忘食地写诗；古人称之为“诗魔”。唐代白居易说：“劳心灵，役声气，连朝接夕，不自知其苦，非魔而何？”（《与元九书》）白居易还有诗说：“唯有诗魔降不得，每逢风月一闲吟。”李贺的母亲嗔怪李贺写诗：“是儿非要呕出心来！”因此，人们形容写诗是“呕心沥血”，也就是诗人在“以自己的血肉”养活诗歌。已故军歌作者、著名诗人公木曾经说过：诗人不仅要“以诗为生命”，而且要“以生命为诗”——意谓既用笔墨、又用生命去写诗，生命本身也应是首大诗！所有诗歌报刊，包括《中华诗词》《诗国》在内，如果没有诗人词家如此地养活诗歌、支持刊物，那是无论如何办不下去的——因为俗话说得好：“巧妇难为无米之炊”嘛。

其次是党政机关、企事业单位、社会贤达，也在养活诗歌，主动为诗奉献，或者奔走呼号，或者慷慨解囊，或者提供方便，或者出谋献策。大家齐心协力地襄助诗歌事业，共促诗歌繁荣。上至中央领导，从老一辈革命家诗人毛泽东主席开始，直到后来的朱镕基总理，再到近年的马凯副总理；下至地方政府、各界精英、平民百姓，包括政治家、企业家、社会活动家等等，都在为中国诗歌不懈努力、争做贡献！

“以自己的血肉养活诗歌”，据我理解，包括狭义和广义两个方面：狭义是指诗人自己的创作，即呕心沥血写出精品力作；广义则是指致力于诗歌事业，凡为诗歌事业尽心尽力——含有物质和精神，都是在“以自己的血肉养活诗歌”。李汉荣和他的南方黑芝麻集团以及广西诗词学会举办“甲午岭南雅集暨《商海诗涛》恳谈会”就是在“以自己的血肉养活诗歌”。因为李汉荣和他的集团不仅高度重视企业文化建设，而且热衷襄助诗词发展，费心尽力辅导企业诗词爱好者，引领培育企业员工的诗词兴趣，创办岭南第一家企业诗社——“南方诗社”，自任社长——这决不是个轻松悠闲的职务，是要花费一定心血的。正是由于李汉荣和南方黑芝麻集团的慷慨付出，才使诗词创作成为企业文化的一个亮点，同时也将成为我国诗词事业的一个亮点！恰如张福有《商海诗涛礼赞》所说："大事业红染商海，小芝麻黑卷诗涛。"杨逸明《西江月·赠南方黑芝麻集团李汉荣主席》词中也说："芝麻小小谷中王，粒粒饱含希望。"因此，我们真诚感谢李汉荣和南方黑芝麻集团以及广西诗词学会为中华诗词事业所做出的可贵贡献。

·诗讯·

老诗人戴碧湘在京病逝

老诗人、剧作家戴碧湘，因病于2014年8月12日在京逝世，享年96岁。戴碧湘1918年7月生于四川安岳，1937年5月参加革命。历任四川旅外剧人抗敌演剧队党支书、辽西文工团团长、广州军区文化部副部长、东方歌舞团团长、文化部艺术局副局长、文化部艺术教育局代理局长等职。1986年12月离休。为中国作家协会和中国戏剧家协会会员。著有诗文集《浅水堂剩稿》《戴碧湘诗文集》，剧本《抓壮丁》（合作），主编《艺术概论》《文化管理学概论》（上、下集）、《高原演出六年》《源远流长》等。

新古体诗卷

顾　浩

旗帜颂

——为我党十八大而作

十番春回，
三千六百日新，
一百二十月异。
齐赴重任，
心海镰锤同辉，
神州城乡比翼。
勇克时艰，
五十六族和衷，
十三亿众共济。
泱泱华夏，
盛世伟业惊天，
旷世奇迹动地！

傲然回首，
万里风雨征程，
一路中华印记。
人间屹立，
祖国千山扬眉，
圣域万水吐气。
珠巅四顾，
寰球风紧云涌，
满腔潮急浪起。
高举旗帜，
再展富民宏图，
更施强国大计！

舜日颂

——拜谒舜帝陵庙

倒转乾坤几千载，
怀着满腔敬意，
来到舜帝跟前。
双瞳炯炯日与月，
即便上下有际，
也是左右无边。
受虐遭逐视如芥，
只知报恩之事，
不识复仇其言。
脚踏实地深痕在，
历山稼穑境高，
雷泽渔猎风鲜。

唐尧心宽金睛明，
举起圣贤当权，
盛世光景连年。
正气腾腾万众钦，
部落欣喜结盟，
中华豪傲开篇。
肩负重任人间路，
平却四凶作乱，
安得百川润田。
胸海霞蒸梦更远，
五典震惊北斗，
九韶响彻南天。

领土情

——强烈抗议日本侵犯
我钓鱼岛主权

沧海浩瀚，
宝岛雄伟，
赤县怀里傲坤乾。
周边撒网，
峰头把杯，
卅代炎黄情一片。
本为我国圣土，
竟成他邦商品，
旷古邪闻笑破天。
怒潮鼎沸，
大众激愤，
应知今朝是何年！

回首往昔，
倭寇暴行，
千仇万恨涌胸田。
狠心未泯，
警钟长鸣，
不容悲剧演续篇。
看九州复兴，
正五洲机遇，
和风劲起驱寒烟。
有谁玩火，
无地葬身，
盛世中华非从前！

善行歌

——同友人议人

握拳而来，
撒手即去，
不过百十寒暑。
人生于世，
命关乎天，
岂可视作尘土？
想孩提日月，
襁褓朝暮，
父母血汗难赋。
到七龄就学，
几载开蒙，
师恩浩荡垂千古！

当年届弱冠，
春光满面，
征途修远举大步。
然风旋云乱，
山回路折，
圣贤也有失足处。
愿多增笑语，
少添哭声，
菩萨心肠暖万户。
如造祸他门，
捞福自家，
只能列入另类数！

情绵绵

——寄友人诗句

初见如故，
再会无缘，
阔别五十余载。
常想当年，
小巷深处，
惊遇飞起满面彩。
虽属偶交，
但是永契，
纵隔万水又何奈？
一朝携手，
终生牵肠，
真意直到云霄外！

月缺月圆，
雁去雁回，
时过花不败。
风狂风和，
天阴天晴，
境迁山难改。
人世挚友，
心田圣土，
怀有柔情更豪迈。
亲朋成千，
知己上百，
高峰环顾发感慨！

易　行

五大连池（自制词）

火山一举千年叹，五大连池顿现。遍地焦黑，漫山青紫，湖水连天暗。夕阳一抹，彩珠一串，都是品花宝鉴！

夜深人静轻声唤，万古风云变幻。地覆天翻，桑田沧海，谁主霄汉？看寒星点点，冷月弯弯，霓虹片片。

长江浪（自律词）

万里长江谁横渡？百代闲庭谁信步？雄师百万谁调遣？蒋家王朝谁颠覆？不是一人如钢铸，哪来中华如山矗！驱日寇、抗美欧、斥苏修。如椽巨笔绘宏图，总为国强民致富。举世谁说不？

后浪承前亦醒目，神州一跃新高度。东拒狂飙南拒涛，北联西合丝绸路。若说最是赏心处，反腐敢动大手术。实干兴邦为民生，重教强军两不误。中国梦美让人钦，中国壮丽让人慕。众望谁能负？

黄河水（自律词）

黄河之水天上来！浮大禹，荡司马，洗太白。掉头东去，轰鸣长啸，奔流到海不复回。万里浪，九曲湾，千丈崖。走壶口，跃龙门，育雄才。当年一曲合唱，华夏百代情怀，轰轰烈烈震歌台。

一时暴怒发难，顷刻覆地翻天，万里黄汤煮良田，谁为挽狂澜？绘宏图，炸险滩，截激流，没荒山。刘家一坝高耸，三门百尺闸悬，花园电灌如注，浪底浊浪喷烟。全化作、今日，笑语欢颜。

雨后登长城（自律词）

雨后登城送目，看江山如画，碧空如洗，流云如注。想千古一帝，横空出世，已逾两千寒暑。平六国、定九州，焚经书、坑鸿儒。勃然一怒，气吞万里如虎。问世间，功过谁能比附？ 有长城万里高筑，震古烁今，环球独步；有兵马彩俑无数，耀武扬威，惊世骇俗。更何况，书同文、车同轨，一统天下路。真个是，功也千古，过也千古。千古无人可确评，千古无笔能胜诉。

春晚（自律词）

这盛会，这热浪，欢畅中几分悲壮。漫天大雪，压不倒、神州豪放。天照样蓝，灾照样抗，舞照样跳，歌照样唱。胸腔里流出，新春万象。 悲情在激战中雄壮，豪情在鞭炮中鸣放，繁花在冰凌盛开，暖风在五内激荡。构成了，辞旧新声，迎春交响，人世间，又是一场硬仗。

赵安民

西域叙事组诗（选四）

黄帝时期西域探险①

传说非虚幻，史实谜雾中；
远古在黄帝，即与西域通。
黄帝诏伶伦，东土至昆仑；
取竹嶰溪谷，截三寸九分。
次制十二管，吹效凤凰鸣；
终制十二律，乐奏天籁声。
春秋古乐篇，文字记得真；
乐官至西域，探险第一人。

注：①《吕氏春秋·古乐篇》记载：“昔黄帝诏伶伦作为音律，伶伦自大夏之西，及之昆仑之阴，取竹于嶰溪之谷，以生窍厚薄均者，断两节间，其长三寸九分而吹之，以为黄钟之宫，吹日含少，次制十二管，以之昆仑之下，听凤凰之鸣，以制十二律……”

中原西域间的玉石之路①

请看考工记，详记夏商周；
三代王宫里，中原玉事稠。
玉府司玉器，琢玉有玉人；
殷墟妇好墓，陪葬玉器群。
和田子玉美，玉河采玉频；
中原与西域，玉路早相通。

注：①早在大约新石器时代，由西域向中原（和西亚）运送玉石的商道“玉石之路”就已形成。《考工记》称，夏商周三代都设有专管玉器的“玉府”和专门琢玉的“玉人”，曾不断派人去西域采玉。玉石之路与后来的丝绸

之路（必有重叠）一道，成为东西方互相往来的欧亚大陆桥的代表。这交往中贯穿着一个永恒的主题：化干戈为玉帛。

周穆王远巡西域[①]

上溯三千载，周代有穆王；
行程几万里，长征起洛阳。
西巡御八骏，探险过天山；
丝绢传西亚，玉石送中原。
左传山海经，史实记得清；
幸会西王母，葱岭绮窗明；
瑶池宴歌舞，浪漫盛风情。

注：①《史记·秦本纪》说，“造父善御，得八骏，穆王使驾而西行巡狩”，穿天山，登昆仑，与西王母会见。《左传》《山海经》《穆天子传》《竹书纪年》等对周穆王远巡西域会见西王母史实均有记载。穆王远巡西域开创了玉石成批东运和中原丝绢、铜器西传的新纪元。葱岭：帕米尔高原的古称，被人目为“世界屋脊”，万山千壑，寒气逼人。李商隐有描写此传说的《瑶池》诗：“瑶池阿母绮窗开，黄竹歌声动地哀。八骏日行三万里，穆王何事不重来。”

岑参天山放歌

岑参于公元749年和公元754年两度从军出塞，佐幕西行。在西域生活的五年时间里，频繁往返于北庭、轮台和高昌之间，长途跋涉在沙漠戈壁和高山之地。足迹遍及天山南北。留下大量诗篇，为我国边塞诗增添了最亮丽壮阔的风景。

唐朝天宝是盛期，岑参出塞到安西；
佐幕安西节度使，唐诗边塞铸传奇。
初入西域伊吾道，涉过流沙入高昌；
过交河沿天山麓，安西都护府奔忙[①]。
初出西域露锋芒，才华横溢志鹰扬；
北庭节度使赏识，表请岑参为判官[②]。
二使西疆出玉门，节度判官是诗人；
西域风情诗记录，边塞诗名属岑参。
文书出土吐鲁番，记录诗人未下鞍；
交河郡坊马肥壮，驮载判官过天山[③]。
异域阴山外，孤城雪海边；
黄河西际海，白草北连天。
十日过沙碛，终朝风不休；
走马碎石里，四蹄皆血流[④]。
终日大风与飞雪，连天戈壁山连山；
西南几欲穷天尽，历经酷热与奇寒。
西域地广民族多，互相学习互切磋；
西域番王能汉语，花门将军善胡歌。
番书文字别，胡俗语言殊；
乐杂异方声，座参殊俗语[⑤]。
君不闻边塞诗声剧高亢，唐诗神采添豪放；
时空穿越遏云歌，策马天山骋雄壮。
两度从军到西域，五年风采遍天山；
异情奇景凝佳句，边塞诗添壮丽篇。

注：①天宝八年（749）岑参第一次出塞，乃应安西节度使高仙芝辟召，到安西幕府（今新疆库车）任书记之职。于天宝十年随高仙芝返回长安。 ②天宝十三年（754），他又应安西、北庭节度使封常清的表请，到北庭幕府（在今新疆吉木萨尔北）任职节度判官。至德二年（757）自北庭东归长安。 ③吐鲁番出土文书提供了岑参行役于天山南北的实证。如天宝

十三年交河郡长行坊马料账记载：“郡坊马六匹迎岑判官，八月二十四日食麦四斗五升，付马子张记件。”同年十月二十五日又记：“岑判官马七匹，共食青麦三斗五升，付健儿陈金。”④以上四联乃集改岑参诗句而成。 ⑤岑参诗句记载了军队与地方多民族杂处的和谐境况。

蔡世平“词随心动”书法展即事

2014年5月，“词随心动——蔡世平自书南园诗词艺文雅集”在北京航空航天大学艺术馆举办。去年5月，蔡世平主政的中华诗词研究院所办“五月情缘”绿杨诗友茶叙会在绿杨宾舍（原西公所）举行。

五月京中柳叶长，书家词客满厅堂。
琳琅满壁陈佳作，琴琶吟唱韵悠扬。
云烟满纸知何似，鼓瑟犹闻帝子灵。
神来楚客冯夷舞，雾隐青峰罩洞庭。
短长肥瘦俱佳态，盛事争传夸友朋。
王逸少，欧阳询，古今几个响高名？
且看蔡君词翰美，始信万事贵天成。
今日书展突惊艳，明朝美誉动京城。
蔡词天下称独步，蔡书偶尔露峥嵘。
南园词妙生花笔，补月楼高墨色浓。
去年五月绿杨会，今年五月会黉宫。
文采翰墨欣双健，五月情缘雅兴隆。
词随心动南园艺，心与词飞北国风。
词体复活新标本，书艺东方旭日升。

汪国新

泊岳阳楼[①]

梦游洞庭湖，晨泊巴陵岸。
碧山擎琼楼，巍然耸江畔。
雾里相亲近，梦中相去远？
众心似吾心，无意泊舟偏。
莽荡八百里，风帆天水间。
银鸥舞青螺，渔家唱丰年。
故垒阅台旧，玉盘乾坤转。
东汉忆当年，水寨金鼓喧。
烽火三足鼎，东风一缕烟。
赤壁烧铸成，古碑插江天。
金浪敲平仄，亚洲原野弦。
鲁肃今回眸，捋须呈笑颜。

注：①凡所美好情境，仿佛梦中到过。睡者醒是梦，醒者睡是梦。

凤凰古镇

山水凤凰游，湘西世外幽。
同好兼同道，雨无新与旧。
巍巍驾长车，悠悠泛远舟。
一览夙愿酬，一扫雾霾愁。
风物湘西绝，时空疑倒流。
人喧桥廊里，舟挤石城头。
夹山酒幌稠，尽兴杯尽叉。
灯火望江楼，辉煌绿水瘦，
困穷多匪患，生囚阴狱囚。
金碗先发好，金山后发优。

穷山恶水咒，代代有年头。
穷山摇钱树，恶水贵如油。
时顺财源茂．野运跟人走。
心开眉锁解，洋开岛练休。
金猴闹深涧，绿雾暖寒秋。
对岸歌舞秀，未央歌未休。
炊烟吊脚寨，虚妙因云岫。
兴随河街陡，趣谐桨声悠。
地灵生人杰，文星光射斗。
大都成大堵，物欲横物流。
君不见春风，化雨卅秋后。
财多不压岭，运顺不塞流。
时背财源涸，黄金当土豆。
山不孤高人益寿，水因委屈智多忧。
万里寻源归正本，千秋朝圣觅根由。
敬神如神在，敬畏诚得够。
君不见天人对应古今有，
心莫强求当诉求！

题山楂树情怀

三峡门户宜昌，丹青粉本宝藏，
山植树兮芬芳，开启岁月陈酿，
山楂树兮久长，温暖妙龄遐想，
君莫道历史局限，局限扭曲经典华章。
君不见泽畔孤忠，孤忠嘶哑天问国殇，
寻宗迷茫兮，板辟岩尚存野人余温。
天地洪荒兮，盐池河回荡巴祖绝唱。
花容易逝兮汉妃和族伴溪香，
石牌见证兮，万众一心抗日灭猖枉；
烽烟飘散兮，高峡大坝横江任收放。
山楂树应时花发，休顾盼，
几分冷落，几分清赏；
山楂树顺运果实，且任凭，
几多采拮，几多毁伤。
多情自有丹青手，
心之所望，足之所往。
下白拜揖，下自徜徉。
颂又何妨，谤又何妨？
捧出心香一辨，何来独占群芳？
献上丹霞万丈，何须浩叹夕阳！
君不见，画是吾身心电图，
画是吾身自画像。回归桑梓情兮，
情溢九州。
复兴中国梦兮，梦筑五洋！

叶晓山

垂　钓

老来爱好多，悠然成钓翁。
不钓寒江雪，只钓夕阳红。
倚坐树荫下，垂线荇草中。
我心静如水，诱饵钓鱼龙。
眼望水浮漂，随风西或东。
忽见饵下坠，举竿意从容。
尺长大红鲤，丢进篾篓中。
此时好心情，笔墨难形容。
太阳欲下山，垂钓兴犹浓。
何不早回家，煮鱼邀良朋。
品尝陈窖酒，沁得两腮红。
举杯相视笑，一对老顽童。

散 步

时光如流水，转眼到老年。
诸多锻炼法，散步是首选。
走出养尊楼，步入山水间。
每日八千步，双脚如琴弹。
昂首阔步走，挺胸背不变。
胳膊前后甩，双眼不斜看。
选择林荫道，带氧气如兰。
春伴鸟音啭，夏傍蝉声酣。
秋倚花堆金，冬踏雪铺棉。
四时不间断，日日报平安。
甩掉病包袱，踢翻阎王殿。
走出健康我，人称白发仙。

李 增

泰 岳

五岳独尊灵秀韵，接天映日旭涛临。
天街祈福碧云祥，国泰民安朗乾坤。

风啸夜

夜深雨敲窗，梦醒枕席凉。
风吼摇树斜，无端惊柔肠。

梦寐寄新程

人生一场梦，梦寐寄新程。
梦缘千里外，望穿在祈等。
既然是美梦，为何叫早醒？
梦真兑挚情，黎明台先登。
笑脸迎浪花，时尚赶潮弄。
济帆扬金岸，努力去拼赢。
困难脚下踩，驿站不歇停。
奋进坎坷路，自强铁骨铮。
奉献不求报，厚德载物通。
东西南北中，周往四时更。
千秋文炳史，万代福康宁。

刘柏青（长春）

哀死别

一

气化春风肉化泥，火化骨渣装盒里。
一生负债都卸尽，至亲至爱余悲戚。

二

老妻黄泉路行早，遗我悲痛哭嚎啕。
六十余年共悲喜，相濡以沫直到老。

三

劳燕谐飞几十年，一朝死别心黯然。
纵然惜别终须别，恨不西游在君前。

陈景河

病中吟（四首）

送杨德山之白城[1]

胡笳声声的草哀，惨月独戍旧烽台。

旋风稳稳拄天立，黄沙滚滚动地来。
横眉立眼观紫月，傲骨凌然下瀚海。
秋寒春暖非人意，隆冬去后梅几开。

注：①杨德山，同年级甲班同学。时余病等待遣送回乡；德山因有不当“会论”待审查，后发配白城市长岭县粮食局任库管。同命相怜，多蒙照料，甚感。

送关文新去梨树县社教

窗寒窗暖十六年，此去并非桃花源。
初历风云试枪戟，几经波浪鼓鹏帆。
学海无涯苦可渡。书山有路勤能攀。
分手方知同窗好，人生不易在青年。

1964 年春于病床

赠病友林乔

十月末尾，余抱病归里。病友林乔兄（亦棋友）以李瑛《红柳集》惠赠。昨夜梦见，踏春郊游，怡然而乐……醒来怅然。

昨来一夜鸟鸣条，碧叶琼花不胜娇。
折来红柳扫宿疾，摆下棋局听鼓角。
春城城阔好舞剑，白山山深可付箫。
有情不怕山水远，心到神知无须桥。

感　怀

——岁末寄王世芳同学，时卧病家乡草舍

远山茅树浸紫天，寂寞冰封子陵滩。
坐看老鸦飘风去，卧听松风带月还。
矿石收音疑发报[①]，草舍陡然起烽烟。
赋闲东篱成梦境，世里哪有桃花源！

注：①住院时把收音机带回乡下，50 米电线被疑为向外发报。

张国梁

仿念奴娇·纪念建国六十五周年

万钧霹雳，扫颓城败堡，荡涤魔障。剩水残山待重整，玉宇琼楼凝望。六五春秋，龙腾虎跃，旧貌更新样。江山如画，迩遐娇姿俊爽。　　今日霁月光风，艳阳高照，追梦宏图壮。革故鼎新波浪涌，万物茂繁和畅。春意浓浓，嫣红姹紫，极目舒心赏。堂堂华夏，几多瑰丽鲜亮。

缅怀小平

——为纪念邓小平诞辰110周年而作

伟人音容永难忘，光辉业绩世堪惊。
百色揭竿赤帜举，山河破碎荡倭兵。
鏖战淮海传捷报，靖乱驱邪浊气清。
三起三落忠贞保，南巡讲话启明星。
消贫谋富泽惠显，革故鼎新帅旗擎。
一腔热血国魂铸，黎庶冷暖肺腑倾。
春天故事纵情唱，霄壤飞扬赫赫名。

郭立河

处 警

车在疾驰心在飞，娃悬窗外系安危。
纵身好似凌空燕，一臂托爆掌声雷。

调 解

苦口婆心心至诚，铁鞋踏破破无声。
嫌怨尽释三春暖，聚力牵手梦逐成。

追 逃

路遥途险隐匿深，摸瓜顺藤历艰辛。
热血汗雨任抛洒，一径化作报捷音。

毛 锜

癸巳冬雾霾频发叹

一冬盼雪竟成奢，雾霾频袭挟尘沙。
望山空吟祖咏句①，渴雨情过应璩札②。
舆论急吁减排放，传媒亦呼禁烟花。
尴尬一时当猛省，人自造孽非天罚！

注：①祖咏句：即唐诗人祖咏的名诗《望终南望余雪》诗："终南阴岭秀，积雪浮云端。林表明霁色，城中增暮寒。" ②应璩札：即三国（魏）诗人应璩有与广川县岑文瑜书札，其中写道："顷者炎旱，日更益甚，沙砾销铄，草木焦卷……"为民求雨如渴之情，跃然纸上。

吕征棘

圆梦·自由曲

梦想几千年，美梦上百万，只可叹好梦难圆。梦乡里晴朗日，醒来后阴雨天；梦中酒肉美餐，醒来糠菜难咽；梦中歌舞昇平，实则硝烟战乱；梦里美妙天堂，睁眼身遭铁锁链。倒是恶梦怪灵验。今奏共富和谐曲，已赏小康艳阳天，中山月儿圆。

王柱民

悲歌邵逸夫①

昨日邵夫子，魂飞九天阁。
流水百年事，叱咤江湖者。
江河水漾漾，山岭花飘落。
影视娱乐圈，故事教化多。
无声变有声，黑白变七色。
力推明星榜②，遴选天王歌。
聚财千万亿③，乐善亿万舍④。
一助教育盼国兴，二助科技强祖国。
古来今往贤达人，类似逸夫有几何？
暗日天地吟，何星逸大爵⑤。

注：①邵逸夫1907年生于浙江省宁波市，系香港电视广播有限公司荣誉主席、知名影片制作人、娱乐业大亨、慈善家。 ②明星及歌王如巨星蝴蝶、阮玲玉、李丽华、周润发、周星驰等。 ③邵辅助慈善款项100多亿元，其

中内地 47.5 亿港币。 ④自 1985 年始，每年拿出 100 万元支持内地教育事业。2002 年创办“邵逸夫奖”授予医学、天文、数学有成就的科学家 100 亿元。 ⑤中国科学院紫金山天文台将 2899 号行星命名为“邵逸夫星”。1977 年英国女王封邵为爵士。

陈英高

忆少年耕读

稻草垒前庭，晨炊烟缕青。灶堂光烈烈，窗外雾濛濛。热喝南瓜粥，粗吞萝卜丁。飞身沿路赶，升日隔山迎。足下粘泥重，胸前汗水轻。书包藏腋下，字句蕴心中。耕读旧年月，攀越新旅程。光阴成逝水，春梦若流星。晚景倍珍惜，凭栏凝远峰。

桂　平

瘦西湖春夜曲

月斜夜静花弄春，栏畔吹箫倚玉人。箫声揉醒桥边水，水波摇动新月痕。天遣倩湖一水瘦，波光潋滟明如昼。丝丝垂柳乱飞花，谁人花底抛红豆？月光皎洁波荧荧，微波轻荡如有情。惊起沙鸥掠波去，风花夹岸摇空明。忆郎初来花满树，廿四桥边羞相顾。几回对月惜流年，还托鱼波通情愫。凝情怀古思悠悠，问月何年照此洲？汉寝隋宫皆寂寞，玉钩斜处失迷楼。春风十里扬州路，郎来一似春风度。郎去三巴壮游，送郎送到瓜洲渡。瓜步维扬一水通，游船摇尽落花风。三分明月二分照，都在春湖碧水中。敢情“人合扬州死①”？只为郎情似湖水。春去春来白了头，湖波依旧清如此！月色年年照此湖，湖光日日荡清波。盼郎早买东归棹，同唱春湖月夜歌。

注：①唐·张祐有“人生只合扬州死”之句。“敢情”为方言，即“难道是”之意。

王启斌

秋游五花山

满目秋光五彩山，青红隐现伴云烟。
层林尽染风雨色，冷杉摩天咫尺间。

刘陶枢

桂林漓江游（组诗 22 首选 6）

望夫石

少妇背小孩，风雨也不改。
伫立漓江边，不见夫归来。

千佛岩

如来实在懒，吃饱没事干。
众叛亲又离，弟子跑一半①。

注：①千佛岩目前尚有五百罗汉。

官帽山

官帽不值钱，乱丢漓江边。
谁想戴乌纱，快来桂林捡。

五指山

漓江五指山，海南五指山。
十指齐鼓掌，欢庆丰收年。

螺蛳山

远眺螺蛳山，上尖下又圆。
田螺乘鹤去，空壳留江边。

象鼻山

大象到江边，漓江水最甜。
喝了多少载，不想返家园。

李龙安

关　公

过五关时运气好，走麦城时运气糟。
人生成败岂由命？临危不屈真英豪。

金更臣

救命“火种”，赴丹麦

中华骨髓库 2012 年正式加入世界骨髓库。毕业于天津大学化工学院的造血干细胞捐献志愿者张羿，是“入联”后首例“跨人种成功配型”案例。他在解放军空军总医院成功进行了采集。张羿的“救命火种”，将远赴丹麦救治患者。人类非血缘关系的 HLA 相合率只有几万分之一甚至几十万分之一，所以此次配型成功，在临床上堪称奇迹。

中华骨髓库“入联”，乐为人类作贡献。
津门小伙干细胞，首跨人种志愿捐。
“救命火种”赴丹麦，大爱无疆热血连。
炎黄自古多英杰，侠肝义胆耀宇寰。

李纯禄

元宵夜

舞龙耍狮跑旱船，人海灯山月亮圆。
松花江水煮元宵，烟花闪亮长白山！

李太生

贺聚堂兄晋京书展

去冬今春议进程，光阴一寸不可轻。
敢谋翰墨千秋事，欲览山川万里行。
挥毫尽偿世俗债，落笔遍答友朋情。
一展能使书坛震，百幅足教动京城。

贺学生获全国书法奖

少年乡里著英声，苦研八法始有成。
廿载鹏图舒远志，数行雁帛寄深情。
挥毫坠石龙蛇走，落纸崩云虎豹惊。

百尺竿头期更进，好将建树报时清。

冯继红

兰 赋

性冲和而不争兮，情深挚以广远。山涧幽谷，皋隰之地，旷衍平野，东西南北，居之皆安。翠叶莹花，茂如瑶台之上，风雨晦明，一然空我之中。淡淡容姿，幽幽风神，匹潇妃洛神，渊渊思致，默默襟怀，比修篁枝梅。古人赞曰："兰之香，盖一国"。

尔乃尼父咏兰，勾践种兰，屈原佩兰，郑氏画兰，鲁迅采兰，朱德喜兰。一片生命之欢娱兮，逾谷越障而迎接。叩青锁，登赤墀，入牖窗，住蓬户，得兰章之隽秀，结兰交之情笃，体人间之苦乐，怀清流之悠思。

感生生之清修，思代代之精进，假翠叶之仰俯自如兮，借奇花幽馨而端秀，警世人曰：生命之鲜活于清幽兮，何劳于浊滓中汲汲？何疲于纷扰中营营？

惟瑶台之仙草兮，婷婷然之奇姿。
几世修之清幽兮，骨弥散之馨香。

罗崇亮

二胡六班春游龙山

四月龙山翠，结伴春游多。
六班欣相约，一路笑与歌。
樟林喜迎客，桔花也吟哦。
天然氧吧醉，身心沐祥和。
登高童心焕，奋勇有秋娥①。
夫妻真恩爱，携手到"仁和"②。
老师传帮带，热情去"琴讹"③。
出资最慷慨，感谢慕尧哥④。

注：①罗秋娥疾驰一马当先、老当益壮。②夏成同学一路有爱人陪护，中午聚餐"仁和饭庄"。 ③"琴讹"指纠正不正确的练琴方法。 ④此次活动由张慕尧同学出资主办。

欧阳光永

拟渔歌子·农家

一路春风一路花，游车接送到农家。
桃李杏，酒烟茶，欢歌笑语话桑麻。

田 牧

锤峰八咏（选二）

索道悬空飞半山，滑车乘坐赛神仙。
四海佳朋争仰目，五洲宾客竞登攀。

巍然高耸入云端，巨石为座铸流年。
一柱擎天金铁固，万代峥嵘壮人寰！

白永江

坝上行

放飞心情坝上行，横刀立马蒙古营。
地道味美山野菜，烧烤全羊回味浓。
草绿天蓝花绽放，云开林海映日红。
山高水长万里路，围猎皇家精练兵。
不虚此行追寻处，流连忘返难舍情。

岳永勇

高档酒楼车马稀

高档酒楼车马稀，反腐倡廉真给力。
赢得百姓会心笑，习李主政民受益。

叶修德

读毛泽东诗词有感（自由词）

坦荡荡，气势宏伟豪放。雄吟神笔意旷壮，逸情人尽赏。　　敢下五洋踏浪，勇纵九仞拜访。心系百姓斥魍魉，传世耀光芒。

新体诗卷

◇ 两栖诗人

◇ 民歌谣曲

旭　宇

秋兴诗（九首）

秋　兴

秋的天空是没有旗帜的清泉
凉爽的音乐瀑布般灌下
我们虽是少于思索的大脑
此刻　兴奋透明　如新的阳光
沐浴着我们心身
头颅自然地举起
如新春的林莽　浩野里
企盼阔别的鸿羽
每一声问候全是洞开的心窗

为你洞开　霉湿的气息
虽然胆怯地离去
蔚兰色的远山成记忆
那道彩虹和血的苦果联姻
穿过生命　昨日如草
枯萎后达到迟迟的彼岸
在这苦痛与晶莹的时刻
才理解生命汗水沉甸甸的意义

思维的天涯　被风蒸发
远近的山峦　繁闹的都市
巨笔删简着生活的底蕴
澄廓一切　陌生的面貌
如黄昏教室的钟声
伴着我们的异化饭菜
浇铸没有形状的世界
角落处　冷的血液寸结
为泛滥的时刻祈祷

夕阳就要回巢了
驻马河边　轻抚着秋的兴致
沉思从手掌流过
秋水寸寸鲜活生命的鱼
穿越痛心的季节
此刻　为谁站在秋野里
风景异异的一株老树

九九登高

九九登上山峰　抚摩秋阳
饮下黄花与诗　历史和风骚
是我们大理石雕刻的传统
不锈的情谊　借酒而红而绿
李白和屈原结为兄弟

大河的历史从脚下掀开
昨天的绝唱之后再无续词
断眼成烟　远方飘落
骚客的才气和善良
题壁东山　作东坡怀情赋
秃笔难写西厢
用秋的悲哀镶这无绪
依着唐人栽下的树木
风雨的枝干　岁月的叶子
便是九月登临的诗了

把酒一杯　邀着秋阳

吟唱对着无弦
身边的苦艾装订九月的诗
无从再寄山东弟兄
这支笔　写秃了九九山峦

秋　雨

昨夜第一场秋雨
打湿了九月的边缘
风柔和得如水
静静地穿过早晨
乳一样的心绪溢出
秋虫在诗篇中吟儿时故事

九月的菊篱　元人佳作
还有杜工部的旧醅
唤取清清的真诚
篱笆是诗行的间歇

雨打湿的南瓜如春的太阳
照耀这边也照耀那边
真诚的种子无数
为诗尽在其间
金瓜虽然熟在篱西
可根却扎在篱东

不必筑墙
九月的诗葱葱生满
当细雨走过秋的边缘
又有一个新故事
活在诗篇

中秋月

中秋月偏偏不圆
难照古人心
难亮今人眼
酸甜苦辣自家饭
理解只是肥皂泡
胳膊断了袖里钻

多少故事荒芜心境
雁去雁来渡老关山
叩响大河的胸
历史的笔如刀
风霜难将利刃卷

中秋月　哲子脸
激越词赋虽在
今古难团圆
难怪易安笆蕉雨
一滴滴打熟秋虫的歌
落在耳边

秋的思绪

黄昏的边缘
落叶相约的时候
有细雨造访思绪
隐约处　你的冷寂
让我难于呼吸
窗内是苦苦的岁月
而流水的激情
已在不知不觉的文章里
成为有血有肉的佛像

天边的花朵云样的开逝
之后　这样的日子不可能
再作无名的重复
生命是无声的乐段
只有春鸟飞过来

新叶才又一次成为闪光的形象
历史的手多样地弹抚
音色并不美妙　但仍
感到一群群南渡之雁
欣赏是一种艺术
造就情绪的仅仅是
我们的方圆　才华永远
属于大胆的放荡
当耶稣的创造不是唯一的杰作时
有价值的生命
便不再是地狱的魔鬼

谁能想象秋天是春天的接生婆
昨天尽管有血脉的辉煌
黄昏的秋叶虽也火红
但长水东流　涛声里
呻吟之后的时刻
我们便不再是婴儿
日子艰难地写作
序言和跋彼此发现
相互存在是一种真实

风　筝

故乡的我吹暖三月
我的童年
我的蒲公英
我的故乡哟
全在我伸长的手上
化作了金色　粉色　蓝色
在太阳的阶梯上
作花样滑冰

那一双双无邪的眼睛
有了翅膀
有了理想
有了无边的快乐哟
苦难是落叶　枯草　小皮球
童年的三月
永远是长翅膀的

故乡的风筝远去了
在人间
在多雨的秋天
在惊醒的梦里哟
只有这一条线绳在我手里
变给知己　交给情人
风暴袭来时　引渡
我飘忽不定的灵魂

苦　海

在苦海中搏击风浪
浪涛是我的身体
海鸥的翅　我的思想
每一个波浪　一页门窗
邀我进去作客

欣赏奥秘和勇敢的杰作

喝一口水　也不觉苦
自由覆盖了所有的不幸
化一股清凉　从肺心
到思索的头顶

抖落一身蔚蓝　沙滩上
太阳多情的拥抱
抚摸我每一寸灵魂
作巡天的畅想
海水是我的向导

身后是峥嵘的山峦
还是到咸咸的苦海里去吧
风浪的自由
自由的风浪

九　月

常常思念雨的成熟
那一声圆润　使夜窗
成为词作的扉页
精妙而神往
燕子不期而别
花朵更显得独对
秋蝉的痛苦

淋漓中　水滴石穿的回忆
是不朽的神话
隔岸的枫叶如火
钟声渡过午夜
难圆九月的梦

寄给九月后的云霞
春雷虽然远去
可足下的涛声
仍可以慰藉灵魂的伤口

天　风

你从天间缓缓走过
裙裾卷动波涛的遗曲
将有与无的真愿
洒在虚净无垠的空间

在无人企及的高寒之处
投下渺渺的足响
便有无数蒙蒙的情思
播在觉者们厚厚的田圃

我多情追随你的清影
让思情与你一起共舞
在透明的空中原野
绽开白莲一簇，一簇

忆及儿时家乡的春空
从远天飘落无数丝絮
而今我又返回那段童真
任天风的童话在耳畔讲述

打开释迦千年的慧思
请这透明的风渡过心际
是金经的一句话的钥匙

将天门的碧兰深深开启

天风从我心的深巷
踏响久远的迷蒙回忆
仰视高天禅一般的清纯
不枯的青色万年永驻

我心愿将天风摘下一缕
放在墨池中任其翻卷
黑白的韵律从此羽化
脱巢的精灵直入苍穹

天风，从我心灵中缓缓流过
清亮的甘霖将文稿洒满
清灵的曲子是永恒的主题
唤回童心那不老的华章

李发模

买　卖

你要什么？我要“现在”
给你
不！我要真的

蒸的？有
这是彩色馒头
我不敢买

那么给你“过去”
那是往昔：再给你“未来”
不！连小孩
喝的都是毒奶

请问究竟要什么
给我两片药吧
一片治虚无：媚外
一片医恐惧：暴利

猛然发现

猛然回过头来，发现猛然
在古庙扩址的推土机声中
人行之路，猛然断了

猛然抬头，几幢商品别墅
如雄雌之狮，蹲在
这风水宝地之上，口念
阿弥陀佛

信仰在私下，惴惴不安地
偷偷议论
猛然抬头，发现挺肚的
比菩萨更菩萨的钱权
噤若寒蝉

我劝屈原

我劝屈原，你不必招魂
如今魂也集于人民的
币
我见一些登龙船的灵魂

真的是被人民
毙了

我说屈原，也许你没想到
你的诗，在当今还可作为
一些人的
防腐剂呢

只可惜
他们不读你

问

一切都看强权与枪口的
脸色和眼色行事
这个世界，算是有救
还是没救了
——弱小问上帝

公平僵硬，原则变软
魔手操纵乱象，血泪浸泡人权
贪婪播种的正义，长出横行霸道
这世界，已很西式
而文明呢
——主权问上帝

敌不过飞弹，高呼和平何用
忍气吞声，随波逐流非亦是
人类问我，我去问谁
难道不见我也难逃
裹着糖衣的高科军事……
——上帝说

滑

小人难养，可以圈养
与奸者握手，你之五指
一定要多长心眼

因为——
爬满青苔的石头，远比峭岩
更易让人滑倒

壮

风险养人胆魄
苍茫可壮胸臆
心翼翻飞
可凌空浩瀚天宇

自由的精神生态
不因风卷云起

比

以己之长比人之短
岂知他人轻轻一笑
是在心里暗暗磨刀

舔

瞧人舔尝权力的滋味
勿如舍身救起
仍在舌浪下跳动的
一颗颗良知

吴开晋

诗二首

忆讲台

三尺长方
蕴聚着风雷万千
先师们在上面侃侃而讲
宣扬着五千年文明的灿烂
滴滴心血化作粉笔末纷飞
又如雨露滋润着我饥渴的心田

曾几何时，吼声把宣讲声淹没
先师所在“喷气式”中被剥夺了人生的尊严
当朝阳再一次把讲台照亮
他们却都驾鹤归天

尔后，我又跨步登上讲台
挥动起被折断又连接起的教鞭
为一位位文化大师精心地画像
挖掘着他们大海般知识的源泉
把他们高尚的品德也推上山峰
拨开一双双稚嫩又渴求的眼睑

当一朵朵鲜花在神州大地绽放
满天的桃李秀气弥漫
这是人生最大的奖赏
止不住在讲台上泪花飞溅
四十个冬春真如闪电一瞬
直到皑皑白雪把头顶盖满

于是，我鞠躬向讲台告别
又忆起讲台上先师们慈祥的笑脸

牙的告别

一颗大牙要离我而去
不免有些凄楚心酸
它是父母精血的凝聚
伴我闯荡了七十多年
曾啃咬过野菜谷糠
咀嚼过童年的苦难
也啜饮过朝鲜战地的冰雪
吞咽过干涩的炒面

在那人人发烧的年月
又强咬过“瓜菜代”和小高炉旁的薯干
它又尝过嫩江的鱼腥
漱咽过长白山的清泉
当然，也曾在宴席上“冲锋陷阵”
聚餐会展露出洁白的容颜
它品尝过多少人生的酸甜苦辣啊
把风风雨雨从舌尖送到心坎

如今，它衰老了，牙医要取它而去
让塑钢的同类把位置抢占
但它并不连着我的骨血
我将永远把告别的老友怀念

孙拥君

高高的草原

异乡的风，高原的氧

穿过我的血脉
哈萨克的牛羊散布在毡房之外
守护着海拔两千多米的爱情：姑娘坟
雷声给草原带来雨滴
乡音逊色于沉默的山峦
认识一个人要几分钟，也要几十年
昨晚的哈达飘着蒙族的酒香
挂在我的胸前，一面是西域的河
另一面是河的故乡

假设的雾

哈萨克山，父亲的山
伊犁河，母亲的河
原来伟大的爱到处都在
我们相遇在父亲的篇章
越过精神变幻
假设的雾
重逢在掩饰真相的路口
阳光扎根心底
尘世风暴从未摧毁光明的脚步
别了，八卦城
今日告别，不想说出秘密
遥远的你知道我的一切
是非，成败，荣辱
山水间化为尘埃
这方风景，我们来过
这样的风情，我们爱过

时差是一种现实的认知

乌鲁木齐用热烈的太阳
迎接了我
这份情感，从机场跟随到宾馆
点燃了黑夜
深夜十点半，我站在高处
鉴赏夕照彩霞
后面的路先是在天空
然后在山地
光焰闪耀大西北的光景

伊犁河，一次次在我的睫毛周旋
喝过路边的泉水
从鹅卵石里寻觅宝玉
从河里打捞少数民族孩子、女子的笑声
一座大桥晚霞中自言自语
美食街的灯火，是太阳赐予的光度
这里感觉不到寒夜的存在
只有不肯离去的白日
在我的细胞做梦

看赛里木湖

过赛里木湖
一个老作家的诗歌
剪贴在我二十多年前的笔记簿
想必那时的路不好走
他匆匆而过
我却流连湖边
拥有更多时间的自由
如果没有骏马、骆驼、行人、小商品市场
那山就是空山

那湖就是空湖
天山的雪水滋养了冷水鱼
游进边陲城镇的餐馆
高的是白杨，矮的也是白杨
古城的楼宇看得见戈壁、沙漠
而我满眼都是可爱的
不同肤色和眼球的人
这是边疆的湖泊，中国的湖泊
过去的梦追逐在一方泛黄的稿纸
如今跳进万顷碧波

李苏卿

新农村（四首）

绿色养老卡[①]

一张绿卡　一只绿色的鸟
在中国飞了几千年　终于
首次飞进夕阳黄昏

一张绿卡　是一个绿色的聚宝盆
粮食　鱼肉　布匹　医保——
想要的　什么都可变出来

一张绿卡　似一块绿宝石
嵌在中国农民史的空白处
闪烁着这个时代的光芒

注：①2007年，浙江农村除了五保户、残疾人外，又对所有的老人发放了养老卡。

新　屋

他终于用几十年的阳光
把茅棚孵化出一幢新楼
昨天的皇历留在鼠洞
将来的记忆会去细嚼

粉得雪白雪白的墙盖住了
过去的泪迹和血斑
像宣纸一样白的墙壁
被他眯着的视线画了
许多他心中的图画

客厅的沙发上　休息着
许多陈年疲惫的幻想
两张崭新的米黄色床
正在做一些想不到的新梦

面对大衣橱的长镜子
他看见了地狱，也看见了天堂

牛皮沙发

是否是他过去养的牛
牛皮被染成的咖啡色？
这对沙发把客厅照亮
他使劲拉我坐下，我说
“你也坐下，坐下吧，
几千年了，该歇一下！”

长工的孙子，现在的种粮大户
他坐在过去地主美梦的顶端
坐在中国农民史的最高处

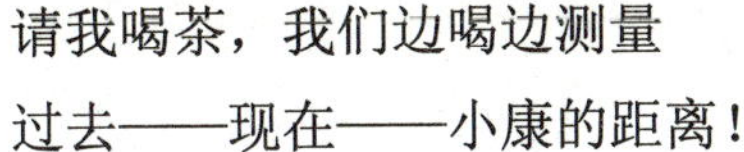
请我喝茶，我们边喝边测量
过去——现在——小康的距离！

他的香樟树

这棵香樟树像一把绿伞
在他心中撑了三十年
树中，有他的心在跳　血在流
所以树一有伤，他便很痛

虫子不敢接近的香樟树
做书橱画箱最好的香樟树
已经长高而且很粗的香樟树
他打消了做棺木的香樟树

他的这棵香樟树
他悄悄地把梦藏了进去
他要把骨灰埋在树下
树就是坟　树就是墓碑

项兆斌

社区饺店

吃完鲜美的水饺
正要离去
一袭粉红色羽绒的青春女郎
似一朵彩云飘进饺店
轻盈地落在餐桌旁

他的目光在她身上流连
像枯老的手掌抚摸婴儿的脸庞
稍一跑神，他起身时
弄翻了饺碗残汤
溅泼于他和她的衣裳

尴尬间
女郎从包里取出餐巾纸
纤纤细指轻轻撕开包装
她一张
又一张地递到他手上
他一张又一张地
擦拭呢外套上的汁汤

虽然低着头
却感到了亲切灼人的目光
他颔首致谢、致歉起步离去
不知为什么，他忽又转身
将印有“教授”头衔的名片
微笑着递给女郎

……欲走还休
忽地女郎笑声爽朗——
哦！您是师长
女郎抬起头来
他心的眼睛早已驻足
她那光辉迷人的笑靥上
欲走还休……
迎春花儿凌冬绽放

小桂的商店

桂圆样圆圆的脸

桂圆样圆实的身个
桂圆色的肤色
桂圆色的茄克和衬衫
大男人系着个女式小围腰
小桂的小店开在小区进口处
糕点、牛奶、饮料、面条，鸡蛋
灭蚊器、香烟、口香糖……
啥子都有，店里摆不下了
还摆在了店门口
上面遮了个特大的伞
从清晨直到子夜
小桂是不知劳累的机器人
谁要买东西
眼前就浮现出那张桂圆的笑脸
小桂我要买板鸡蛋
小桂我要买包香烟
小桂我要拿酸乳
小桂我忘记带钱了……
小桂我的电摩托寄放在你店前
小桂总是连声说是是是
桂圆色的脸蛋绽放若花
……
一天我从小桂小店经过
小桂说有你家的一封挂号信
我惊诧说你咋当起邮差来了
小桂说既方便了方方面面
我自己也多点事做
见我手中拿着报纸
小桂忽说你家该订明年的晚报
我说一小时前刚给邮差订了
小桂脸上立马挂着无奈
低头跺脚说可惜了

大花猫

20 年前，割肉的寒风里
他光着的上身冒着热气
黄泥色的肌肤缀满汗珠
三轮车载着家具如飞
为我搬家，飞了一趟又一趟
来到自来水龙头前
伸长脖子歪着头
咕隆隆恨不得把自来水管喝裂
他从车兜里扯出脏衬衣揩脸
汗涔涔的脸蛋变成了个大花猫
车兜里现出一本《高考复习指南》
强烈的反差让我诧异
不等我开口
他自报家门说——
我姓李名××
昭通大山的穷儿子
有的是牛力气
蹬三轮车时间灵活
钱来得快一点
有空就翻翻书
我是在苦学费
只要考得起大学
做信用社主任的叔叔答应供我
我说——
今年考不上呢
他说明年再考
明年还考不上呢

那就后年……
我递了 18 元钱给他

20 年里我搬了 4 次家
当年的一室一厅变成了四室一厅
今天我从小区的报刊栏上看到公示
李××，40 岁，昭通市人
研究生学历
被选厅级干部……
她说你送我的手机呢
他咯吱笑了起来
将手伸进了衣兜……
同姓名同地点
这个厅级干部
是当年的大花猫吗？！

颜　石

一个人的沧桑

2013 年 9 月 10 日，从成都驱车经崇州市来到大邑县游览“刘氏庄园”。这就是当年阶级斗争的典型代表、罪大恶极刘文彩的“地主庄园”。名称之变，折射出的思维闪闪烁烁。

1

老虎威仪地顺势登顶占山
它又无奈的一头跌落平川
风光的时段已录入历史的磁场
困兽的局面已唤不回王者当年

2

从“地主庄园”到“刘氏庄园”的更名
尚未跨过世纪的百年
五十几年的时光给我许多沧桑之感
驱不走感慨中脑海里的福祸魔幻

3

权钱的霸道促成了一方的强势
不曾逊色春秋时期的一个小国王
他懂得水可载舟也能覆舟的天规
曾经为当地百姓播插善事桩桩

4

曾经的水牢故事已不再生动
那间小暗室原本只用作储存鸦片
天下那杆公平秤最关键是准星
善与恶的比例还需依它计算

孙　智

狗的美容屋

走进狗的美容屋
狗是这里的上帝
当人的感情局限为一只狗
狗就获得比人高贵的地位
而人，只是狗的仆从
精心把狗装扮，经常地
为它变幻毛色和造型
变幻人孤独与寂寞的意象
狗取悦于人时

人才为狗服务

耶　稣

赤裸而枯瘦的耶稣
被钉在十字架上
侧垂高贵的头颅

一出悲剧，永远
上演在西方的阳光下
一枚滴血的徽章，永久
挂在城市、乡村、家庭
挂痛人们的心

耶稣，你能否醒来
重复那仁慈与博爱的布道
然后宣布：人类啊
自由
你们全部获得

牛的寓言

我是一头牛
有一次，一个老者告诉我
别卖力耕地
你的命运是被屠宰

我不相信
农人与我
无法分离
我们一起在田野劳作
共同在黄昏或清晨唱着牧歌

有一天，我见一头老牛
被拴在古树下
众多的农人在旁期待
一个人高举铁锤
砸向老牛的头顶
老牛无声地倒下

这时我相信老者的话是真的
但我又不得不拼命耕作
不然，我反而会
很快地在铁锤下死去

影　子

清晨，一个小女孩
让初升的太阳拉长她的影子
她惊喜自己长高了，像大人

中午，她又站在草地上
在阳光下看自己的影子
她沮丧地哭了
仿佛是一朵枯萎的花

妈妈问她为何流泪
她用小手指着自己的影子
妈妈明白了，坦然一笑
不要管它，你还是妈妈的好孩子

珊瑚礁

饮着海水诞生
饮着海水死亡

用生命托起死亡
用死亡催发生命

死与生，都在展示
无穷的悲壮与美丽

生生不息，击退海浪
直到占领所有的海域

卖糖玩的老人

清苦的生活
在锅里煎熬

风刮皱的粗手
时缓时急地挥舞
小鸡、飞鸟

您是艺术家
金色的作品
使成为汉子媳妇的人
在回味童年时
会感到一种甜蜜

童年，拾柴森林里

晚风阵阵吹
山乡暮色冷
放下书包
背起背篓，背着夕阳
沿祖辈踩成的路
走进森林

归鸟的翅膀驮着余辉
森林嘈杂众鸟的歌声
我穿过树林
翻过山岭
拾着柴火
拾起大山的馈赠

黑夜悄悄走来
吞没我的归程
祖母的唤归声在森林萦绕
把黑暗的恐吓荡净
我背着一天星斗
寻着祖母的呼唤
走进祖母焦盼的眼睛

周拥军

悼诗友丁仕宏

天空一直笼罩着薄雾，死灰般的
我一直保持着沉默，灰色的表情
在宋庄的土路上，车尾灰尘弥起

车奔驰着，如一个灵魂绝尘而去
我在沉默中，也在弥漫的灰尘里
我看见仕宏兄在灰尘里奔跑回家
渐渐地变小，最后成了一粒尘埃
我知道每一个人的未来都是如此
每一个影子，都会消失在灰尘里

我的兄弟，因为诗歌我们才相识
你的诗像珍珠一样从天空中跌落
又如一株红珊瑚在我们心中生长
如果你能感受我们决海般的眼泪
你还如往事一般游荡在我们身边
那就请你撕开这灰沉沉的天空吧
让明媚的阳光照射进我们的窗子
让我们的诗歌在阳光中翩翩起舞
让如水的时光勾勒出我们的回忆

江长胜

嘉峪关关城

你把六百多年铸成一个光环，
戴在长城西极的脖子上。
几千里甚至几万里之遥，
都挡不住游人向往的脚步。

国人也好，老外也好，
无论是仰望还是登攀，
都是因为大明时代的文化高度，
在你的一砖一柱里焕发出的魅力。
风还是六百多年前的风吗？
西北风仍然是主要的风向，
吹来新的旋律和物种。
月亮还是六百多年前的月亮吗？
羌笛早已不再怨杨柳，
春风早已年年到天山。

记不清这是多少次登临了，
自豪和惭愧都在心里装。
九泉之下的林则徐应当欣慰，
此处早已没有“一骑才过即闭关”[①]。
关城的内涵和外延，
变得更加丰富和深刻，
那些绿洲和新城，
正在超越古人的追求和梦想。

注：①“一骑”系林则徐《出嘉峪关感赋》里的诗句。

矿工舞会

第一次看见这么高的舞厅，
坐落在靠近雪线的铁矿山。
繁星闪耀在它的顶棚，
月亮依恋在它的窗口，
夜幕使满厅的彩灯，
明灭成诱人的现代气息。
凿岩机手西装革履，
放缓了在井下掘进的神经，
踏着优美舒适的旋律，
轻轻地挽着姑娘的腰肢，
稳稳地托着红指甲玉手，
潇洒地旋转于舞池，

沉浸在梦幻似的人群，
细心地收获一种欢乐。

一曲迪斯科旋律，
劲健了全厅的男男女女。
无论是成排成排的对舞，
还是一圈套着一圈的旋舞，
都是那么齐崭和利落，
摇扭出的动作是那么多姿多彩。
是跟着演奏的乐曲走，
还是跟着自己的感觉走？
奔放的激情，
不是被粗犷成大跨度的狂草和写意，
就是被细腻成小步子的雨点和微笑。

旋转自如的镭射灯，
被鼓乐成热烈多彩的光束，
洒向一对又一对的大循环，
拂向一对又一对的小循环，
把一个又一个的舞蹈世界，
照耀得既淋漓尽致又含义深远。

无论是从矿井走向舞厅，
还是从舞厅走向矿井，
其实是一片绿叶的两面，
青春了劳动和娱乐，
让心劲炉火般炽热。

在高速公路上

汽车在高速公路上向前奔驰，
树在往后退，房屋在往后退，
往后退的还有走路的人……
这种感觉使我眼睛疲劳和模糊。
朋友对我说：
“你闭上眼睛就好了。”
但思维与闭上眼睛无关，
记忆的东西一一回放；
风在耳边呼呼地响，
其实外面没有刮大风。
这也是一种“往后退”啊，
我在这种感觉里，
被汽车载着高速向前。

戈壁有感

一

你原先是无边无际的大海，
每一朵浪花都梦想变成平地。
没想到真的盼来了这一天，
海水消逝得无踪无迹。
砾石遍野，沙漠突起，
干旱烤裂了辽阔的海底。
蓝天蓝得太深远了，
下雨的云只好躲得远远的。
奥陶纪留下的地貌和气候，
至今仍然个性得不改不移。

二

“还能回到当年的大海吗？”
这种想法实在是太幼稚。
呼啸的漠风理都不理，

卷着沙尘刮得昏天黑地，
有时连火车都被掀翻，
谁遇上了都难以平心静气。
有人赞颂沙漠的颜色之美，
有人流连戈壁的荒凉之广，
有人崇拜沙丘的曲线之奇……
偏爱什么是一个人的性格使然，
传递什么要看是正能量还是负能量。

三

那些在风沙线上栽树种地的人，
那些在戈壁滩上建设家园的人，
才是绿洲的卫士和灵魂。
两手厚厚的茧子，
凝结了多少辛勤的汗水？
满脸岁月的沧桑，
铭记了多少追绿的里程？
是几千年了还是几万年了？
漠风刮不走梦想之境……
我享受了他们创造的成果，
他们却没有得到我的感恩。
望着他们被风沙雕塑的形象，
我的内心常常不能平静。

看老人扭秧歌

他们经常在这块空地，
轻松自在地扭秧歌，
谁也记不得转了多少圈，
每一圈都跳得欢快、整齐。
舞步已没有少年时期利索，
但还有当年的一些风韵；
腰肢已不像青年时期劲健，
但还有当年的某些感觉……
莫道沧桑岁月花白了头发，
人到老年更加需要乐活。

是时间给了他们健康的身体，
还是他们给了时间闪光的心态？
从他们舞动的折扇里，
我看到乐观扇来人间的春风；
从他们飘起的红绸里，
我看到知足溢出幸福的笑容。
一招一式都在体现他们的追求，
举手投足是把个人融进了集体；
一锣一鼓都在抒发内心感受，
轻重缓急总是奏得非常准确。
路边的行人投来羡慕的眼光，
嘈杂的市声也是一种衬托。
他们是城市过去和今天的重要部分，
既建设了家园，也享受了生活。

李兆成

西欧之行（组诗）

1.罗马

“条条大道通罗马”
这是多余的大话
三十三条之多
对我们没用

我们只是
从天而降
只从一个关口入境
只在帝国大道
行走匆匆

2.黄金屋
——写于因斯布鲁克

黄金屋外
拍照留影
带回寒舍
做黄金梦

3.慕尼黑

摸着路
踏着雪泥
天黑
才摸进
“模泥黑”城里
满城“象牙玉雕”
冰雪封了车道
却封不住
啤酒馆的火爆

4.埃菲尔铁塔

巴黎如画
铁证如塔
登上埃菲尔
尽观千年典雅

5.威尼斯

泻湖
每天泻人六万
卸下全世界的钱
假如支撑水城的木桩朽了
可用钱桩更换

6.卢浮宫

三个女人①
是卢浮宫
三个女人
是巴黎
三个女人
是欧洲
三个女人
让西方女人
没戏②

注：①指卢浮宫镇馆之宝：维纳斯、蒙娜丽莎和胜利女神像。 ②中国俗语，三个女人一台戏。

7.小尿童子连

凭此一尿
那小器官
竟成为
和平的象征
幸福的源泉

拯救胜于新生
这小雏男
堪称
比利时祖先

8.圣诞节后看伦敦购物

购物比过节狂欢
冲着打折花钱
节日的原味
也被卖贱

刘海起

谁来管

常言民以食为天此天如今着实有点暗
问题牛奶地沟油添加剂令人眼花缭乱
防不胜防看不清认可病从口入任尔行
质量监督食药局政出多门究竟谁来管

钱 迷

金钱当家六亲不认父母同胞以钱划分
我钱归我你钱我分他钱我骗手段不论
见钱眼开见利忘义见财心动为钱痴迷
为钱伤众为钱害人为钱自葬钱令智昏

文 玉

生命的启示

——致一棵墙壁中的辛夷树

是风轻吹落尘，
还是鸟儿无心，
竟将一颗辛夷花种
绝情地带至这里？

种子发芽希望土地，
而你的寄身之处实在匪夷所思，
生命之根钻墙入壁，
付出了多少顽强努力？

餐风饮露，开枝散叶，
晨光中，紫色的花朵昂首摇曳。
手机留下你的倩影，从此不能忘怀
你的生命就是奇迹！

我赞美大自然怒放的生命，
更要学习你的精神：
一棵植物都能做到的，
身处逆境，自强不息！

奉节过年有感

曾经，在10元人民币上初识夔门。
曾经，乘游轮将三峡风光略领。
水奇急、滩奇险、峰奇秀、山奇雄。
匆匆一瞥，那历史的遗迹：
白帝托孤、巫山神女、丰都鬼城、张飞庙、石宝寨。
拦江大坝泄洪瀑，船闸隆隆奔巨龙……
遗憾没能尽享这“中华奇观”！
心中却收藏最深最美的眷恋。

如今轻车高速，重登白帝城，再赴奉节县

阳光依然灿烂，白云同样悠闲，
滚滚长江已不复见，
拍岸的惊涛不再，
缓缓江水向人们泣诉曾经辉煌的故事。
游艇在高峡平湖急驰
任船头水湿的冷风扑面
平视两岸掠过的树枝
我苦苦追寻“两岸猿声啼不住”的当年。
峰回水转，光秃秃的崖壁露出：“178m
水位线”。
那红红的线条，就像一把把带血的利剑。
不知何时刺向你，刺向我，刺向全世界！

赵 化

雾

患了云雾症的大地
蒙我们进入夜
雾的荆棘
火焰的花朵
漆黑的枝叶
疯一样地长
在最高的枝上
亮晶晶地开放
星辰的花
不久雾将会更大
忧郁的荒凉上一片灰白
唯有日月星
像花一样在雾的荆棘上开放

美

由你而梦见天庭的圣景
由你而摆脱万劫之苦
由你而走进爱的世界
由你而拥有真正的春天
由你的花容使我摆脱盲目
由你的陶醉酿出夏日的美酒
由你而软化了我的心肠
一个吻就治好了长期的疾苦
你是我所追寻的梦
让人永远无法走出
一个花容让人联想到乐土
联想到爱神和快乐的源泉
这美丽提升了爱的境界

张梦辉

谒四皓墓

商山脚下四皓墓，古柏参天草青青，
秦时蹈晦栖身处，今日创业破土生；
桥架丹江成坦道，机飞沙莞冲长空，
四皓若知今时事，定辞云鹤奔帝京。

车过秦岭遇雪有感

雪压秦岭不胜寒，忽亿韩公思悄然。
佛骨敢谏斥弊政，己身祸及愁兰关；
奸邪作恶天惜爱，忠贞拯世地无怜！
轮回岁月千秋泪，高树悲风年复年！

张希彦

长征锅

纪念馆有口长征锅，
长征的故事非常多。
红军用它做过饭，
红军用它蒸过馍。

炝过皮带煮过鞋，
常用野菜熬汤喝。
有次红军没吃的挨了饿，
没力气再背这口锅。

排长下令叫扔锅，
连长下令快砸锅，
直到营长也下令……
一时难坏炊事员大老罗。

团长下令叫扔锅，
老罗开口把话说：
不是我老罗不听令，
我实在不舍扔掉锅。

锅的功劳比我大得多，
有锅才有我大老罗。
只要还有我老罗在，
就有这口长征锅。

我活锅就在，
我死有人接替我。
从此没人再下令，
大家轮流背着锅。

翻了雪山过草地，
越过天险飞铁索。
老罗没扔这口锅，
顺利背过大渡河。

当时班长不在世，
排长留下英雄歌。
连长团长也过世，
当然也没有了大老罗。

长征的故事有人讲，
长征锅的故事也有人说。
小学生来过纪念馆。
中学生作文写过这口锅。

纪念馆里有口长征锅，
长征故事非常多。
后人纪念长征锅，
更加怀念大老罗。

田美明

梦入三江烟水路

嘉州人留客不说话
只有小雨悄悄下
黄昏雨如幕
清晨静似纱

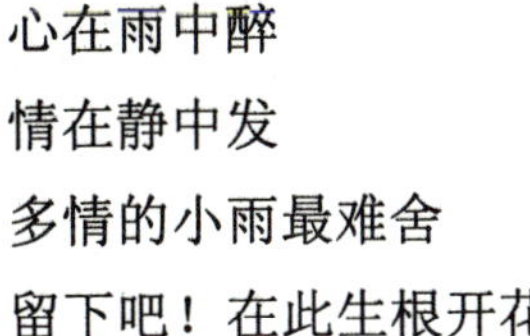

心在雨中醉
情在静中发
多情的小雨最难舍
留下吧！在此生根开花

凌云风

吹起三江潮
善写一手狂草
刚听完东坡的读书声
摸一下大佛头就跑

王重纲

遥　祭
——重读远方来信

时空阻断了我俩
一个在地狱
一个在天堂
曾经的身世
一个被放逐
一个被抛荒

野火烧尽了绿茵荒草
深情仍然错节盘根
曾经稀疏残留的白发
我俩的故事永远年轻
泛黄的这信和照片
尚有抹不去的青春记痕
有心相与握
无缘相与泣

海边观日出有感

从川西坝子飞来
千里迢迢地追风
预约　静候　期盼
就是为了这一瞬间
从海天一色中
喷薄而出橘红色的光艳

每一天的新生
没有阵痛
历朝历代的临盆
都是遍地血污
光阴坎坷了青春岁月
阴霾遮蔽过光芒的才华
失望的前面还有希望
黑夜过后必定是曙光

日升月落　沧海桑田
你俩是永恒的见证者
黑暗与光明的轮回
何时是一个尽头

朱桐佳

村　口

夜幕，渐渐降临，
月色，朦朦胧胧，

把整个绿色村子罩住了，
村口，一派安宁，幽静。

白天，下了一场不大不小的雨，
阵阵凉爽的风，还夹着湿气，
路边，那排排伟岸的椰树，
像个个喝醉的汉子，
不断地晃动，摇曳着枝叶。
而一旁那流动的小溪，
像个快乐的少女，
哗哗啦啦不停唱着歌曲。
只有那尊大石头，
千万年来在那矗立，
像是在等待，在企冀。

小伙子如约到了，
到了硕大的石头旁，
大姑娘也来了，
从委婉的溪流小桥上，
款款向小伙子走去，
一场纯真的乡村爱情，
在夜幕下的村口演绎……

黄明仲

岁月　为你而笑（组诗）

——写给挚友 QMX

站在岁月的垛口

遥望远方
云彩已飘飞成朦胧
脚下的路
被思维锁定

漫不经心
阳光滑动记忆
站在岁月的垛口
腹背皆为渺渺茫茫

在平遥古城
不知道你手中
那把刚收拢的伞
是避雨还是遮挡阳光

岁月　为你而笑

耸立炮台
满脸的微笑
也许是文化的魅力
把好奇诱出了味道

生锈的炮口
看不到古老的烽烟
可世事难料
谁能在这平静中知晓

不过　这也是一种装帧
能把遥远的历史记牢
毕竟你来了看了
岁月　为你而笑

回眸

温暖的阳光
温柔的月亮
曾经给了我们
无限的憧憬和梦想

阅读你的细腻
咀嚼你的欢畅
天真活泼调皮痴情
拓宽心心相印的磁场

无畏狂风闪电
何惧山高水长
挥动蓝天白云
永远为你歌唱

向理想敬礼

把许多意象组合起来
就是一幅美好的画
把无数梦想缀连起来
建造最快乐的家

站在岁月制高点
穷尽广阔天下
用睿智搏击长空
谱写绚丽的青春年华

向理想敬礼吧
让思想碰撞出火花
给你一双飞翔的翅膀
愿与你一同走遍天涯

南　月

致远方

你是织女抛起的一片白纱巾
飘啊，飘啊，飘向那未知的远方
你遥遥无期的芳踪——
　　比千里之外的铁轨还长

在水一方
轻轻地叫你漂亮的名字，千遍万遍
悄悄地想你姣好的容颜，情意绵绵
我悠悠的心思——
　　比牛背上的笛声还远

孤心如月
守望千里苗疆古朴的家园清新的田野
平湖如镜
照映你彩虹一般的艳影和如花笑靥
而你呢，你的梦呓
惊动了哪一方丛园幽然栖息的彩蝶

你为梦
而追求，而纤弱，而凄泪涟涟
我为你
而守候，而消瘦，而无悔无怨

今生有缘
阔别天涯，远隔万水千山
无论你是秋雨蒙蒙的忧伤
　　还是春花灼灼的灿烂

我都恋恋不忘，一往如古，明镜高悬

凭栏独饮长风千里
嘘叹江天　嘘叹晚霞
无法守候又一轮大潮与烟波

黄玉俊

登黄鹤楼

传说　落在江边
随波逐流的远行中
我真切地看白云与大江
落梅潇潇　不在今年五月
萋萋芳草　远达鹦鹉之外
那个名曰乡关的地方
千年过后　汉阳之树纵横无边
不知又兴衰了几度枯荣
逝水　依然暗涌着扁舟追逐的往事

黄鹤不知生于何时　黄鹤生来孤零
我以远眺横揽江流
借你的羽翅和过往的帆影
飞越唐诗宋词的长天
为当年的夕阳弹奏一曲
绝世的悲欢
并借明月为镜　照彻
古往今来的物是人非

前世的风霜　在一江雪浪中兀自归来
黄鹤远去无踪　只留下乾坤不老
从此我的恋人在一页山水中弹抚箜篌
爱恨的烟火一直烧向明年的枯竹
长沟流月　古道接天
我仅是一个衣衫褴褛的过客

心中杳杳

每一片叶子都是黄鹤的羽毛
随时都可能不见踪影

落日　无法点燃黄昏的钟声
诗章凋残　有黄鹤的悲凉
风在转向　来世的约期
若即若离中　直到如今也不为人知
登临泽国孤岛　清偿着宿世的酒债
以及不太情愿的海枯石烂

风铃　如倒悬的杯子
呢喃的倾诉中　血泪的江涛湮灭马蹄
鸟雀对着蓝天不知所云
僧袍拂地扫不清来路
修炼　不为今生
在肢解残梦后　皈依
追踪　在曲达处至深至远

江水的罗带勒住腰身
在古今契合处　向谁招手

我决不允许你们像黄鹤那样

散别潇湘　汨罗之水是从心中流出的

江水与歌声的端午
谱就远天的一杯烈酒
在深深的五月　剑鞘花开面向江湖
八百里洞庭倒映楚天
梦的云朵如期开放
只是孤舟去向不明

落幕　弓弦响板不肯收场　转瞬
在黄鹤的影子中　我试图锁定华彩
你我是否就在其中
天地无边　沐浴风尘甘苦　抒怀
并记住每一场风雨
叩响门扉　忽略的虚空似曾相识

千山万水　鹤鸣句句落空
遍植桑麻　在陌生的地方哭泣
风沙与淫雨依旧横欺关山
我以水的身姿张望星空
决不允许她们随风而逝
你的航船一直就在天空之下
恨别天涯　我在彼岸等候

张星海

蒲公英

三月蒲公英，
餐桌上的婆婆丁，
四月蒲公英，
遍地黄花撒金星，
五月蒲公英，
漫天飞舞像伞兵……
根入药，
救生灵，
鞠躬尽瘁见真情……
雪被下
蓄锐精
春风吹又生……

古稀自稀

人过古稀
再接再厉——
古稀是百岁的阶梯
人生第二次而立！

人过古稀
浓墨重笔——
人生就像一部大书
尾声应是重头戏！
满头积雪
分明已到冬季；
心却依然桃红柳绿
莺歌燕语……

旭日云霓
夕照桑榆——
看宇宙演绎无比瑰丽
感悟人生真谛！

放纵自己
放飞希冀——
要相信，只要还有明天

就一定还会看到晨曦……

洪顺利

试验室的灯光

试验室里灯火辉煌
却很安静
五只白鼠
三条小狗
一只黑猫
在麻药的催眠之下
全都失去了知觉
开始做他们各自
稀奇古怪的梦
幻觉重叠、碎裂、轮回
……

当这些生灵苏醒过来之时，
才猛然感觉到
头颅或躯体的某个部位——
生疼……

两年河西

两年河西，三年河东，
一只雄性的蜻蜓最让虫子们头疼惧怕的是：
糊涂了不久之后的清醒……决斗
细细品味一下：这人生就是一场智力角斗
看谁最后最清醒
且身体强壮心理素质极其出众
最最至关重要的是——
在危难关头
挺住了——
并且头脑相当清醒……

无　题

在一个湿漉漉的雨季
一个骨瘦如柴的诗人死了
死于一场意外的车祸中
追悼会开过之后，奇怪
那帮子会写诗的“诗友”
谁都没有为他写上一首诗
“灵车”走了之后
倒是传达室看门的老头
从嗓子眼里迸发出这么一句：
写诗的主儿让车轮子给卷走了
一路西征……

注视兽骨

兽骨永恒地埋在荒山野岭人迹罕至的地方
只有一些极少的兽骨
被陈列在自然博物馆里
兽骨似乎离我们人类很远
其实亦不然
兽骨可能成为艺术品
只是告诉人类

在史前、冰河期……
当它们还没有看到人类时
就已然昏然死去
被岁月的尘埃无情地掩埋

注视兽骨
只是人性的一个侧面
人，存在着一种动物的基因、本能
哲学家思考真理
历史学家考证真相
诗人只关注
诗行的跳跃与诗句的庄重之美
就像兽骨
赤裸着躯干和骨骼
让人感受到真实的肃穆
和一种生命的完整
虚伪的世界
掩盖不了正义、善良的存在
就如兽骨
也成为了一种永恒……

足球场

没有人吃饱了撑的
去仔细数一下
一个偌大的城市
到底有多少块足球场
……
房地产开发商的眼睛雪亮
总幻想、盘算着——
把每一块地都建成一幢幢
拔地而起直入蓝天的商品房
……
一个资深球迷在看了巴西世界杯之后
破口大骂道——
一大帮子小屁孩
打小连块踢足球的足球场都没有
试问——
中国足球还有什么鸟希望……

徐　驰（绥阳）

凤凰花衣

二妹说她买了一件凤凰花时装
鲜而艳　时尚性感
她说要为“诗歌会”扮靓自己
当然，首先是穿出自我的
青春，激情，梦想……

二妹总是说她凤凰花衣
她快乐，她爱美，
她无不充满自信
在888路公交车上
在播州金旺铺出租门面
她都闪烁着凤凰那样的光彩

二妹来自于诗乡诗县诗的国度
她经历了凤凰涅槃的洗礼与考验
从丑小鸭变为一羽神鸟
变为诗歌与美轮美奂的意象
因为二妹

我把目光仰望苍穹
凤凰若花，花似凤鸟
我把传奇写在自己向往的脸上

亲……亲亲的二妹
你在凤凰楼上栖息，歌舞
我会摄下楼阁，飞羽
摄下月色，花香
为一个诗人的座谈会献艺
把中国关关雎鸠的诗经传承，光大
一缕清风悠悠拂来
一线曙光煌煌照来
我依稀聆听了凤凰的呼唤!!

宋显炳

南阳河之歌

《水经注》中的长沙水
是我们的母亲河
纱帽山下的清泉
流淌出一支沧桑的歌

汉代陶片
文化层层叠压着
残砖碎瓦
印记了广固城的战火

一路走来
承载着多少刀枪剑戈
战马的嘶鸣
纷纷倒下的城郭

你携一群风景
小溪，湖泊，楼台亭阁
多少动人的故事
从清清的河水中流过

滩林生态风貌
史前图腾碑刻
现代生活气息
与历史长卷的融合

南阳河啊
两岸疯长的
不仅是绿树花草
还有城市的高阔

过莲花山索道

一截旅程
从空中划过
身不由己
是一条绳索
听
山风呼啸
看
石滚入河
心，跳出来了
与浮云一起漂泊
命运
谁来掌握

蚂　蚁

一只小小的蚂蚁
却能自食其力

到达的高度
我一生都望尘莫及

啃骨头的精神
更是无法比拟

能掏空一座宫殿
也能毁灭千里长堤

读一只蚂蚁
读出人生的哲理

蟋　蟀

残垣断壁
乱草丛里
时而弹奏出
有国度的小曲
把心拽进童年
声声不息
像一枚针
缝补遥远的记忆
一支思念的歌
故乡上空飘逸

一株野菊花

是谁家的小美女
站立在秋风里

折断了行人的目光
勾起了苦涩的回忆

在萧瑟的季节
历尽风霜凄雨

你的品格
坚贞不屈

以傲视一切的姿态
把头颅高高地举起

许烟华

大雪封山

大雪封山
大雪终于封山
他长吁了一口气
“感谢你们，
我的朋友。”
并且亲热地与那些
堵在路上的冰雪
打着招呼

他不再担心什么

一个人
看着雪后的雪
世界如此空旷　洁白　温情
如此一尘不染
好像连他自己
也未曾来过

大多数的石头

大多数的石头是沉默的
如果不被敲打
它们到死也不会发出任何声音

大多数的石头是无辜的
狗儿在它们的头顶叉开后腿
它们却无法挪动自己的身体

大多数的石头是孤独的
它们之间隔着很多石头
它们被夹在很多石头中间

大多数的石头是清白的
它们的身体没有皱褶　没有口袋
甚至收藏不下自己的疼痛

大多数的石头没有自己的名字
连偶尔路过的不识字的孩子
也懒得为它们命名

大多数的石头为别人而死
别人死了却要砍掉它们的四肢
在它们的身体上刻上名字

还要让它们
跪在那个不认识的人
坟前

一座座倒塌的石屋

那么多的石屋
悄无声息地
拆掉了自己的肋骨
有的还挖掉了自己的根
让自己　失去了繁衍的欲望

那么多的石屋
在无望的等待中突然跌倒
像一个个风烛残年的老人
躺在草木葳蕤的床上

此时　在并不存在的屋子里
我再也找不到暗淡的光芒
到处都是临窗的位置
只是目光　无处安放

似乎受到惊吓
一群大雁向山下飞翔
它们迁徙的姿势和速度
引发了石屋的又一阵摇晃

一座座倒塌的石屋
把自己埋在村里

一座座倒塌的石屋
把村子埋在山上

会不会有一只大雁
能够常常回头张望
能够常常想起这片
凄凉而温暖的墓场

黄河入海口

这里没有大树
天空因此放低了姿态
像在巴颜喀拉山一样
亲吻着早已变黄的河水

并不是所有的水滴
都能抵达彼岸
中途的夭亡
谁也无法预见和躲避
从夏商至唐宋至明清
从青川至甘陕至豫鲁
总有一些水干涸而死
总有一些水溺水而亡

而存活下的
身上也沾满了烟尘　战火
蓬勃的工业时代的毒

是的　现在
它们最需要的
就是到大海里清洗

陪父亲逛街

母亲走后
我会尽量多挤出些时间
去填满他的时间
我会尽量精简自己的生活
以便　经常干扰他的生活

就像现在　我陪着他
穿过水果摊鱼市菜市花鸟市牲口市
穿过牲口市花鸟市菜市鱼市水果摊
不管他愿不愿意
我都在他耳边　大声地
把那些他曾经教给我的事物
名称　味道　颜色　品种　叫声
重新介绍给他

就这样吧　这样多好
多有意义　多让我心绪安宁
能够守着父亲
阻拦着时间
搬空他的一切

我在银行营业厅

每天　我的手　掠过钞票
像医生　面对女病人的裸体
她们美丽　充满诱惑
像纸那样轻
像纸那样白
可我觉得　有点脏

她们　不属于我
何况　她们比时间　更快
更锋利
更不可捉摸
更轻易地改变

走进银行的人
感觉很好　伸过防弹玻璃
把一枚枚硬币
摁在我这个银行小职员的脑门儿上

摁吧摁吧
即使不摁
我的笑
也是一张　假币

古城墙

我看见
刽子手踏过城门
冲洗着血迹

我看见
他们埋好凶器
在这里娶妻　生子

我看见　他们的子孙修复着城墙
试图守住
被抢劫多次的财富

瞧　那些举着火把攻城的人
多像他们的先祖！

不　只有岁月才值得尊重
再坚固的防御
也会被它轻易穿透

齐长城

另一条长城
生活在长城以南
算起来　他是长城的长辈
却因后来的重名者
被那个天下皆知的名字所遮蔽

像一条被斩成数截的秋虫
齐长城　匍匐于荒寂的山野之中
泥土松懈　乱石滑塌
残垣拱身遁入田野
如此破败之相
也难怪权贵不来登临
诗人不来抒情

如此结局岂不更好？
他因有战而生
因无战而亡
把敌人征服也好
被敌人征服也好
总之　他带走箭簇　血衣
分不清敌我的胜负
总之　烽烟熄　炊烟起

人们放下敌意相互问候
在疆场上种下自由的庄稼

齐长城　他已发白齿摇
将如避过战乱的人
平庸而幸运地终老于故国
田野继续安静　或者热闹
而千里之外
那个与他重名的后来者
那个替他活着的人
我猜不出他的内心
是羡慕　不屑　庆幸
还是不安

初　明

芽

在心中放大小小的点翠板块
挖掘一段超级豁达的彩屏地带
大领域大世界大光彩大气概
寄托未来饱满繁华生命主宰

在沉静深邃的国度休眠蛰伏
排列组合出炉所有的青春因素
包容浓缩无数颗粒的纯洁稚嫩
淋漓尽致胎育娇媚风景的成熟

生发条达固有坐标的既定向往
聚集释放纤纤不绝的宇宙天光
按照规则的轨道塑造善恶行止
交替时空花果的世界幽丽锋芒

在基因中分割两仪四象承托微子对接八荒
感恩不尽的水分空气发挥极致的银河太阳
冰释懵懂的童心岁月绿色覆盖大地的铺张
演绎浪漫全景气宇轩昂浩浩荡荡德泽万方

人生的脆弱与强大

他是婴儿　嗷嗷待哺
他掉进深水　无法脱身
他被掩埋在　房屋倒塌的废墟中
他失去了思想　躺在冰冷的病床上
人生最脆弱的时候
最需要来自四面八方的帮扶
人生最无助的时候最需要改变命运的关爱

谁抚育了他　谁的缘分永久
谁救济了他　谁的恩德永在
谁挽留了他　谁的情意永存
谁施舍了他　谁的善良永驻

谁在最健壮的时日
谁在最有力的年华
谁在最富裕的季节
谁在最得意的阶段

不要忘记　你也来自婴儿
你也曾经有过危难的岁月
你也会有老来的时刻

你在最强大的时候千万不要忘记脆弱

最脆弱的时候你也要学会坚强
你接受过缘分恩德情意的洗礼
未来也要洗礼婴儿和溺水之人
废墟中的生命体征和病床外的冰冷思想
等待你的——正能量

三十年前你成就了我
我到三十年后找机会报答
这辈子如果没有报答的机会
来生来世甘愿做你的妻子你的爱人你的奴隶

每当走过这段楼梯

曾走过，这段靓丽的楼梯
楼上是爸妈新的宅邸
走过这里，就和爸妈靠近一步
几分亲切，几分欣喜

曾走过，这段悲伤的楼梯
台阶很重很重
抬着妈妈的遗体
一步一步走向外面
楼梯的水泥融化了点点泪滴

现在经常走过，这段幽静的楼梯
楼上只有老爸一个人在
每一级台阶都有一种深沉的情感
一边是思念一边是牵挂
不可知的空间　不可测的距离

圆明园的蝉

圆明园的蝉
是否叫得让人心烦
它们的祖先
在三天三夜的大火中
没有随着
丧权辱国的车队
驱鞭逃散
也无法用微弱的身躯
把强盗的狰狞嘴脸
用力驱赶
只能迎着八国联军的铁蹄
在愤怒的硝烟中
吱吱
涅槃

圆明园的蝉
是否叫得让人心烦
它们把
一个民族的灾难
录制到了
风雨如晦的光盘
它们今天的声音
是把把扎心的剑
刺痛着每个
华夏子女的耻辱
切割着
西洋大盗

逻辑的错位
思想的狡蛮

圆明园的蝉
是否叫得让人心烦
当我走到
历史的灰烬
熄灭的今天
惊奇地进入
它们用民族的美梦
编织的祈愿
复兴的心往
早已废除徒劳的遗恨
和谐的清音
启奏安澜
它们仍是
一支强大的生存部队
万园之园的精髓瑰宝
东方日月交辉
浩劫永离人寰

潘宏仁

中国人回家过年

华夏神州，今年“春运”
超过了十七亿人次的大关。
炎黄子孙，从四面八方或异国他乡
不管多远　千里万里　也都要回家过年。
曾一票难求！
购买车票机票船票很难。
哪怕买的是站票
即使站上三天三夜
也心甘情愿，
归心似箭地都要回家过年。

中国人，
不论留学　打工　员工　老板
不论百姓　高管　俊秀　平凡……
哪怕是拖家带口　大包小卷，
哪怕是经商繁忙　假期苦短……
也千方百计地都要回家过年。

若问　家是什么概念！？
家，就是父母　就是故乡　就是祖国！
家，就是爱恋　就是温暖　就是乐园！
家，就是终生的后盾　就是力量的源泉
中国人，急切切　兴冲冲地回家过年，
一头扑向父母　故乡　祖国的怀抱，
赤子的激动而幸福的泪水洒满胸前。
那翘首盼他回家的老父老母
那生他养他的故乡的山水庭院
那弥漫着过年气味的老屋　热炕头
那难以忘怀的瓦房上的袅袅炊烟
那挥之不去　不能割舍的亲情和乡恋
都浓浓地　热乎地流淌在心田。

13 亿人啊！　都回家过年，
人同此心　心同此爱
爱同此情　情同此感。

家国，就是生命之根　血脉之源
就是梦绕魂牵　骨肉相连。
家是古老又青春的大家庭，
国是和谐又美丽的百花园。

刘月映

老　牛

村上的一头耕牛
老了
全村的老少聚在场院
期待着飘香的一餐

拉了一辈子的犁
吃了一辈子的草
挨了一辈子的鞭
奶奶说它是功臣

耕牛老了
一把尖刀就是一纸
不容辩解的宣判

远处的山坡上
老牛的孩子一边耕地
一边向这里观看

老成稻穗的母亲

母亲的腰弯成了稻穗
日深一日地
向大地匍匐

能重新站直
是她今生唯一的梦想

我知道　即使
变卖我整个世界
也无法圆母亲的梦

母亲用青春向土地叩首
点种希望
日复一日辛劳的身影
一一在我的眼前浮现

白发老娘

一只破旧的竹筐
挂在斑剥低矮的墙上
屋前的台阶
坐着我白发老娘

许多年前
上山一块冷玉米饼子
下山一捆柴草
一筐猪食
或者是一季的口粮

青春的母亲弯起
她青竹一样的脊梁

如今

两眼昏花的母亲
努力向村外张望
白发老娘
已经看不远了
儿女的冷暖
却时刻挂在她的心上

一面之缘

乡下的戏台前
你我只见了一面
到现在也不知你是琴手
还是演员

望着流血的手指
我吓哭了
包扎好伤口
你轻轻地笑了

你青春的笑容
灿烂了一个又一个
落叶的秋天

阶空　雨滴
荒草凄凄
今生还有谁忆起
戏前的一幕

老磨屋

星星还没睁开眼
老磨屋弄开始哭了
疲惫的太阳下山了
老磨屋还在呜咽

年年月月，月月年年
母亲的青春在磨道里打转转
阴暗的老磨屋
身上的汗干了又湿
脸上的泪湿了又干

母亲啊
你是弓，儿是箭
只有老磨屋垒窝的燕子
归巢将母亲探看。

深秋一树柿子红

你说　柿子红了就回来
一句情定终生的诺言
成为我年年的期盼

老家屋前的柿子树
最后一片叶子落下
凋零了又一个秋天

记不清有多少个日落黄昏
我在树下痴痴地等候
一直等到山瘦路空

我们还少的时候
你摘下纽扣大小的柿子

苦涩了我的一生

深秋　那一树柿子红
像一个个燃起的红灯笼
高高挂起我火红的青春

纵然我爬上最高的枝头
也望不到山外的风景
只见三十年前离家的背影

你说　柿子红了就回来
被你遗忘多年的诺言
却像一个红透的柿子
甜蜜了我的一生

深秋　老家的屋前
依旧一树柿子红

月　亮

自从离开家乡
再也不敢抬头看月亮

月圆月缺
还是过去的模样
一起看月的你我
却天各一方

你还看月吗
是谁站在你的身旁
每个流泪的夜晚
总有我无边的想象

害　怕

自从我走后
多少次绕道
路过你的村前
想看看你
又怕被你发现

我真的害怕
禁不住的两行热泪
会泄露我全部的
痛悔和思念

水　车

水车　老井　爷爷　我
在村外的菜园里
一起唱过苦涩的歌
竟让我们忘记了短暂饥饿

爷爷不在了
水车不见了
只有老井在那里沉默
你还认识我吗
你还记不记得
从前的爷爷和水车

我爬在老井边沿
老井里的倒影已不是从前的我

我的怀念　孤独
便天空一样的辽阔

王少欧

圆明园的落日

不见了！一把火
　　那熊熊燃烧的宫殿
不见了！杀人犯抢劫犯纵火犯
　　那无耻的，贪婪的
　　狞笑着的嘴脸
无情的岁月，终于
　　掩埋了一个王朝的尸骨
如今重修了楼台
　　新栽了茂林
　　再砌了假山……
于是，眼前分明已是
　　又一座崭新的林园

有了茂林，就会有鸟雀
　　来枝头呼朋引伴
有了假山，就会有恋人
　　来追逐爱的缠绵
有人放歌，响遏行云
　　飘飘然，在莲花池畔
有人作画，妙笔生花
　　悠悠然，在观景楼前

啊，好一个休闲的去处！
　　好一座崭新的林园！

今日我来圆明园
安然信步，游兴盎然
　　看了楼台
　　看了茂林
　　也看了假山……
但是，该沉吟处
　　却不见了劫后的残迹
该留连处
　　却不见了断壁颓垣……
那湖光山色间
　　多了今日世俗的风情
　　少了昨日历史的云烟
啊，一百五十年了，日月如飞
　　愈合了伤痕
　　褪色了记忆
　　也淡漠了遗言……

该是我告别的时候了
啊！圆明园
且让我拾一片黄叶
　　留作永久的纪念吧
猛回头，看那落日
　　恰似悬在枝头的一枚苦胆！
顿时，那浓浓的胆汁
　　便从我的舌尖
　　钻进我的喉头
　　灼痛我的心我的血管！
而从时空隧道中
　　一个苍老的声音
　　似沉钟重重叩击我的心弦：

中华民族的子孙啊
你该不会忘记
那弱国之耻、强国之梦吧!
面对今日之世界
中国，必须
一手擎着鲜花
一手提着利剑!

腊梅花的留言

有花堪折直须折，莫待无花空折枝。
——唐·无名氏《金缕衣》

在枝头，我等你已经很久很久，
为了把花开在你我相逢的时候;
我，想用一炷心香向你表白，
从此了结我的相思你的春愁。

可我始终不曾听见你的足音，
不知在何处延宕了你的行程;
也许，此刻你也在苦苦寻觅，
怎知道远方正有一对企盼的眼睛!

北风一天比一天催得更紧，
季节的花期已不容我久等;
昨夜初雪已送来洁白的花信，
告诉我必须开在雪后的黎明。

我于是绽开成熟的爱的蓓蕾。
期待着眼前会站着你的身影;
然而大地一片银白十分清冷，
百草千花还没有从梦中苏醒!

就这样我孤独地开着，等着，
唉!消瘦了花容，憔悴了丰韵;
没有莺歌燕舞，不见蜂追蝶恋，
只有冬天的太阳给我几许温情!

我知道生命的花期很短很短，
绝望中送走了最后一个黄昏;
如果你归来看见这一地落英，
啊，那是我等你一颗破碎的心!

如果腊梅一生只开花一次，
那错失了的情缘将抱憾终生;
请把我的留言赠给恋人们吧，
别为错失了的情缘抱憾终生!

笼子内外

颓唐、沮丧，一副落魄的样子!
不再有王者的威仪和气度，
斑斓亮丽的皇袍失去了光泽，
眼睛里熄灭了阴森森的恐怖;
整日百无聊赖地走来走去，
或者瘫卧在地似缺筋少骨;
不堪回首当年唯我独尊的日子，
如今，活着，不过是供人消遣的玩物!
——因为，虎在笼子里面!

一张门票给了你合法的通行证，
铁栅栏为你上了平安的保险;

你举着相机，竟敢放肆地挑逗，
为了让它给你一个威猛的镜头；
但始终不曾听到它反抗的怒吼，
甚至，它都不屑于瞥你一眼。
而你，丝毫不觉得无聊和无趣，
依然，笑嘻嘻地，游兴盎然！
——因为，人在笼子外面！

笼子改变了人与虎的关系，
这是哲学，不是寓言！

金鱼的独自

一

见到的全是艳羡不已的目光，
从来发现一对嘲讽的冷眼；
听到的全是啧啧称奇的赞赏，
从未听见半句轻薄的戏言。

都说我雍容华贵气度不凡，
都说我婀娜多姿仪态万千。
人哪，既然
你用爱心和美学玉成了我，
作为答谢，我愿回赠你
　　这一身艺术的美感！

二

是选择给了我这种生存方式，
我也就大可不必顾影自怜；
大千世界，原本就应该多姿多彩，
生命的价值，不能只有一种答案！
然而道德家偏把我说成一个寓言，
让我肩负着警示世人的思想重担；
其实，我不过是
　　一尾小小的金鱼儿，
纵使你慷慨地赠我大海，
那也不是我需要的生存空间！

干涸的湖

哭呀哭呀哭呀，终于
哭干了最后一滴血泪，
深陷的眼窝便死死盯着
那毒辣辣的太阳！
谁也没有听到她临终的遗言，
只有大地——母亲，
凄然目睹她的死亡！

于是，龟裂的湖床，
赤裸着干瘪的胴体；
泽国的臣民，
想逃遁也无处可藏。
噢！向谁去哭诉呢？
再也无法向苍天，
哭诉自己的厄运和悲伤……

从此，清晨，不再有
满湖的柔波，
和欢飞的水鸟，
迎接第一抹朝霞；
黄昏，也不再有

向晚的渔歌，
和温馨的炊烟，
陪伴月下的情妹情郎！
天鹅带走了美丽的剪影，
也带走了，美丽的故事；
只有岸上的渔船，
夜夜静听秋虫哀婉的吟唱……
别迷信欺世的夸谈和呓语啦！
只有雷神和雨神普降甘霖，
这干涸的湖啊，
才能起死回生，扬波鼓浪……

——人哪，请
百倍爱护还没有干涸的湖吧！
留给大地母亲一面明镜，
留给子孙后代一盆清水，
留给天鹅一个仙境，
留给鱼虾一个天堂！

天鹅·湖

一圈，一圈，又一圈……
几番流连，几番顾盼；
一圈，一圈，又一圈……
朔风催寒，归心似箭，
终于，天鹅又要飞走了，
向远方寻觅温暖的家园！

如果没有湖，那么
天鹅将飞向何方，如何生存？
——林莽里处处是毒蛇猛兽
　和死亡的陷阱……
——沙漠里遍地是飞沙走石
　和游荡的幽灵……
哪里是她繁衍生息的乐土？
何处是她自由快乐的仙境？

如果没有天鹅，那么
再美的湖也少了许多色彩，
　　少了歌谣和故事，
　　少了灵感和诗性！
你看，当晨光乍现的黎明，
一对对天鹅振翅欲飞，
——哦，那是一帧多么美妙的剪影！
你看，当落霞照影的黄昏，
一对对天鹅凌波相随，
——哦，那是一份多么浪漫的诗情！
当然，最美的，还是
俄罗斯那不朽的经典——
　　一曲让人如醉如痴的旋律！
　　一折让人魂销梦断的传奇！
俄罗斯又把不朽的经典
　　馈赠给了世界人民……

一天，一天，又一天……
熬过冬雪，熬过春寒；
一天，一天，又一天……
几多思念，几多期盼，
终于，天鹅又飞来了，
从远方飞回幸福的乐园！

湖不能没有天鹅这群儿女啊！

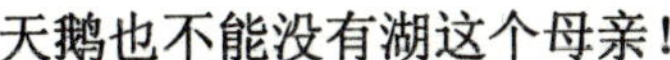
天鹅也不能没有湖这个母亲！

赞美蜗牛

驮着，无论
多么沉重，也要驮着；
驮着，无论
何时何地，也要驮着；
在泥泞中，驮着，
　　匍匐前行，复前行！
在悬崖上，驮着，
　　默默攀登，再攀登！

那是父母未竟的梦想么，
还是祖宗留下的遗训？

迎着鄙夷的冷眼，驮着；
掩耳嘲讽的窃笑，驮着；
　　执着一念，
　　驮着，不辱使命；
　　从生到死，
　　驮着，永不变心：

是驮着一种信仰么，
还是驮着一种精神？

当然，蜗牛
最终也会死去，
——不！即使死去，
也要把这一切
——爱情，梦想，
——信念，使命，
留给子孙！

刘占龙

留守宝宝

夜，好长好长
星宝宝们
孤独地躺在天床上
一个个
翻来覆去睡不着觉
你瞅瞅我
我瞅瞅你
那对含泪的小眼睛
不住地眨呀眨

月亮妈妈去打工
谁知去了哪
是投奔卖火柴的小女孩
还是求靠给鞋匠家打工的凡卡

“呼——”
风婆婆来了
腾着云，驾着雾
让思亲的宝宝
连同他的泪
化身成滚圆滚圆的露珠
趁着夜色
在鲜花、绿叶、石头上
布下了寻亲的地网

夜，好黑好黑
到哪里去找妈妈
太阳公公知道了
一大早就把头探出地面
伸出他那或长或短的爱
用丝丝光亮的温情
把颗颗冰冷的心抚慰

多么神奇的力量啊
地与天
恍惚调换了位置
顿时
赢来满眼的灿烂

游联群

老年上学

白发满头青年心，背起书包当学生。
求知路上不停步，风里忙来雨里奔。

同学们笑脸相迎，师生间和蔼可亲。
老师比学生年轻，学生还特别认真。

人人戴起老花镜，个个静起耳朵听。
诗词楹联学古韵，新体诗歌写如今。

课，上了一堂又一堂，
书，读了一本又一本，
勤学一手又一手，
还是装不满脑子，填不满心。

傅智祥

传　承

窗外，夕阳移影
西山老榕树上
接日的乌鸦声声哀鸣

豆粒的油灯突然一亮
奄奄一息的母亲
吃力地移动右手
指了指堂屋的左墙

我对着墙上的镰刀
微微点头
灯盏一声叹气
母亲再也不咳嗽了

洗　衣

搭上电线
嘀嘀咕咕
洗衣机摇头晃脑
抑扬顿挫地
吟诵情诗

搓衣板墙角边发呆
小孙孙的手推童车
躺在卫生间门口
牙牙学舌

我高捧妻子的笑声

昂首
向长长的晾衣绳子

阮富飞

早点睡吧

你在电话那头
对我说
早点睡吧
我在电话这头
对你说
你也早点睡吧
此时
时钟清楚地告诉我
已是
子夜
凌晨
其实我们都知道
进入梦乡
总有那一缕阳光
照耀你我

李习文

出局感言

被淘汰我不落泪难过
上台前家父对我语重心长
你不是去漂，去拼，去混
你是像花儿开似的去绽放
自古不以失败论英雄
你可以满天下去闯
音乐的舞台、艺术的舞台
人生的舞台，无比宽广
有副对联写道
无怨无悔无倦怠
不停不止不颓丧
横批：人硬歌棒

周如松

痴　情

饮下了她的美丽……
我就长醉不醒
虽然青发被岁月的烈酒
泡成了丝丝雪粉
她，着意一卷山河挂绿的愿景
　　和玉润一缕云霞交映的风情
仍然回荡在我的深心

我想把她轻轻地放下
让她走出我痴情的藩篱
可是，今生今世哪能呢
虽然我们天各一方
她，一卷着意山河挂绿了的愿景
　　和一缕玉润云霞交映了的风情
却永远使我长醉不醒

那永不消逝的痴情继续燃烧
闪烁在满头雪花纷飞中的梦境

油菜花的金色方向

明媚的早春降临在山乡
田野里猛涨起一大片黄金色彩的海洋
闻讯从城市乘车驾舟奔来的掘金人
撒开眼网开发着这金色的富矿

山乡广阔几十里
村舍四周无处不金黄
在金色的海洋里
晦暗的大地卸下了老色的冬妆
在金色的富矿中
山溪的两岸正穿上青春的舞裳
在泛绿的树梢上
微风吹响了林间众鸟齐鸣的欢唱
在无云的晴空下
暖气托起了溪畔一花独放的妙香

被广阔清纯之美陶醉了的掘金人陷入了
　热恋
却带不走瓣瓣金片含情脉脉的芬芳
要能让美好的一切长期望眼相向
要实现把一切美好让更多人享受的梦想
掘金人适时地出手
打掉了束缚金色海洋走出固守疆土的纲
　常
掘金人灵动的举措
帮助金色富矿解除了维权护宝的规章
用眼网、相机、写生、灵感把那广阔纯
　清之美尽数囊括
收进镜头、画纸、心扉、情肠……
带去回放、欣赏、纪念、珍藏……

不期而来的群蝶殷勤着双翅
一反轻佻的常态放弃悠游闲逛
驱动灵感学取朴素高尚
频频出动手脚
幻想仿制出一袭金黄清纯的新妆
好在时装表演时
婆娑展露晶莹的臂膀
让金黄素雅夺取眼球
都把关爱和钟情
投给自信已超凡脱俗了的蝴蝶姑娘

如约相会的蜂群行色匆忙
把尾刺收敛
不停地伸手投足
俯首窃玉偷香
带走了掘金者到不了手的富矿金粉
潜存暗箱酿制蜂蜜糖浆
繁衍后代
货殖在价值不菲的精品市场
助人身心愉悦健康

金色的海洋广招天下客
邀来了各路掘金者聚集一堂
金色的海洋济众大方
把独有的富矿——金妆、蜜糖、油料、
　肥壤……
供客无偿分享
来客们举止文明
各尽所能各取所需

温良恭俭让
金色海洋尽展了自己的风骚
客人大众提升了自己的形象
如此的大度难能可贵
这样的品德普世赞赏

众知
清纯高雅的风骚总是受限于变化的季节
金色海洋也会急流勇退走出岁月的金榜
但是它的残枝败叶竟然置“死而后已”于不顾
矢志彻底奉献
一贯不惜让遗体去肥沃土壤

人晓
广阔伟岸的形象总是被环境扭曲甚至消亡
难成十全十美风采永驻的偶像
做到“鞠躬尽瘁”就不错了
已经获取了褒扬
切莫贪图名列千古绝唱

一切来自于大自然又奉献给大自然
犹如春天到了
油菜花猛然亮相
在乍暖还寒的时候
美化农庄
慷慨献宝
远离孔方
得到天赐的活路就满足了
它拒绝一切不义之财
它不图中饱私囊

一切还给大自然又再现在大自然
犹如春天去了
油菜花虽倒身伏地
仍然不忘用它的尸身骨灰潜入缺磷少钾的土壤
为同侪的繁衍、哺育增加一份营养
也为自己的子孙后代在来春
传承先辈济众报效的遗志
坚持再走独领风骚的金色方向
谱写风格高雅的乐章
倾力再创广阔清纯之美的辉煌

张云广

清明节

这一天
所有的道路都接通了墓地
天气预报：“全中国有雨……”

经年盼望儿孙的泉下人
扶着墓碑的名字站起
寒食冷淡了人间烟火
人民币兑换冥币
清明节墓园聚首
生者情依依
逝者情依依

追魂汨罗江

端阳一杯酒
追魂汨罗江
民族的屈子啊
知你诗魂在水
但究竟在水的何方？
追魂汨罗江
手捧我的酒浆
我在您赴江处寻找
您不在原来的地方——
上下求索的您
早去了远处的疆场

您在以巨石击坼下游的壅塞
疏秦怨早日入海吗？
看江水泱泱
您在以巨石击碎暴虐的秦皇
立于江中的最后一块歌功碑吗？
看江水翻滚着接天的巨浪
楚虽三户，亡秦必楚
屈子，您可需要岸上的石头？
如要
待我倾酒于水，化石入江

忆端阳节

昨日又端阳
日坠汨罗江
浪花依然屈子泪
江水千里长
泱泱大楚
不敌秦之虎狼
忠言楚辞
不敌谗言蜜糖
——可叹我们的楚王

端阳又端阳
江水无数浪
昨日端阳我却无诗
只顾贪图粽子香

中秋月

经千年岁月打磨
今夕你当比丙辰之夜明亮
缺缺圆圆
圆圆缺缺
缺了东坡
缺了吾友
未缺月光

也能淘尽千古风流人物吗？
月明星稀三国事
举头望月过盛唐
月诗古今短
月光独绵长

中秋月，西照我窗
不寐人两地断肠
即使中秋再中秋

怎慰天各一方

春节贴对联的故事

他说他的爷爷过去只说贴“对子”
不说“对联”
他爷爷不识字
有两年都把对子头朝下贴反
写对子的先生后来就把对联的上方
加个记号点儿

他说他父亲识得几个字
不会头朝下贴反对联
但父亲常常把上下联贴得颠倒颠
写对联的先生只有在对联上
注明“左边”“右边”

他说他初中文化
知道对联的常识
从街上买回春联后
贴时不像祖辈父辈那样作难

他说他儿子大学毕业后
过年回来总要自写春联
柳体颜体自成一体
内容更新鲜
县文化局搞新春联评选活动
儿子三年连续得奖
奖金年年二百元

除夕醉酒

口福何其浅
半杯白酒醉二年
一醉落红尘
几迷家园

心与酒共舞
酒与诗同源
醉中乱佳句
朦胧诗百篇

小醉忘高低
大醉忘讥谗
醉态醉语醉翁意
醉中风景醒后看

刘为德

韩妈妈，我们向您致敬！

（散文诗）

2013年国庆节，电影《韩妈妈与她的儿女们》在全国公映。今年75岁的山西太原韩雅琴就是韩妈妈的原型。

30年前，你从冶炼公司下岗，铁饭碗变了泥饭碗。如今你拥有18个企业、6个农场、每年交税500万。你那583个孩子来自各地监狱刑满释放，年龄大的80岁，小的才13。

1983年11月，你的早餐店才开张。寒风把四个小伙子吹进门，把食客剩下的半根油条一口吞，豆浆也被舔光。你已慌了神，只听“扑通”一声，他们在你面前跪下：“阿姨，我们什么活都能干，请你收留我们吧！”次日那几位小伙子又领来五名小兄弟，跪在地上举手宣誓：“谁若不听韩妈妈的话，我们叫他在地上爬！”你常说：“家有千亩地，不如自己有手艺。”古人半部《论语》治天下，你用《弟子规》管全家。煤气改造拆炉灶，砖头满地撒。你带头汗流浃背几个月，条条泥路被硬化。公司给你六万元，作为褒奖……

你用此基金创建装修队，开起饭店旅馆。你对“儿女们”宽严相济，使他们迷途知返；你支持李某摆弄易拉罐，创作艺术品走向了市场；你接纳了8次入狱的阎某，他一脸胡须，衣裤肮脏；你当着十年毒瘾的凤儿父母宣布两条规矩：一要父母断其财路，二要安置在林场，不准下山。

伟大的母爱啊，年逾古稀的韩妈妈：你获得的殊荣对公务员们有几多震撼？你给国家增添了安定，给社会减少了负担；你给各级领导敲响了警钟，给大小贪官甩了耳光！

三代义工有传人（散文诗）

2012夏季，湖北电影厂将此故事拍摄成《我的渡口》，2013年8月，该片荣获蒙特利尔国际电影节“特别奖”。

1877年，万其珍的祖父万作柱为躲兵役和水灾逃难到大沙河村，当地人没有排斥，还多次帮助接济，才得以安身。可是该村的耕地被一条大河一分为二，每天劳作，必须绕行。他卖了肥猪打造渡船，公开承诺：终生摆渡，不取分文。无论冰雪酷暑，还是黎明三更，只要喊一声“过河”，万家人总是有求必应。

这个渡口，百年来未出事故，百年来未闹纠纷。万其珍接过叔父的班，死守岗位，从未去过州府县城。2008年万其珍不慎摔伤，想请临时艄公。儿子万芳权苦苦相劝：“爸，你别一根筋！”父亲大发雷霆：“你们这一代不要坏了我祖宗三代的好名声！”万芳权拗不过父亲，请来渡工，包吃包住付八百薪金。不到两个月，村民反映：外人过渡他个个收银，万其珍气愤不已，立马解雇他，自己撑篙上阵。2010年团圆节后，儿子又鼓起勇气相劝：“爸，今后你还吃得消么？你已经七十岁了，切莫充狠！”父亲摇了摇头，儿子泪水盈盈。

中秋节后，返程人多。父亲跑去解开船索，儿子立即从父亲手中抢过船桨，表示决心："爸，我想通了，从今天起，我接你的班，为大沙河报恩。"信义大于天，这才是最美的人生！父亲嘉奖地点了点头，微笑着，泪花纷纷……

杨 洲

举火者

漫漫黑夜
群魔乱舞
你——
擎一把火
拉开门
吼一声——
我来了

逢山劈山
遇水截流
哪怕前面是
鬼窟狼窝
万丈深渊
也勇往向前
毫不畏惧

心胸装得下大海
眼里容不得砂粒
倒竖的剑眉
令顽凶心惊胆寒
如电的目光
刺得鼠辈无处逃窜

看——
火光中
贪官污吏
纷纷落马
公子王侯
蹲了大牢

两栖诗人

丁 芒

凭吊千古诗魂（组诗）

致杨文骢

把香君的一滴艳血
点染成桃花。其实
你胸中的峰峦，
因此已了然在目。

何况仙霞岭东
升起如血的朝阳，
正是你掷向敌人的
一颗暴怒的头颅[1]！

颈血早已成碧，
却挥不掉沉滞的烟雾！
我真想一滴热泪穿土，
去滋润你无告的白骨。

注：①杨文骢是晚明诗人、画家、抗清烈士，曾有“一死能酬国，千呼不还家”之句，战死于仙霞岭，却长期被人误解、毁伤。

致夏完淳

在狱中，你问：
“三千宝剑埋何处？”
遥想着三户亡秦
那个古老的不屈信念。

把仙吕套曲唱了又唱[1]，
挟剑惊风，横槊凌云，
如年的夜，如雨的花，
蚕啮着你的双鬓。
其实，分内事并未了，
胸臆间还存浩气盘亘。
三百年后，我站在金陵，
这土地依然烫我脚跟！

注：①明末爱国诗人夏完淳就义前，在南京监狱中曾写套曲数支。其绝笔诗中有句云：“含笑归太虚，了我分内事，神游天地间，可以无愧矣。”

致郑板桥

你瘦成了一竿竹，
肋下有萧飒的秋风；
沸血已尽，流向了何处？
焦渴的土地只蓬起一股烟。

连百里也不让立足[1]，
只好以忧民之泪去滴穿顽石，
镂成这一方闲章，
把苦笑烙进历史的折缝。

却是那么瘦硬，连同
你扁蝶般的铁划银钩
结构成撑天的枝叶，
永远摇曳你一万个惊叹！

注；①百里，指一县之地。郑板桥官止七品县官，曾刻一闲章“七品官耳”自嘲、愤世。

致苏曼殊

万紫千红酿成为春雾
都融进雨里，弥天而降，
染一颗颗樱桃做了香唇，
袅一缕缕紫烟做了箫声。

楼头的风曾不经意，重新
掀起袈裟，惹得樱瓣缤纷，
簌簌落进那一盎破钵，
殷殷泪里晃动谁的痴魂？

芒鞋蹀躞于小路，
只是一段泥泞的梦痕。
还是归来！自有人识你，
自有浙江潮为你销恨！

王绶青

致远去的良师益友

致王主玉[①]

脱去戎装做书生，自诩“文字搬运工”[②]。
八千行诗《雁四岭》，写尽风雪垦荒情。

注：①王主玉，安徽宿县人。父亲是一位老红军。自幼随父来到山东，辗转各地为家。著名诗人，文论家，编辑家。1950 年入南京军事学院教导团学习，毕业后分配到总参工作，后任《中国农垦》杂志编辑、记者，《红旗》杂志编辑，《北京社会科学》杂志常务副主编，北京市诗歌研究会副会长等职。代表作：专论《艺术典型新议》《叙事诗刍议》叙事长诗《雁四岭》。曾为笔者的诗集《天野海郊集》作序《试论王绶青的诗歌创作道路》，首发 1992 年第一期《新乡师专学报》。　②他编辑生涯数十载，对友人常说，“编辑就是把作者文字搬运到报刊上，再将报刊搬运到读者手中”，并幽默地称自己是“文字搬运工”。

致张长弓[①]

长城万里一铁弓，举手射得天狼星。
诗词书画般般好，文风书风草原风。

注：①张长弓，山东寿光人，后移居内蒙古克什克腾旗。著名作家、诗人、书法家。1960 年入内蒙古大学文艺研究班学习，后任《草原》杂志副主编、内蒙古作协副主席、第四届中国作协理事等职。代表作：长篇小说《漠南魂》《边城风雪》《娜敏伊虹》，短篇小说集《草原似锦》等。

致贾漫[①]

《春风出塞》绿草原，新诗古体两手鲜。
晚年犹著诗评传[②]，才艺佳话留人间。[③]

注：①贾漫，河北黄骅人。著名诗人，诗评家。生前历任绥远省文工团创作员，《草原》副主编，内蒙古作协副主席。代表作诗集《春风出塞》、长诗《野花花》，诗评传《诗人贺敬之》。　②指诗评传《诗人贺敬之》。　③贾兄喜爱朗诵诗，像长弓喜欢唱京剧一样，二人常在文朋诗友聚会场合做精彩表演，值得交口称赞。

雷抒雁[①]

惊蛰惊天惊地雷，小草唱歌报春晖。
大雁高飞抒情志，一诗一字一口碑[②]。

注：①雷抒雁，陕西泽阳人。杰出诗人。生前历任《诗刊》副主编、鲁迅文学院常务副院长、中国诗歌学会会长。代表作：《小草在歌唱》《父母之河》《激情编年》等。鲁迅文学

奖得主。②抒雁喜爱书法，书体隽秀素雅，耐人品味。

韩作荣[1]

作品人品皆上品，荣春荣秋荣文坛。
走马走峰走天下，好情好景好诗篇。

注：①韩作荣，黑龙江海伦人。杰出诗人。生前历任《诗刊》编辑、《人民文学》主编、中国诗歌学会会长等职。代表作：《静静的白桦树》《北方抒情诗》《重叠的水》等。鲁迅文学奖得主。此篇为藏头诗，默送作荣驾鹤西行。

高　平

哀屈原

受诬屈子泪沾袍，逆耳之言格调高。
自作多情投地狱，为民请命犯天条。
汨罗一跳惊芳草，华夏千年悬艾蒿。
寻遍龙舟争渡处，几人还会诵《离骚》？

雨中偶作

压顶黑云霸气足，骄阳酷暑顿消除。
听雷听雨听花笑，看树看风看鸟哭。
冷暖干湿天做主，升沉贫富地难估。
阴晴各有百番景，茶碗随时换酒壶。

涨工资有感

其一

补为右派太无端，夺我薪金二二年。
今日工资虽又涨，终生难凑买房钱。

其二

老来毕竟有吃穿，耿耿于怀也可怜。
纵然冤案全否定，往事追回也是烟。

宠物吟

宠物满园臊臭熏，晨昏时刻竞狂奔。
兽穿衣裤遮毛体，女亮时装露肉身。
狗仗主亲生亢奋，主凭狗价显脱贫。
畜生待遇超低保，盛世果然景象新。

咏象棋

挤在盒中不自知，棋盘一摆露杀机。
楚河汉界无宁日，马跳士撑炮火疾。
死相皆因维大帅，舍车只为保全局。
兵卒总上最前线，有去无回谁可惜！

题牵牛花

独种阳台角，隔窗向我开。
花藏绿叶下，不引蜂蝶来。

哀诗坛

正声委蔓草，诗坛多荆榛。
骚人逐虚名，书商拜黄金。
传统线已断，词语效洋文。
弹丸山头立，旗帜乱纷纷。

年产十万首，难有天下闻。
吹捧赖关系，评奖唯看人。
不见日月光，火花不足珍。
时风任强劲，大雅我自陈。

陈显荣

新旧诗体兼吟之乐

我写新诗半百年，转吟旧体兴昂然。
人怀正气身方立，笔欠真情句不传。
拙作常惭余味少，诗词偏爱律声严。
诗歌纵是分新旧，一水同根并蒂莲。

敬怀杜甫

一代唐音情韵流，少陵绝唱壮吟讴。
草堂已历千秋雨，石砚曾磨百姓愁。
笔底波澜惊世弊，眉头爱恨系邦忧。
诗魂如炬映青史，大庇苍生沥血求！

清明缅怀外祖母

笔者幼时丧母，由外祖母抚养成人。

外公早故苦余生，慈母芳龄魂断茔。
两岁外甥连命爱，一腔心血望龙成。
寸心常忍感恩泪，大海难量养育情。
我咏万千诗赋句，字行均含外婆功！

路经书店

路经书店猛抬头，几日不来变酒楼。
忍看灯红食客醉，书林无影落花愁。

新古体·除虫救树

爱怜小树动钢锥，掏出蛀虫个个肥。
谅他贪官不敢看，唯恐下场同样悲！

如梦令·冬雪蜜桃（二首）

冬日路过某花园宅区，发现成箱的冬雪蜜桃被当垃圾扔掉。

城里风寒树瘦，冬雪蜜桃烂透。乡下种桃人，汗雨辛劳育就。荒谬，荒谬，能不心疼眉皱！

料是食丰禄厚，冬雪蜜桃置臭。试问弃桃人：可是掏钱自购？当疚，当疚，曾念朱门酒肉？

毕彩云

原韵奉和杨金亭师《无题》（十首）

其一

年年依旧望星星，秋水望穿已半生。
千种风情千古月，一怀心事一街灯。

常偕夜色偕新韵，未改春光改旧更。
忍尽相思思未尽，相思红豆泪无声。

附：无题

杨金亭

诗心未老发星星，直道孤行过半生。
破镜才圆秋夕月，鼓盆又哭素帷灯。
青春血泪花千树，绿鬓柔情梦五更。
寄语蓬壶痴女子，知音隔世赏清声。

其二

垂柳摇成袅袅烟，轻轻飘散梦将残。
独行缈缈黄泉静，重现斑斑墨迹干。
身影婀娜梅影秀，风声呜咽水声寒。
银河尽淌相思泪，天上人间不忍看。

附：无题

杨金亭

一唱阳关咽柳烟，相逢执手惜秋残。
沧桑可变情难老，碧海枯时泪不干。
才诉离衷星汉远，采来灵药断桥寒。
可怜二十三年忆，倩影姗姗镜里看。

其三

湘江水色助苍茫，斑竹留痕竹染霜。
花圃花期多寂寞，梅庐梅卷自芬芳。
心如秋雁增惆怅，画似伊人倍感伤。
远隔云霄千古梦，离怀何处话凄凉。

附：无题

杨金亭

梦寒雨湿夜茫茫，一别人天几度霜。
古道有家思旧巷，泉台无路慰孤芳。
梅庐读画成空忆，湘水投诗只自伤。
车过君山望湖祭，鹃啼断续助凄凉。

其四

寻寻觅觅路艰难，风雨兼程又几年。
谁想终生抛热泪，君凭一纸诉芳笺。
倾杯影照云遮月，牵手心怜水绕山。
万缕情丝万缕梦，诗词同赋酒同干。

附：无题

杨金亭

回眸一笑再逢难，热线牵来五隔年。
杯酒倾心交梦语，峡云无迹化诗笺。
柳烟轻拂蓝田玉，彩凤栖迟紫塞山。
素手香温银汉冷，碧城十二倚栏干。

其五

梦里轻挥梦里尘，斑斑泪迹印心痕。
月明枉负湖中景，心静空闻画外音。
句句声传家以外，封封信寄海之滨。
缘来缘去缘如水，怅忆当年赋彩云。

附：无题

杨金亭

解语梅凋玉化尘，潇湘斑竹泪留痕。
蓬山有意怜孤旅，雁字多情递好音。
蝶梦时牵瀛海岛，诗心还绕镜湖滨。
痴深欲诉相如赋，霜鬓何堪望彩云。

其六

谁闻泪似雨之声，几日沉沉几日晴。
笔架山留新地址，牡丹江忆旧鸥盟。
心帆起落风难静，情海翻腾浪未平。
梦里偕来明月夜，怅然凝望那颗星。

附：无题

杨金亭

谁家锦瑟咽离声，苦雨凄风未解晴。
每忆丹江同棹渡，难期洛浦再生盟。
频年心曲相思结，何日眉峰一笑平。
青鸟不传伊甸信，碧天凉夜卜寒星。

其七

家园春草共仙姝，望眼浮云卷未舒。
心曲声传江外客，文斋泪染酒中图①。
临窗枉见衔泥燕，入夜闲翻盗版书。
遥想那年通电话，痴情一路到京都。

注：①家藏酒杯，无酒则无图，酒满则现美女图。

附：无题

杨金亭

晚晴幽单识仙姝，天意怜人恨自舒。
孤馆重吟如梦令，梅庐好作望云图。
白杨拂晓晨挥剑，红袖添香夜读书。
闻道秋桐堪引凤，紫霞可待下燕都。

其八

曾怨今生未早逢，情如流水水流东。
伤怀泪染纤纤指，牵手身偕款款风。
两地几番春草碧，千秋一曲女儿红。
知音彼此心相照，还有谁人与我同。

附：无题

杨金亭

词笔风流邂逅逢，舷窗挥手各西东。
碧云轩照齐州月，紫石斋邀北海风。
秋色三分芳草绿，人生几度夕阳红。
诗成欲寄天涯远，肠断寒更两地同。

其九

重游故地自留连，谁解怀思细又绵。
花影双飞增妩媚，路灯一照共婵娟。
易生白发何如梦，难断红尘未了缘。
人不沉沦情不老，无边夜色伴书眠。

附：无题

杨金亭

阳春白雪断还连，残月霜风冷透绵。

旧梦重温情脉脉，古城一别月娟娟。
曾经秋色东篱艳，难了晚晴西照缘。
桐叶惊秋鸾鸟去，清声留韵伴孤眠。

其十

孤雁长鸣也自哀，芳心缱绻月徘徊。
空留蝶梦翩翩影，怅对书生淡淡怀。
半日郊游迷野径，几人神往伫阳台。
思难剪断情难阻，挚爱何曾化草灰。

附：无题[①]

杨金亭

易水萧萧独雁哀，连宵孤枕自徘徊。
难凭影视寻沉醉，聊借诗书遣郁怀。
幽梦忍离神女峡，瑶琴犹傍凤凰台。
天河若有灵桥渡，不信痴情可化灰。

注：①金亭师《无题》十首，发表在《中华诗词》2010年第2期。

渴 望

没有渴望的日子，
生活会少了许多甜蜜，
也会失去人生中的一份拥有，
连身影也会变得孤独。

为了睡梦中的相伴而行，
多想延伸月光下的小路。
为了追求生活中的完整，
多想将内心的秘密悄悄倾诉。

真的渴望梦魂牵绕的相约，
渴望两个人的世界相亲相助。
如果相思也是一种病痛，
我甘愿忍受相思的痛苦，

可是，我没有令人神往的感觉，
遗憾之中也包含着残酷。
当渴望写满柳下堤边，
我更渴望听到醉人的脚步。

布谷鸟

一声声呼唤春天的来临，
空旷的荒野上不忍倾听你的声音。
是谁给你留下了永久的伤痛，
树林中的袅袅微风，
抹不掉你泣血的啼痕。

凄婉悲切得让大地颤抖，
却不知望帝能否推开久远的蜀门？
你千古不变的“不如归去”，
唤醒了多少诗人沉睡的灵魂。

梦幻般的缠绵悱恻，
感动着茫然无助的李商隐，
年复一年的“此情可待成追忆”，
使一颗迷惘的心变得无法深沉。

多想让你美丽的精灵变成一个童话，
你的故事会在我的梦中更加清新。
天地之间借助你忧怨的翅膀，

有一种信念不会在伤感中沉沦。

写在除夕

除夕的钟声把新的一年敲响，
爬格子的时候掩埋多少惆怅。
一个人默默地守望着孤独，
心底里却是对家的向往。

万水千山是设在心里的屏障，
漂泊的脚步把遥远的距离丈量。
放飞所有深藏在心的痛感，
不让泪水在有人的时候肆意流淌。

别无选择地陪伴着灯光，
古老的汉字记载着永久的梦想。
窗外还在绽放着节日的焰火，
告诉我信念也会长出理想的翅膀。

除夕夜燃烧着希望关闭着忧伤，
残留在心灵深处的痛苦会慢慢淡忘。
自己的文章也能将自己唤醒：
只要拥有生命就会拥有明天的太阳。

邹达开

梦中情思

谁云往事淡如烟，云缠雾罩漫心田。
芙蓉化藕思不断，根埋泽国再生莲。

风

一阵阵新风扑面
一股股暖气催人

这风起于龙年冬季
不是春风，胜似春风
它使万物昭苏
百草萌芽
花木含苞
使沉睡的人苏醒
让远去的梦想回归

这是澄澈透明的清风
吹开层层雾霾
拂去厚积的尘埃
驱去龌龊的空气
它使天宇蔚蓝
大地清新
迷途的人醒悟

这是暖意融融的和风
使坚冰融解
寒气退却
让海峡距离缩短
地球村紧密相连
天人和谐共处

这是人们期待已久的好风
但愿绵延持续
不要一阵风之后
寰宇重归沉寂

郑玉伟

我和你

——唱给祖国的歌

你是树，
我就是一片绿叶，
帮衬花和果生香添色。

你是河，
我就是浪花一朵。
哪怕是万吨巨轮，
也让它从背上驶过。

你是山，
我就是小草一棵，
尽管很小，
也增一分春色。

你是旗，
我就是一点红色，
渗入笔锋，
把你的形象精心描摹。

谢 启

《诗国》纯系自筹经费公开出版，绝对不以赢利为目的，好诗美文甚多，深得读者赞赏，幸有诗友施以援手。2014 年诸如河北旭宇、张维青，北京樊希安、郑伟达，香港李清泉（现在武汉创业），美籍华人、原“飞虎队”成员、95 岁老诗人谭克平，江苏王同书、徐于斌、何永康、安迪光、倪竞波、孙拥君、朱虹，山东李增、郭立河、丁修功、孙瑞，广西曾国光，浙江项目清、卢友中、周帆、陈秀新、金华君，陕西李涛、王建峰，内蒙古张永福，海南邓国精，湖北姜彬、刘小平、余减租，广东杨光治、唐德亮、谢琼杰、许泽民，山西谢贞玲，贵州马涬善，新疆张宪武等等，或倾囊相助，或助办评奖，或组织订户，或代发广告，或合办活动，或出谋划策，或举荐作者作品，终使《诗国》坚持至今。特致崇高的敬意和由衷的谢忱！

中国社会主义文艺学会《诗国》社

民歌谣曲

李宗英　收集整理

传统客家情歌精选

山歌就爱人来和，写字就爱墨来磨，
亚哥弹琴妹来唱，一弹一唱快乐多。

妹子生得柬斯文，好比天上五色云，
五色云来盖天下，妹子人才盖一村。

好花一枝路边生，花又红来叶又青，
亚哥唔识妹名姓，手攀花树问花名。

入山看见藤缠树，出山看见树缠藤，
树死藤生缠到死，树生藤死死也缠。

生爱缠来死爱缠，生死缠妹结姻缘，
哥系死里变大树，妹变葛藤又来缠。

爱弹爱唱好出声，开锅甜板莫等冷，
剪布做衫有分寸，百物上秤知重轻。

问你山歌有几多？伢船载来几十箩，
拿出一箩同你对，对到明年割早禾。

画眉眼来黄蜂腰，山歌又好声又娇，
妹子姻缘有厓份，玉石来造洛阳桥。

郎有心来妹有心，铁尺磨成绣花针，
郎系针来妹系线，针行三步线来寻。

买梨莫买蜂叼梨，心中有病冇人知，
因为分梨（离）更亲切，谁知亲切转伤梨（离）。

催人离别鸡乱啼，教人离别水东西，
挽水西流想没法，从此唔养五更鸡。

米筛筛米谷在心，嘱妹爱郎莫变心，
莫学灯笼千只眼，爱学蜡烛一条心。

妹是嫦娥哥是仙，阿哥住在月光边，
妹子种条桂花树，阿哥爱攀也唔难。

你嫌厓老心唔甘，今年正交六十三，
两人入园拗竹笋，嫩介淡来老介甜！

门前李树开白花，大风吹落地泥下，
哥想恋妹爱开口，莫作杨梅暗开花。

唔怕别人讲短长，越讲两人情越长，
好比门前桂花树，大风越吹花越香。

薛进财

感热电厂大烟筒

阴霾漫洒借长风，烟筒高拔越太空。
似欲破天窥宇宙，将尘再染广寒宫。

诗论卷

◇ 诗国论坛

◇ 新体探讨

◇ 诗作解读

◇ 针砭诗弊

◇ 哀悼秦中吟同志

◇ 沉痛悼念张锲同志

诗国论坛

人是诗之本 诗是人之光
——散论20世纪的旧体诗词

高 昌

20世纪旧体诗词作者纷繁，面目各异。他们写作大都不是为了发表，不是端着诗人的架子作抒情状，而是随感而发，触景生情，随意挥洒，所以更加接近生命的本色，更加容易保留岁月和历史的原生态样貌，更能折射这一特定时期的诗人心态和社会细节。这些作品有诗的魅力，同时也有史的质素。

虽然是朝花夕拾，但是经过了岁月的历练和积淀，更能显示那份独特的芬芳和鲜艳。这确实是一片陌生而又熟悉的开满鲜花的迷人的原野……

梁启超先生在《二十世纪太平洋歌》中说："胸中万千块垒突兀起，斗酒倾尽荡气回中肠……太平洋，太平洋，君之面兮锦绣壤，君之背兮修罗场……"清末民初正是所谓三千年未有之大变革的特殊历史时期，诗词的多元流变和多元生态，折射出了这个时代变革的复杂性和特殊性。接踵而来的20世纪诸多历史事件，恰好为这些悲剧、喜剧、壮剧、惨剧做了详细的注脚：庚子事变、辛亥革命、军阀混战、日本入侵、国共内战直至"反右""文革"改革开放……一个个社会大事件给诗词作者带来各种各样的心理冲击，也为形形色色的作者搭建了新鲜的性灵舞台。他们的诗词作品是时代变迁的活的精神标本，寻找他们失踪了的轨迹和光芒，可以清晰地勾勒出一段段时间的背影和风雨的痕迹。

要研究现当代的中国，要研究20世纪的中国人的心灵密码，无论是同光体还是南社，无论是毛泽东、陈毅、叶剑英还是胡乔木，无论是鲁迅、郭沫若还是胡适、陈独秀，无论是苏曼殊、郁达夫还是龙榆生、夏承焘、唐圭璋，甚至无论是袁世凯、徐世昌、吴佩孚还是汪精卫、王揖唐……都是无法绕过和回避的文本存在。

我对20世纪诗词的关注，先是源于上世纪80年代对郁达夫诗词的喜爱，而后则是因为对大学里的老师许桂良、顾之京夫妇的父亲顾随先生的敬重。我还记得在大学图书馆里借到郁达夫诗词选之后的惊喜——"曾因酒醉鞭名马，生怕情多累美人"等等诗句，就像楔子一样直接楔在我的心上。之所以用到"惊喜"这个词，是因为此前我竟然没有注意过，在我的阅读视野之外，还有这样一种又新又旧、新旧难分、魅力无穷的文学存在。

20世纪80年代初，我开始写诗的时候，读得最多的是舒婷、顾城、江河那拨所谓朦胧诗人的作品。他们被称为“崛起的诗群”。徐敬亚先生在论文《崛起的诗群》中有这样一段话：“诗坛上升起了新的美。于是，通向美的道路，便又一次次出现了无数种可能性。无数！而不是唯一。”他提到的这无数种可能性中，并不意味着伴随着新诗的崛起，古典诗歌的艺术营养和艺术形式也就都应该一股脑儿扔掉了。艾青、田间、胡风他们是一种道路，而鲁迅、郁达夫、聂绀弩这些人，其实也是一种道路。事实也证明，旧体诗词不仅至今顽强地活着，而且还呈现出朝气勃勃、生意盎然的和谐艺术生态。旧体诗特有的声、韵、调组成的韵律之美，是令人迷恋的。在高速公路上行驶，和在田野里漫无目的地乱闯相比，速度和效率毕竟是不一样的。

“五四”以来，新诗虽然在主流文学界有了重要的地位，但其自身的某些缺陷所招致的争议也是一路相伴而来。鲁迅在 1934 年致窦隐夫的信中就曾说过：“没有节调，没有韵，它唱不来；唱不来，就记不住；记不住，就不能在人们的脑子里将旧诗挤出，占了它的地位。”此后至今已经整整 80 年了，尽管旧诗仍然没有从人们的脑子里被“挤出”，但旧诗被主流文学界所忽视甚至说歧视，也仍然是客观的文学现实——除了引起广泛聚焦的少数领袖和社会名人的作品之外，很少有研究者关注 20 世纪旧体诗词的整体创作成绩。这种现象是不正常的，也是和 20 世纪旧体诗词的创作水平和美学影响不相称的。

诗歌与时代有着天然的联系，事实上从 20 世纪诗词中我们能够真切地接收到时代前进的神秘跫音。请来看袁克文的“绝怜高处多风雨，莫到琼楼最上层”，这两句表面是写游颐和园的感受，抒发了淡泊功名、不贪恋权势的明智的人生态度，实则曲折表达了对父亲袁世凯窃国称帝的劝谏和讽喻。再请看张恨水写南京大屠杀的这两句：“城里遗民三十万，可能一哭似予无？”其笔调沉郁苍凉，凄清苦涩，读来如在昨天，让人怦然心动。还请看张大千写乡愁的这两句：“半世江南图画里，而今能画不能归！”因为战乱阻隔，作者飘泊海外，不能归国，画梅杏而思江南，感叹只能画却归不得。词调明丽，而心境悲凉。下面再来看看沈祖棻笔下的春愁：“三月莺花谁作赋？一天风絮独登楼。有斜阳处有春愁。”这句“有斜阳处有春愁”使沈祖棻赢得“沈斜阳”的别号。这首词写于 1932 年，表现的即是踏青引发的春愁，实际还有隐含了“九一八”事变后国人对山河破碎的家国之忧，已经远甚于一己幽怨了。

新中国成立后知识分子的复杂心态，也能在旧体诗词中辨认出清晰的雪泥鸿爪。罗元贞说：“老去孤怀天不问，生来野性自难驯。”冒效鲁说：“说法能为狮象吼，违时休作鸟虫吟。”张伯驹在这首《浣溪沙》中说："病酒愿为千日醉，看花误惹一身香，老年狂似少年狂。"林散之则在这首《七零年八月初三夜》中说："江上青留点点山，别来无恙在人间。"一句"别来无恙在人间"，依稀让我们感受到平静水波之下的内心涡旋。

聂绀弩的《惊闻海燕之变后又赠》是一首特殊年代的奇异的爱情诗："愿君越老越年轻，路越崎岖越坦平。膝下全虚空母爱，心中不痛岂人情。方今世面多风雨，何止一家损罐瓶？稀古妪翁相慰乐，非鳏非寡且偕行。"作者服刑后获释，却惊闻爱女海燕早已自杀，随后写了这首七律送给老伴。全诗泪中含笑，笑中含泪。写的是家事，而从"方今世面多风雨，何止一家损罐瓶"这样的诗句，又折射出一个时代的悲剧性的记忆。全诗单挑出一句来很平常，但组合到一起，却成为一个强大的气场，有震撼人心的千钧之力。

其实，不少写新诗名世的诗人，也有一些优秀的鲜为人知的诗词作品。只是因为他们新诗方面的盛名，这些旧体诗被掩盖了。比如徐志摩这首《清明雨中》："檐溜潺潺插柳斜，异乡佳节不须夸。暂时为客还非客，此日离家总忆家。听雨有愁宜中酒，寻春无梦到看花。隔墙薄暮新烟起，暗减心情负岁华。"诗中描写了杭州清明雨中的感悟，表达了思乡和少年特有的一种透明的怅惘。语浅情长，辞美味醇。再比如闻一多这首《废旧诗六年矣，复理铅椠，纪以绝句》："六载观摩傍九夷，吟成鴂舌总猜疑。唐贤读破三千纸，勒马回缰作旧诗。"其中的"勒马回缰作旧诗"，成为一个颇富象征意义的时代意象，令人品味再三。

以上例举，仅仅沧海一粟。实际上，20世纪有不少非常优秀的诗词佳作，但大多在读者中并没有达到耳熟能详、广为流传的程度。因为对其缺少文本意义上的理论研究和有效的媒介传播，致使这些诗词作品在公众视野中处于一个边缘化的尴尬境地。

我理解的诗歌写作是一种艰苦的人生体验，需要最大限度地逼进人生，最深程度地体验人生。20世纪诗词决不仅仅是词藻层面的、技术层面的，而更是生活化的、开拓型的、建设性的。20世纪诗词作者中的很多人，公众并不一定把他们当作诗人来看，但是他们自己对诗人的身份却似乎看得十分重要。比如据周晓川先生回忆，著名词学家夏承焘先生临终之时，嘱咐身边亲故："我过老时你们不要哭，在耳边哼这首词就可以了。"意思是说不要哭哭啼啼，只要吟诵他写的《浪淘沙·过七里泷》就可以了："万象挂空明，短篷摇梦过江城。可惜层楼无铁笛，负我诗成……"这首词作于 1927 年，写夜过富春江七里泷的感受，月下泛舟，秋光奇绝，仿佛徐徐展开一幅淡雅的山水画，深入浅出，余韵悠悠。

罗瘿公先生告诉程砚秋，死后墓碑只写“诗人罗瘿公之墓”七字。钟敬文先生也有类似的遗言。书画名家林散之先生自题的墓志铭上，也只有几个字：诗人林散之墓，罗先生的书法润格很高，钟先生在民间文学界是权威，林先生的诗名也并不及他的书画名之盛；他们回首平生，为什么只提自己的诗歌呢？倘若这些传说无误的话，我相信罗、钟、林诸先生肯定是把“诗人”这两个字看作了美好人生的象征。不凡的人生旅程，自然是有着多彩多姿的各种内容，而他们自己则以一言以蔽之，曰：“诗人。”人是诗之本，诗是人之光。“诗人”是个美好的称号。其美在诗，其美更在人。

旧体诗词从复苏走向复兴，从复兴走向振兴，是21世纪令人欣喜的文学新潮。旧体诗词简练、凝重、典雅，把汉语的声韵美、形式美推向了极致，是汉语言中最美丽的艺术花朵。文脉绵长，福泽深远，既是民族智慧的美好载体，又是文明传承的优秀媒介。日前诗词写作的重现或曰回归，并不是对既往新诗写作的简单否定，而是有益的调节和科学的补充。诗词新潮，早已经超越了单纯的文体回归话题，而更具有了一种别具风姿的传统文化的象征意义。回眸20世纪的旧体诗词，研究20世纪的诗词演变和美学嬗变，可以为我们提供更多的历史细节和生活原态，可以呈现当时的社会心理与精神生态的真实状况，可以为21世纪的诗歌发展提供有益的艺术借鉴和历史经验。美国评论家丹尼尔·霍夫曼在《美国当代诗歌史》中说：“诗歌，是一个民族的感情气候。”是的，20世纪的旧体诗词，所呈现和纪录的正是这100年来我们民族的感情气候。其中有晴空万里，有艳阳高照，有雾霾交加，有风雨雷电……

确立中华诗词发展的时代坐标
——学习李文朝将军诗论的一点体会

刘庆霖

文朝将军探骊得珠，正式步入诗坛10年。他的诗词作品就已波澜壮阔、蔚为大观，可谓是“诗刀也似军刀快”了。然而，几十年如一日业余爱好传统诗词的文朝将军，一步入诗坛就肩负重任，自2005年开始，就担任中华诗词学会会长助理兼副秘书长，2010年在中华诗词学会第三次全国会员代表大会上当选为中华诗词学会常务副会长，后又兼任中华诗词杂志社社长。这就决定了他不能像普通作者那样，只考虑自己的创作提高，当好一个诗人。他要在搞好自身诗词创作的同时，比一般作者更多地承担一些领军诗坛的义务。他要与中华诗词学会其他领导一起谋划，为中华诗词这列由复苏走向复兴的列车找准方向，确立好它发展前进的时代坐标。为此，我想从《李文朝诗词诗论选》的文论中，探讨一下他的诗词观点、主张和重要成就，以利于我们更好地引导当代中华诗词创作。

一、稳妥地把握中华诗词继承与创新的辨证关系

《李文朝诗词诗论选》中共收入诗词文论36篇，其中直接论述或提到继承与创新问题的就有16篇。可见文朝将军对这一问题的高度重视。

应该说，继承与创新始终是诗家必争的问题。比如守不守格律的问题、用新韵好还是用旧韵好的问题、新诗与旧体诗哪个为主体的问题，就是在诗词界争论了几十年而至今也未休止的三大焦点问题。对这几个焦点问题，文朝将军都有高屋建瓴的清醒认识和笔力千钧的精辟论述。其一，关于守不守格律的问题。他旗帜鲜明地指出："在继承与创新的统一这个重大原则问题上，我们的态度是一以贯之的。弘扬传统诗词，我们就是要坚持继承创新，'求正容变'，对传统诗词的'黄金格律'和技术、艺术层面的固有范式，必须认真传承，不传承就不再是中华诗词，不传承就会嬗变成别的文学样式；同时，又要在内容和形式上进行创新，推动中华诗词适应时代、深入生活、走向大众。"（《当好中华优秀传统文化的薪火传人》）我的理解，这段论述主要体现一个"守"字和一个"新"字。就是在诗体、词形和平仄格律上，要坚定不移地守住，毫不动摇地传承；在诗的内容、风格、语言等方面又要创新，以适应新时代。其二，关于用新韵还是用旧韵（平水韵和词林正韵等）的问题。他指出："要坚持声韵改革，倡今知古，实行双轨并行。""我们清楚地知道，确实有部分诗友，十分执着于传统。这是他们的学术自由，我们予以尊重。他们用旧声韵写出的好作品，我们同样予以支持。""广大诗友坚持用新声韵创作，也是各自的创作自由。大家都不要相互干预。""使用新声韵创作，尽管是时代潮流的大势所趋，但对于习惯用旧声韵写作的诗友来说，毕竟有个接受、适应和习惯的过程。""再对已经明确的问题搞那些翻烙饼式的争论，那样，只会无端转移诗友们的注意力。"（同上）我的理解，这段论述主要体现一个"融"字，就是实行新韵与旧韵双轨并行，二者不要互相制约，不要争论谁对谁错，更不要说谁是唯一正确。其三，关于新诗与旧体诗谁为主体的问题。他讲到："南社诸子志在弘扬国粹，研究国学，铸造国魂，但又不故步自封，而是，大胆主动地接受当时西方的先进文化，为我所用。这种兼容并蓄，致力推动社会进步和文化发展的精神，也是我们今天值得大力提倡的。"（《弘扬南社诗歌振民魂的精神，创作出更多更好的"当代

诗句”》)“传统诗词不仅要与白话新诗互相包容、互相尊重、互相学习，和谐共进，传统诗词内部各种艺术风格、各种诗词流派也要和谐包容，同荣并茂。”(同上）我的理解，这些论述主要体现一个“合”字。就是新诗与旧体诗要通力合作，共同打造诗的中国和中国的诗。而且，文朝将军在另篇文章中还进一步强调：“经过最近一个世纪的风雨洗礼，中国诗人对诗的本质有了更深刻的理解与感悟，新诗与古体诗人在更新的境界达到了新的理解与交融。特别进入新世纪以来，我们欣慰地看到了，新诗与古体诗相互学习借鉴、比翼齐飞的可喜局面，共同铸造着中国诗歌的新辉煌。中华诗词学会将一如既往地支持和配合中国诗歌学会的工作，继续引导古体诗人词家和诗词爱好者，从新诗中吸取艺术营养，努力为传统诗词注入时代精神，让古体诗词这一传统的艺术奇葩，焕发出时代的光彩。”(《在中国诗歌学会第三次全国会员代表大会上的贺辞》)

文朝将军不仅号召大家把握好中华诗词继承与创新的辩证关系，自己也身体力行地实践这些主张。他在本书《自序》中就写道：“我在用韵上是认真遵循中华诗词学会提出的‘倡今知古、双轨并行’的原则，坚持内容决定形式，声韵形式为作品内容服务。以诗词作品核心意象的关键词是否需要入声韵，来决定本篇是用新韵还是用旧韵。作品大体有三种情况：一是新旧韵都通，这是我追求的最高境界；二是有些词牌如《念奴娇》《金缕曲》《满江红》等只有押入声才出韵味的，就严格用《词林正韵》；三是如《沁园春》《临江仙》《浣溪沙》等押平声韵的清新明快的词牌，我就兼用新声韵，坚持同一篇诗词作品新旧韵不能混用。”事实证明，无论在理论上、还是在实践上，文朝将军都稳妥把握了中华诗词继承与创新的辩证关系。这是他校准中华诗词发展的第一个时代坐标。

二、积极为中华诗词注入时代精神

文朝将军的文论中多篇提到并强调中华诗词的时代精神问题。2011 年 10 月，他为第三届中国诗歌节论坛准备的发言稿的标题就是《为传统诗词注入时代精神》。后来这篇文稿被他加工提高成一篇一万多字的宏篇巨论，并在 2013 年青岛即墨中华诗词金秋笔会上宣讲，受到广泛关注与欢迎。其立足点之高、理论体系之完善、论述之深刻，以及它的针对性、实践性，都是黄钟大吕和别开生面的。这里有必要将其基本概貌进行展示。一是“直面时代题材”。他认为：“为传统诗词注入时代精神，最根本的是直面时代题材，在内容上贴近时代。”他指出：“直面时代万象，如何选取题材，是每个诗人的创作自由。大江东去，小桥流水，歌颂真善美，鞭笞假恶丑，兴、观、群、怨，都可以出好诗出佳句。”不过，他又援引刘云山同志的观点：“文学创作只有汇入时代的主流，才会有广阔的前途，才能锻造出传世之作。”“反映我们这个时代的历史巨变，描绘我们这个时代的精神图谱，为时代写史，为时代画像，为时代立言。”于是文朝将军进一步指出：“我想，直面时代主流，应是直面时代题材的重点和难点。”并且，他率先垂范，以此入手进行诗词创作，先后创作了《念奴娇·戊寅抗洪》《采桑子·抗美援朝战争》《汶川抗震》《玉树抗震》等一大批反映时代主流题材的诗词。二是“升华时代意象”。他认为：“诗是文学中的文学。诗词靠意象的艺术冲击力来教育人、感染人、娱悦人。空洞的说教和标语口号不是诗。一个时代有不同于其他时代的特有意象。原始时代只有象声的劳动号子；农耕时代有‘采菊东篱下，悠然见南山’的意象。而工业时代和信息时代又都有其独特的意象。这就要靠诗家去观察、去发掘、去提炼、去升华。”三是“抒发时代情感”。他分析了古代诗人写情感和论情感的诗词、言论之后指出：“诗要抒发情感，要抒发诗人自己的情感，要抒发诗人自己所处时代的情感。不可效颦古人所愁，强装古人之叹。”同时：“时代情感折射出的是时代生活的万花筒，决不只是主旋律的豪言壮语，而是多样化的心境感悟。”四是“活用时代语言”。他强调：“一个时代的语言，是这个时代内涵的表征和时代精神的外在表现。为传统诗词注入时代精神，还要注意灵活运用具有一定代表性的时代语言。例如打工、打的、手机、网友等，已成为约定俗成的时代语言。这方面的佳作佳句已不乏其例。但政治性、政策性的语言，在诗词创作运用上，还是一个难点。因为运用不好，就会被扣上‘标语口号’的帽子。而有些重大题材，又难以完全避开一些政治性、政策性的时代用语，需要大胆探索和深入研究。”五是“时代反映时代气息”。他认为：“时代气息指体现时代精神和时代特点的情趣和风格，具有明显的多样性和广泛性。因此，要为传统诗词注入时代精神，还必须广泛反映多样化的时代气息。”六是“针砭时代弊端”。他认为：“针砭的本意是指古代用石针扎皮肉治病，比喻深刻批评。任何一个社会，即使清明盛世，也有时代弊端。用诗词的艺术形式针砭时弊，是为传统诗词注入时代精神的必不可少的内容。《中华诗词》杂志每期‘刺玫瑰’发的就是这类诗作。但这类稿件存在的普遍问题是，‘讽’得没有幽默感，‘刺’得没有针对性。特别是有些重大社会问题，仅靠讽刺幽默是不够的，必须严肃深刻地批评，才能还针砭以本来意义。”在反腐倡廉这个重大时代课题上，他就带头写出了深刻揭露和严厉批评的诗词力作。七是“描绘时代画卷”。他指出：“有人认为古体诗词就是诗人圈子里的自娱自乐、自思自叹，难以汇入时代洪流，难以描绘时代画卷。这话只能是说对了一部分，在古体诗词中，上述类型的诗作确实存在。但由于局外人缺乏对古体诗词当前创作全貌的研究与了解，出现认识上的片面性也在所难免。事实上，每逢遇到重大的现实题材，中华诗词学会和全国各地诗词组织，都积极地进行诗词创作，用传统诗词艺术形式，为时代画像，为时代立言。”

以上七个方面有关为中华诗词注入时代精神的论述，不仅理论上十分经典完备，而且每个方面都有作者积极实践的精品力作。限于文章篇幅，不能在此一一例举。我认为，这是他校准中华诗词发展的第二个时代坐标。

三、既要唱响主旋律 又要提倡多样化

首先说唱响主旋律的问题。文朝将军《在全国第二十四届中华诗词暨夏承焘、吴鹭山学术研讨会闭幕式上的讲话》中明确提出：“要理直气壮地唱响主旋律。”并且强调：“唱响主旋律，就是要把握诗词创作的正确的价值取向，坚持社会主义先进文化的前进方向，直面伟大时代，反映火热的生活。要歌颂国家强盛、人民富裕，民族振兴的新成就；歌颂经济发展、社会进步的新气象；歌颂山川风物、风俗民情的新风貌……用诗词文化去振奋精神、净化灵魂、鼓舞斗志、树立正气，歌颂真善美，鞭挞假恶丑，使诗词成为反映时代脉搏的动人旋律，成为抒发人民主流意愿的时代音符。唱响时代主旋律是时代赋予诗人的使命和责任，这种历史责任感应该是用诗人真挚的情感吟唱出来，用诗人高雅的艺术诠释出来，而不是空洞的政治口号和概念化的说教，更不是对现实生活的冷眼旁观和游离世外的自我宣泄。要歌颂真善美，而不是脱离实际的粉饰太平；要鞭挞假恶丑，而不是歪曲事实的丑化现实。要有正确的价值取向，崇高的文化品格，强烈的忧患意识和高度负责的自觉精神。”文朝将军不仅从理论上阐述了理直气壮地唱响主旋律的重要意义是诗词的伟大担当，还就如何落实这一时代的伟大担当谈了自己的认识。并且，他自己也是这一理论的积极实践者。他的《青莲曲》歌行 116 句，800 多字，《丰碑颂——雷锋精神礼赞》84 句，近 600 字，都是高唱主旋律的宏篇力作，不仅在诗词界产生了轰动效应，也在社会其他领域产生了较大的反响。

其次说提倡多样化的问题。文朝将军在《人性的立体与诗情的多元》一文中指出：“在包括诗词在内的文学创作中，我们弘扬主旋律，非但不排斥多元性，而且大力提倡多样化。因为主旋律的作品，是一个时代文学的挺直的脊梁；

而多元化的作品，则是这个时代文学的丰满的血肉。二者不可偏废。”而他在《高扬军旅特色，加强艺术修养，创造新时代军旅诗词的新辉煌》一文中更是以军旅诗词创作为例，深刻阐述了诗词内容和艺术风格的多样化问题：“从风格追求上来看，军旅诗词百花齐放，异彩纷呈。军旅诗词反映的是丰富多彩的军旅生活和军旅人生的情感世界，其艺术风格决不会是铁板铜琶单音调和金戈铁马独奏曲，而应是多姿多彩，美不胜收。军人对伟大祖国的热爱，对大好河山的赞颂、对边关风情的欣赏、对家乡亲人的思念、对军旅人生的思考以及对一些不良倾向的鞭笞等，都是军旅诗词所要反映的内容。事实上，在古代军旅诗词作品中，题材风格也是非常多样化的。如晚唐陈玉兰的《寄夫》：‘夫戍边关妾在吴，西风吹妾妾忧夫。一行书信千行泪，寒到君边衣到无？’这是一首戍边军人的妻子和泪写下的思念丈夫的情诗。她身在吴地，时刻挂念数千里外从征丈夫的冷暖安危。既反映了征人妻子的内心世界，又从一个侧面反映了唐末边境战事对人民带来的苦难和对群众生活的深刻影响。再如唐代著名诗人王昌龄的《从军行（之七）》：‘玉门山嶂几千重，山北山南总是烽。人依远戍须看火，马踏深山不见踪。’就是一幅风格明快、声情并茂的戍边风情画。前两句用白描手法写玉门关一带的塞外景色，后两句则写边关战士骑马巡逻的戍边生活。特别尾句，读了使人如闻马蹄踏石之声，如见军人骑马隐约于密林之中的身影，真是妙趣横生，诗味无穷。当前，在经济全球化、文化多元化的时代背景下，反映军旅生活的当代诗词，更是在艺术风格上百花齐放、万紫千红。”事实上，文朝将军不但提倡理直气壮地唱响主旋律，也高度重视创作的多样化。在他自己的作品中，既有像“军刀”勾画出的极富战斗精神的弘扬主旋律的作品，也有像“剪刀”裁出的极富美感的生活片段。例如《兴凯湖观日出》：“天水茫茫夜幕开，湖光海韵荡情怀。云蒸霞蔚东方晓，一叶渔舟载日来。”这首诗气象开阔，色彩富丽、想落天外，特别是一个“载”字，让人感到文字的重量和诗境的宏大。再如《早春山野花》：“寂寥长忍耐寒风，初绿荒原几点红。不向人间争宠爱，甘将笑靥缀春容。”则借山野花的诗境意象，展现了这位曾经叱咤风云的将军，那悠然世外的几分淡定。我们说，唱响主旋律和提倡多样化并重，是文朝将军校准中华诗词发展的又一个时代坐标。

正如周笃文先生评论的那样：“文朝将军不仅是一位才华横溢、气象恢宏的本色诗家，而且是一位学养深厚、论断精辟的评论家。他在当代诗词的定位与创新之论述上，常有别开生面、发人深省的真知灼见。”（《李文朝诗词诗论选》序）文朝将军诗论的理论体系是完备的，在我上述几个方面之外，还有极其丰富的内容。限于篇幅，不能一一展现。这篇文章是学习文朝将军诗词诗论的一点体会，不妥之处，请文朝将军和读者批评指正。

绝句的结构艺术

石理俊

诗贵曲，追求转折、波澜。绝句限于篇幅，一般单线结构，但仍进“起承转合”，且不受此限，有种种变化。

今昔对比

岐王宅里寻常见，崔九堂前几度闻。
正是江南好风景，落花时节又逢君。

——杜甫《江南逢李龟年》

前两句写过去。杜甫少年时在岐王（唐玄宗之弟李范）宅里，崔九（殿中监崔涤）家中，多次相见，听李龟年唱歌。这是很开心的事。后两句写现在。经历安史之乱后，国家残破，两人流离失所在江南相见。江南非昔年的洛阳，“落花”象征人的飘泊。见风韵于行间，寓感慨于意象。

设问生波

雪净胡尘牧马还，月明羌笛戍楼间。
借问梅花何处落？风吹一夜满关山。

——高适《塞上听吹笛》

这诗首句写行动，次句写声音，三、四句写这声音传遍塞上。如果这样平铺直叙，就没一点儿诗味了。羌笛吹出《梅花落》的曲子，作者第二句“藏”，引而不发。第三句，经过通感听觉形象转化成视觉形象，“露”了出来。句法也从叙述转换成“借问”。“借问”即“请问”。这一句，显出梅花也有灵性了，诗味盎然。

衣上征尘杂酒痕，远游无处不销魂。
此身合是诗人未？细雨骑驴入剑门。

——陆游《剑门道中遇微雨》

诗中“自问”是解读的关键。公元1172年，陆游（47岁）从汉中调往成都，途经剑门关。前两句写近年生活概况：征法、酒痕、远游、销魂。后两句写当前情境。诗人骑驴，故事多多：李白骑驴过华阴，郑棨诗思在驴背上，李贺带小奚奴骑驴觅句。“销魂”，有的读者以为被美景吸引得掉了魂，陆游写此诗很潇洒；其实不然。“销魂”，《辞海》解释：过度刺激而神思茫然，形容悲伤愁苦情状。细雨中骑毛驴行进在剑门关道上，我真是个诗人吗？言外之意，一心爱国兴邦的志士是不甘心只做个诗人的。反躬自问，表露心底波澜。

以三对一

越王勾践破吴归，战士还家尽锦衣。
宫女如花春满殿，只今唯有鹧鸪飞。

——李白《越中览古》

绝句的一般规律是第三句“转”。这

首诗不同，前三句写历史，后一句写现实。春秋时代，吴越争霸。公元前 494 年，越王勾践被吴王夫差打败，回国后卧薪尝胆，誓报此仇。公元前 473 年果然灭吴。诗写此史事，只三句取凯旋的两镜头：首句点题，二、三句分写战士荣归、宫女如花。结句突然一转，写眼前目睹，以"唯有鹧鸪飞"的意象，将昔日繁华一笔勾销，寄盛衰无常之慨，"三昔一今"此格为李白首创。

双向互动

独在异乡为异客，每逢佳节倍思亲。
遥知兄弟登高处，遍插茱萸少一人。

——王维《九月九日忆山东兄弟》

前两句从"我"落笔，写"异客"思亲。"每适佳节倍思亲"，表达出人所共有的心态，成为脍炙人口、千载流传的名句。三、四句从对方写，写一个动人的情景：重九登高，遍插茱萸，少了一人。茱萸，一种可药用的香草。当时习俗重阳节登高，插茱萸以辟邪。通过想象，构成双向互动。

绝句短小，一般单线，写"我"的所见所闻、所思所感。但如上所写，便有双线。"我"的活动，兄弟的活动。双线还可有别的组合方法：

愧我长年头似雪，饶君壮岁气如云。
朱颜今日虽欺我，白发他年不放君。

——白居易《戏答诸少年》

这诗四句的结构为"我——君——我——君"，两条线索，交错推进。

律拗组合

两人对酌山花开，一杯一杯复一杯。
我醉欲眠卿且去，明朝有意抱琴来。

——李白《山中与幽人对酌》

律诗中有拗句。被今人排行榜列为唐诗第一的崔颢《黄鹤楼》，前四句为古风体，不同于律句，称拗句。同样的情形绝句中也存在。李白的这首诗，前两句平仄与律体不合，可是口语化，特别生动自然。一个狂士一个幽人，山中对饮。"一杯一杯复一杯"，畅快率真，神志毕现，无须改，不必改。后两句合律，醉态与雅趣都以"我"的生活的口头语表达出来。四句以白描手法，构成生动的图画。所以，写诗不在于律诗中是否有拗句，而在于是否写出美感。

半奇半偶

蓝桥春雪君归日，秦岭秋风我去时。
每到驿亭先下马，循墙绕柱觅君诗。

——白居易《蓝桥驿见元九诗》

元和十年（815），元稹江陵奉诏进京，满心喜悦，在蓝桥题诗。结句道："心知魏阙无多地，十二琼楼百里西。"离长安不远了。谁知正月回京，三月再次远谪通州，而八月白居易也贬为江州司马。前两句对仗，表面上只写西归东去春雪秋风，匆匆往来、仆仆风尘，实际上写两人共同的悲剧人生道路。后两句不对仗，从自己一方“到驿亭”下马寻诗处处留心，友情真挚。结句“循墙绕柱觅君诗”，用细节刻画意象，连用“循”“绕”“觅”三动词，扣人心弦。从结构上看一半对隅，一半不对隅，试称“半奇半隅”。风格上看，寓沉痛于平淡。

四扇画屏

两个黄鹂鸣翠柳，一行白鹭上青天。
窗含西岭千秋雪，门泊东吴万里船。
——杜甫《绝句·其三》

翠柳枝头两只黄鹂在欢唱，这就是一幅色彩亮丽、生机勃勃的图画。晴空万里，一碧如洗，白鹭展翅，排列成行，也是一幅绚丽的画图。两句对仗，也可合成一幅。后两句，“千秋雪”思接千载，时间久长；“万里船”视通万里，空间广远。使小诗有巨大张力，反映出作者的广阔胸怀。同样也可每句成一景，一联成一景。分则为四扇画屏，合则成一堂美景。

音随时变　恪守格律
——与“固守平水、反对新韵”者商榷

毕振东

91 岁高龄的霍松林教授说：“令人惊异的是，在于右任先生提倡今声今韵半个世纪以后，在中华诗词学会提出‘双轨运行’，并在《中华诗词》编发《新声韵表》多年以后，还有人联名发布了反对‘声韵改革的《宣言》’”(《中华诗词》2011 年第 8 期)。甚至，公开诬蔑使用新声韵只能生产“垃圾”作品。

当真如此吗？笔者认为，这是孤陋寡闻的无稽之谈。倘若，唐宋名家的在天之灵知晓也会笑掉大牙的。因为，他们写的许多传世绝句、律诗、名联，也往往与今声韵吻合。譬如绝句：

宋之问　渡汉江
岭外音书断，经冬复历春。
近乡情更怯，不敢问来人。

王之涣　登鹳雀楼
白日依山尽，黄河入海流。
欲穷千里目，更上一层楼。

王昌龄　芙蓉楼送辛渐
寒雨连江夜入吴，平明送客楚山孤。
洛阳亲友如相问，一片冰心在玉壶。

李白　黄鹤楼送孟浩然之广陵
故人西辞黄鹤楼，烟花三月下扬州。
孤帆远影碧空尽，唯见长江天际流。

杜甫　谢严中丞送青城山道士乳酒一瓶
山瓶浮酒下青云，气味浓香幸见分。
鸣鞭走送怜渔父，洗盏开尝对马军。

张继　枫桥夜泊

月落乌啼霜满天，江枫渔火对愁眠。
姑苏城外寒山寺，夜半钟声到客船。

白居易　问刘十九

绿蚁新醅酒，红泥小火炉。
晚来天欲雪，能饮一杯无？

杜牧　赤壁

折戟沉沙铁未销，自将磨洗认前朝。
东风不与周郎便，铜雀春深锁二乔。

李商隐　嫦娥

云母屏风烛影深，长河渐落晓星沉。
嫦娥应悔偷灵药，碧海青天夜夜心。

苏轼　饮湖上初晴后雨

水光潋滟晴方好，山色空蒙雨亦奇。
欲把西湖比西子，淡妆浓抹总相宜。

陆游　沈园

城上斜阳画角哀，沈园非复旧池台。
伤心桥下春坡绿，曾是惊鸿照影来。

杨万里　小池

泉眼无声惜细流，树阴照水爱晴柔。
小荷才露尖尖角，早有蜻蜓立上头。

林升　题临安邸

山外青山楼外楼，西湖歌舞几时休。
暖风熏得游人醉，直把杭州作汴州。

绝句如此，律诗也不少。譬如：

王维　送梓州李使君

万壑树参天，千山响杜鹃。
山中一夜雨，树杪百重泉。
汉女输橦布，巴人讼芋田。
文翁翻教授，不敢倚先贤。

李白　登金陵凤凰台

凤凰台上凤凰游，凤去台空江自流。
吴宫花草埋幽径，晋代衣冠成古丘。
三山半落青天外，二水中分白鹭洲。
总为浮云能蔽日，长安不见使人愁。

崔颢　王家少妇

十五嫁王昌，盈盈入画堂。
自矜年最少，复倚婿为郎。
舞爱前溪绿，歌怜子夜长。
闲来斗百草，度日不成妆。

杜甫　旅夜书怀

细草微风岸，危樯独夜舟。
星垂平野阔，月涌大江流。
名岂文章著，官应老病休。
飘飘何所似？天地一沙鸥。

白居易　秋雨夜眠

凉冷三秋夜，安闲一老翁。
卧迟灯灭后，睡美雨声中。
灰宿温瓶火，香添暖被笼。

晓晴寒未起，霜叶满阶红。

欧阳修　又行次作

秋色满郊原，又行禾黍间。
雉飞横断涧，烧响入空山。
野水苍烟远，平林夕鸟还。
嵩风久不见，寒碧更孱颜。

杨万里　赴文德殿听麻仍拜表

苍龙观阙启槐宸，白玉阶除振鹭群。
仗外诸峰献松雪，霜前一雁度官云。
舍人就日宣麻制，丞相瞻天进表文。
凤退自欣还自笑，素餐便当策殊勋。

也有些名诗，整首只有一两个音变字，但诗中警句之联却与今声今韵相吻合。譬如：

海内存知己，天涯若比邻。
（王勃《送杜少府之任蜀州》）。
飞流直下三千尺，疑是银河落九天。
（李白《望庐山瀑布》）。
烽火连三月，家书抵万金。
（杜甫《春望》）
两个黄鹂鸣翠柳，一行白鹭上青天。
（杜甫《绝句》），
无边落木萧萧下，不尽长江滚滚来。
（杜甫《登高》）
周公恐惧流言日，王莽谦恭未篡时。
（白居易《放言》）
野火烧不尽，春风吹又生。
（白居易《赋得古原草送别》）
曾经沧海难为水，除却巫山不是云。
（元稹《离思》）
晴空一鹤白云上，便引诗情到碧霄。
（刘禹锡《秋词》）
莫道桑榆晚，微霞尚满天。
（刘禹锡《酬乐天咏老见示》）
遥望洞庭山水翠，白银盘里一青螺。
（刘禹锡《望洞庭》）
停车坐爱枫林晚，霜叶红于二月花。
（杜牧《山行》）
借问酒家何处有，牧童遥指杏花村。
（杜牧《清明》）
鸡声茅店月，人迹板桥霜。
（温庭筠《商山早行》）
桐花万里丹山路，雏凤清于老凤声。
（李商隐《韩冬郎》）
天意怜幽草，人间重晚晴。
（李商隐《晚晴》）
夕阳无限好，只是近黄昏。
（李商隐《乐游园》）
春蚕到死丝方尽，蜡炬成灰泪始干。
（李商隐《无题》）
身无彩凤双飞翼，心有灵犀一点通。
（李商隐《无题》）
沧海月明珠有泪，蓝田日暖玉生烟。
（李商隐《绵瑟》）
芳草有情皆碍马，好云无处不遮楼。
（罗隐《魏城逢故人》）
疏影横斜水清浅，暗香浮动月黄昏。
（林逋《山园小梅》）

春风又绿江南岸，明月何时照我还？

（王安石《泊船瓜洲》）

不畏游云遮望眼，只缘身在最高层。

（王安石《登飞来峰》）

小楼一夜听春雨，深巷明朝卖杏花。

（陆游《临安春雨初霁》

山重水复疑无路，柳暗花明又一春。

（陆游《游山西村》）

人生自古谁无死，留取丹心照汗青。

（文天祥《过零丁洋》）

以上绝句、名诗、名联，是“垃圾”作品吗？不是，俱是传世之作。可哪一首哪一句，不符合今声今韵呢？句句符合。试问，古人能用古代汉语写出符合今声今韵的千古绝唱，难道今人就不能用现代汉语写出符合今声今韵的精品力作吗？肯定能！

从唐宋名家、名诗、名联中查实，先贤写的近体诗，有些整首与今声今韵相吻合，有些整联与今声今韵相吻合，有些只差一二字与今声今韵不相吻合，整首句句与今声今韵不相吻合的，几乎找不到。从而说明，古代汉语与现代汉语，古声韵与今声韵，是母子传承关系，并非绝后断代关系。那种认为古声韵可以写出精品、今声韵写不出精品，完全是形而上学观点。

作为近体诗的传人，必须懂得，平水韵中平仄发生变化的字居少，未发生变化的字居多。只要不使用音变字，均符合今声今韵。譬如，笔者用新声韵写的《七律·夜临黄鹤楼》：

潋滟银波月下排，披星跨鹤故人来。
洲头不见萋萋草，楼畔犹存历历台。
天堑飞虹鸾展翅，雄川驶舸浪敲垓。
巫峰坝立千秋仰，万里长江梦境开。

竟被“非平水而不用”的《香港诗词》选登。是编者选错了吗？不是。因为这首诗，既符合新声韵，又符合平水韵。有时，用平水韵作的诗因未用音变字，也符合新声韵。譬如，一位固守平水的著名主编来信说：“我毕竟教了31年中学语文，自信普通话过硬。但只是用来工作和人际交流的，写诗词却用不上，也不可能用得上。”实际，他用平水韵写的许多诗，因没使用音变字，恰恰与他说的相反，句句都是普通话。如《徐州吟草·楚王陵》：

高祖还乡唱大风，乌江流水葬重瞳。
可怜代代汉天子，离却王宫入地宫。

又如他摘录李白、崔国辅、王昌龄、严维诗句作的集句诗《友人约赴扬州集唐感赋》：

烟花三月下扬州，寂寂长江万里流。
忽见陌头杨柳色，寒鸦飞尽水悠悠。

一位声言“用普通话不能作诗”的人，不仅用平水韵作的诗符合普通话，连集句诗也符合普通话，这不自相矛盾吗？其原因，是他不懂古今汉语关系。

所谓新声韵，无非是把平水韵中未发生音变的字完全继承下来，把平仄发生变化的字与时俱进地进行调整和更正。其目的，是为了恪守近体诗的格律。

因为这些音变字，尤其是入声字，音值早已不可确之，谁也读不准。所谓会读，只不过是“假定音”的模拟而已！当今，使用这些音变字，只能目诵，不能口读。倘若口读，势必失去抑扬顿挫的音韵美，还有甚么声韵格律可言呢？！因此说，使用今声韵与使用古声韵之争，归根结底是要不要使用音变字之争，要不要恪守近体诗声韵格律之争，要不要做近体诗名副其实的真正传人之争。

我们认为，只有“赏古应用古韵，赋今应用今韵”，才能“古不律今，今不律古，音随时变，恪守格律”，不因应用音变字而影响先祖创造的诗词声韵美。为此，古声韵让位于今声韵，是汉语发展承上启下的历史性交接，也是当今诗人音随时变的历史性选择。

这种交接，这种选择，也是我们的先祖传授的。远在上古时期，汉语大概只有平、入两个声调（王力语）。当时只凭口语作诗，并无韵谱。直到魏晋南北朝时，汉语声调发生了变化。随着平上去入四个调类的形成，近体诗的雏形与韵谱由此应运而生。从魏·李登《声类》始，到晋·吕静《韵集》，至南北朝阳休之《韵略》等诸家韵书兴起，哪个朝代不使用当朝韵谱呢？没有。可惜这些韵谱都是私家著作，无法强人所从，因此先后失传。

到隋朝公元601年，《切韵》博采各家所长，采用“酌古沿今”原则，以河南洛阳音为共同语，兼取金陵、邺城个别音类，把同音字聚集一起，用反切读音，以平上去入四声分卷，收录12000多字，隶分193韵部。唐初，虽用《切韵》却有“同用”之说。礼部尚书许敬宗上书皇帝，奏请合而用之。《切韵》同用合并后，仅112韵。唐开元年间，将《切韵》改为《唐韵》，隶分195韵部；天宝年间，按开合口不同，最后修订为207个韵部的《唐韵》，同用后仍为112韵。宋朝公元1008年，改《唐韵》为《广韵》，隶分206韵部，同用后为108韵。直到南宋公元1229年，山西平水书籍王文郁，索性将206韵的《礼部韵略》“同用”韵部合并，变成106韵部的《平水新刊礼部韵略》。到了元朝，随着杂剧与散曲的兴起，大都（北京）成了元曲创作与演出的中心，由此引发了一场韵谱变革之奇迹出现了。公元1324年，《中原音韵》行世，收字5800个，隶分19个韵部，取消了入声，以阴平、阳平、上声、去声分卷，开创了新声韵的源头。到了明朝，《洪武正韵》恢复了入声。清朝顺治、康熙年间，鼓词作家贾凫西依据《中原音韵》改编的《北方十三辙》，得到蒲松龄的认可。以康熙书斋命名的《佩文诗韵》则是对《平水韵略》的钦定。戈载却把106个韵部的《平水韵》，合并成19个韵部的《词林正韵》。当然，古代韵书不止这些，仅是代表作而已。

“五四运动”虽对古典诗词有所冲击，但是韵谱改革很快得到恢复。民国1934年，音韵学家黎锦熙、白涤洲，依据北京语音，编著18韵部的《佩文新韵》。1937年，音韵学者张洵如依据《北方十三辙》撰编《北平音系十三辙》。1941年，民国政府教育部国语推广委员会，责成黎锦熙、卢前等对《佩文新韵》重新修订，以北京语音为标准，按阴平、阳平、上声、去声，编著《中华新韵》，隶分18个韵部，取消入声。解放后，1965年出版的《诗韵新编》，即是对《中华新韵》的继承和发展；中华诗词学会编发的14韵部《中华新韵》，即是对《北京十三辙》的继承和发展；也就是说，现代音韵体系早已形成，当代只是如何整理、加工、完善、提高，使其现代音韵与近代音韵，今音学与古音学等韵学构成一门完整的汉语音韵体系。

语言学家王力在《龙虫并雕斋文集·中国语言学的继承与发展》中指出：“继承，就意味着发展。不能发展，就不可能很好地继承。”然而，当今一些诗坛大佬，却选择继承拒绝发展，虽为今人却说古语，以今不及古之视角，把音随时变的新声韵视为垃圾，把音不合时的平水韵视为古董，招摇过市，到处叫卖，实在是一大悲哀！

诚然，国学大师王力在《汉语诗律学》《诗词格律概要》和他主编的《古代汉语》中说过，作近体诗要依照平水韵，而且不准邻韵通押。后来，他从古今大家创作实践中认识到，此说有碍中国语言学的发展。因为，语音是语言的物质外壳，词汇与语法则是语言的符号系统；只有三者协调发展，才能实现中国语言现代化。否则，把语音停留在公元1229年平水韵诞生之时，让它与21世纪的现代词汇、语法遥不可及，并用古代四声取替现代四声，与现代词汇硬性结合，结果产生有异于古今汉语的第三种语言，即古代语音与现代词汇、语法匹配的异类畸形语言。采纳异类畸形语言作诗，何谈时代语言特色？允许异类畸形语言繁衍，何谈现代语音与现代词汇、语法同步发展？使用不伦不类的第三种语言，何谈保障普通话实施的《国家语言法》？因此，他在《诗词格律》一书中修正说：“今天，我们如果也写律诗，就不必拘泥古人的诗韵。不但首句用邻韵，就是其他的韵脚用邻韵，只要朗读起来谐和，都是可以的。”并在《诗词十讲》开头就说：“诗写下来不是为了看的，而是为了吟的。”倘若使用音变字，当今读者还能吟出平仄格律吗？那些诗坛大佬，只知王力旧说，不晓王力新论，依然打着王力旗号，喋喋不休地鼓吹使用平水韵，不觉得有违正统、不合时宜吗?!

不过，也不能抹杀平水韵的历史应用价值。音韵学家王力在《诗词格律》中解释说：“这种韵书，在唐代和口语还是基本一致的；依照韵书押韵，也是比较合理的。宋代以后，语音变化较大，诗人们仍旧依照韵书来押韵，那就变为不合理。今天我们如果写旧诗，自然不一定要依照韵书来押韵。不过，当我们读古人的诗的时候，却又应该知道古人的诗韵。”如此说来，中华诗词学会提出“倡今知古”，是完全正确的。

写的是自己的思想感情

寓　真

我从年轻时学习写诗，几十年未曾中断，有何体会呢？还是一句老话：诗言志。想想自己写了这么多年，为了什么？什么也不为，就是在记述自己的人生经历，表达自己的所感所思，化解心中的忧慨情愁，焕发生活的信念意趣。写过许多诗，有发表的，也有未发表的，虽然不免有应酬之作，而大多篇什写的是自己的思想感情。

一、抚景寓意

我大学毕业时，逢上“文化大革命”，在动乱之中被派遣到了海南黎族苗族山区。发源于五指山西麓的一条河流，叫昌化江。我报到的地方就在昌化江畔。当时交通不便，黎家仍未完全摆脱刀耕火种的习俗，处于贫困落后状态。孤身一人到了那种所谓“蛮瘴”之地，不能没有孤独悲凉的感觉。但我当时血气方刚，而且多年所接受的是那种充满革命理想的教育，所以我那时写下的诗中很少有忧愁苦闷的流露，倒是在艰苦中找到了乐趣，总是在诗词中写一些刚强豪劲的句子，既是自励，也是一种自我慰藉。如绝句《昌化江》：“昌化江依黎岭挂，我攀江水访黎家。黎歌回绕云深处，黎妹织裙如织霞。”《漂萍》：“鹿蹄熊迹满苍山，野蝎草蛇横道边。迷路苗家芒果寨，露眠儋耳石榴田。”《山园》：“橡胶林密晓猿哀，雨蔓烟榛杂露苔。淑女云居寻不见，自将旷野筑诗台。”七律《咏志》：“大河豪气壮山河，边塞长风万里歌。明月迢迢怜小屿，残阳莽莽坠洪波。渔光雾港横征橹，猎火云山伴戍戈。富贵温柔何足念，披坚执锐志常多。”

诗既然是言志，写诗就要注重写出诗意来。《蕫斋诗话》说：“无论诗歌与长行文字，俱以意为主。意犹帅也。”《沧浪诗话》说：“意贵透彻，不可隔靴搔痒；语贵脱洒，不可拖泥带水。”回忆我在海南的六七年生涯，确实是一种意志的磨练，对我的诗词的成熟也起到了催化的作用。那几年所写诗词中，有不少“咏志”的内容。“露眠儋耳石榴田”“自将旷野筑诗台”，这些句子也都流露着一些自豪意味。我以为这不仅是年轻气盛的原因，一个重要因素是海南黎苗地区的雄奇的原始风光造就了那种意境。言志表意不能凭空而起。虽然诗人的志和要写的意，可能早已蓄之心中，而只有遇到某种环境和景物，才能使诗意激发出来。所谓“意是久蓄，景是暂遇”，抚景寓意而成诗句。如果没有“黎歌回绕”“鹿蹄熊迹”“雨蔓烟榛”“边塞长风”“渔光雾港”“猎火云山”那样一些异域风物，也就不会产生“富贵温柔何足念”这种诗句。

二、情景交融

唐诗中那些征戍、迁谪、行旅、离别的作品，富于情感，最能感动于人。虽然我们现时代所处的境遇、写作题材，以及所要表达的思想感情，都不同于以往了，而前人那种情景交融的诗法，仍然值得我们学习。如何描写新景物，表现新思想、新感情，这也是对于诗词的艺术传统如何继承和发扬的一个问题，需要我们在写作实践中反复体味和领悟。

我从海南调回山西后，喜逢改革开放的新形势，走上了司法机关的领导岗位。其后所写诗词，很多内容与法律职责有关。如七律《新院落成》：“艰辛何足道三年，崛起如同在瞬间。郊野遥青秋色好，高楼洁白剑光寒。双悬天镜清于水，两臂民情重似山。仰望国徽誓宏愿，鞠躬法治献忠肝。”这是为法院审判大楼落成而写的一首纪事诗，是写给本院法官的一首纪念性的作品。一般说来，这种东西写出来是会很枯燥的。我的写法是：首联将历经三年的建设过程一言带过，笔墨着重放在中间两联对大楼的描绘上，写了楼前遥对着的郊野秋光，写了洁白的楼壁，及所装饰的剑、镜和“山”字造型，将高洁、正义、清廉、为民的法官感情自然地融入于景物之中。结尾的“鞠躬法治献忠肝”，是一个明志的句子。如果没有前面的景和情的衬托，尾句的明志就会显得空洞无味；由于颔联、颈联情景交融，使这首诗有了血肉，也使结句有了力量。这也是它能在法官中一时传诵的原因。

写名胜旅游的作品，在当代诗词中可谓层出不穷，但能写到景真情深的佳作并不多见。譬如写七律，首联写行止，颔联描风景，颈联述人文，尾联发感慨，这就可能使诗作落入“熟”和“俗”的套路中。写好旅游诗，其实不容易，关键是如何写到景中有情、情中有景、景与情妙合无垠。我也写过一些旅游诗词，能让人满意的极少。但我有一点比较注意：无论景语、情语，都要尽可能避熟、避俗，不写人云亦云的话，而要借景物表述自己的思想感情，写出来一定是自己的感受。如《谒海瑞墓》：“芳茵碧树映幽园，雨墓风碑对海天。故国凛然存正气，边山肃立仰高贤。罢官一幕惊雷电，抗志千秋极峻巅。大法奉行有艰阻，秉公还赖脊梁坚。”这是1995年往海南参加全国司法会议时，在海瑞墓前口占数句，经整理而成的一首七律。这算不上是一首好诗，但在前两联写景中融入了情，“雨墓风碑对海天”“边山肃立仰高贤”是我稍感满意的句子；后两联述史、抒感，也是由前面的诗意自然引发而来。当年在审判工作中确曾遇到阻力和困难，“有艰阻”“脊梁坚”是发自内心的真切感思。后来有一次省委书记到高级法院视察，在其讲话中引用了这首诗，提倡学习海瑞精神，以此勉励法官们秉公执法。

三、托物兴辞

在京剧《秦香莲》中，包公有一句唱词，他对着秦香莲的孩子唱道：“读书千万莫做官！”这让一个法官听起来，感觉非常沉痛。有次我回到故乡的县城，晚上打开电视，正在播放这出京剧。因有感触，写了一首七律：“回乡情怯又秋寒，感愧何言獬豸冠。权贵天生藐法治，读书千万莫做官。忠勤忝任连三届，干扰横加每两难。谢职重观铡美案，不由心泪涌悲酸。”獬豸是传说中能够判断是非的神兽，“獬豸冠”是古代御史等执法官戴的帽子，借指法官。我从事了40年法律工作，曾连任三届院长，虽然做过不少事情，回想起来更多的却是遗憾和惭愧。写这首诗时已经退休，小诗虽然只有八句，我却是把许多往事的追忆都凝结在里边了。

鲁迅《汉文学史纲要》说：“赋、比、兴以体制言：赋者直抒其情；比者借物言志；兴者托物兴辞也。”所说的赋、比、兴，历来是诗家的三种艺术表现手法。对于“兴”的手法，朱熹解释说：“兴者，先言他物，以引起所咏之词也。”上面这首七律题为《秋日回乡、夜看电视、恰演包剧》，主要内容是写由《秦香莲》引起的感触；首句“回乡情怯又秋寒”，借用了宋之问“近乡情更怯”的诗意，又以“秋寒”营造情境，切入主题之前先言其他，我以为这就是“托物兴辞”。

退休以后写的诗词，减少了一些应酬，增多了一些真情实感。有些篇什中还在继续关注改革和发展，关注法治建设。而写的更多的内容，则是闲适淡泊的生活和对于故旧的怀念。如《冬闲》：“黄昏小酌略驱寒，雁信多时盼未还。窗上听霜飞竹树，灯前看谱摆棋盘。”这首绝句的意思，是因友人久未回信而产生思念。耳听窗外飞霜，对灯摆弄棋谱，似闲而心中未闲。以“冬闲”为题，从“黄昏小酌”写起，也是用“兴”的写法。

再举一例，七律《看西泠拍卖后》：“三月闻莺曾柳岸，深冬沐雨又杭州。有钱竞拍悲鸿马，无欲甘当鲁迅牛。灵隐寺前烟叠暮，梅家坞里夜初幽。噪音满世不入耳，枕上自聆溪水流。”退休后时而到艺术市场上走走，一次恰在杭州，陪同友人去看了西泠拍卖会。有大款一掷千万金而购得徐悲鸿的名画，作为旁观者也不过“冷对”而已。既无奢望，还是像鲁迅那样“俯首甘为孺子牛”吧。

暮寒之中遥看，想到灵隐寺香客游人蜂拥，已不似先前那样“禅房花木深”了；梅家坞本是一个幽静的去处，而今饭店林立，也已热闹起来。不愿听那满世的噪音，只能关起门来，在枕上自聆雨声，想象小溪的幽静。这就是我那次旅杭的一种感觉。本意是要写“深冬沐雨”时候的拍卖会，首句却从前年3月游“柳岸闻莺”的追忆起兴。

《四溟诗话》说：“譬若倚太行而咏峨眉，见衡漳而赋沧海，即近以彻远，犹夫兵法之出奇也。”这里所说的“出奇”之法，大概属于“比”或“兴”的方法。运用好比兴，有助于写作中别开生面，有助于更灵动地表达思想感情，这也是我的一点学习体会。

小议“诗”与“痴”

张国鹄

“诗”与“痴”粗看，有如水火，互不相容，细察却又感到形同肝胆，结合紧密。这就是个“悖论”。认真地辩证地解读这个悖论，对于深刻认识诗的本质属性、美感特征，必将大有裨益。

诚然，一般说来，“痴”是个贬词。《说文解字》称：“痴，不慧也。”就是俗话说的“傻”。就这一点讲，“诗”与“痴”诚不啻天渊。可是，汉语中的语词，在不同语境中，往往是多义的，甚至是反义的，如“大放厥词，”古为褒义（韩愈《祭柳子厚文》：“玉佩琼琚，大放厥词”)，今则多用作贬义。同样，“痴”除“傻”义外，还有一义项：“对某事因专注而入迷”。例如曹雪芹《红楼梦》第一回题诗：“都云作者痴”，就是指“对某事因专注而入迷”。你看他，“悼红轩里，披阅十载，增删五次”。正是“痴”劲的具体表现。书中主要人物之一的贾宝玉，更具这种“痴”味。他的诗句即可印证：“盈盈烛泪因谁泣，点点花愁为我嗔。”(《春夜即事》）脂砚斋主人评点《石头记》：“极不通极胡说中写出绝代情痴。”究其实，宝玉这种“痴”情，从艺术心理学眼光考察，当是审美创造中一种最佳心理状态。“痴情”实质上是“深情”与“真情”的一种极致境界。只有在这种心理状态下才有可能孕育出最美诗篇。从这个意义讲，“诗人”也可说是“痴人”。莎士比亚甚至在“诗人”与“疯人”“狂人”之间画上等号（见《仲夏夜之梦》)。可不，“诗仙”李白不就曾以“狂人”自命么：“我本楚狂人，凤歌笑孔丘。”(《庐山谣寄卢侍御虚舟》)

诚然，诗的本质在抒情。故而别林斯基便把“抒情性”称作“一切诗的生命和灵魂”。从古到今的诗歌，不论是抒写爱情、亲情，抑或是友情甚至是闲情，激动人心或饶有韵味者，诗中莫不萦绕几分“痴”味，正是这种带有“痴”味的纯真而强烈的情愫，给受众以极大的艺要享受和审美惊喜。

爱情历来是诗歌咏叹的永恒主题。我国第一部诗歌总集《诗经》的爱情描写就层见叠出，且大都写得缠绵缱绻，如醉如痴。试看《卫风·伯兮》："自伯之东，首如飞蓬。岂无膏沐？谁适为容！"（打从哥去东方，我的头发乱蓬蓬，香油香膏哪缺少，叫我为谁来美容）丈夫远离，无心打扮，披头散发，痴态如见。毕竟"女为悦己者容"嘛。足见女子对丈夫何等钟情；这正应了时下那众口流传的通俗歌词："我眼里只有你！"两千多年来，两位歌手，一唱一和，诗心相通。

亲情同爱情一样，古往今来，诗人对它都投以青睐。而且感人肺腑的佳作，多得如同春日原野上的鲜花，受到广大读者（含海外读者）的普遍喜爱。一次民意测试中，十首最受追捧的唐诗，荣登榜首的就是孟郊歌颂母爱的《游子吟》。当今诗苑也时时绽放歌咏亲情的异卉奇葩。杨逸明《悼念父亲》就是令人赏心悦目的一朵：

五载相寻路已迷，几回空惹梦嘘唏。
久藏相册情盈柜，重读家书泪湿衣。
夜半添衾儿榻畔，雨中送伞校门西。
怕撩慈母伤心处，往事纷纷不敢提。

情词恳切，催人泪下，首联看似平平而起，实则感人至深；父亲辞世，幽冥路隔，永无会期。然恋父情笃，偏要苦苦"相寻"，且达"五载"之久。白日寻之不见，入夜形诸梦寐，一片痴情灼然耀眼。然而，现实冷酷无情，终究"路已迷"，只收获一个"空惹梦嘘唏"，可悲可叹！对亡父悲恸、眷恋之情，力透纸背。诗人的艺术实践，体现了一条我国古代诗学原理："无理而妙"。"无理"，即创作过程中诗人挣脱客观事理的羁绊，而一任诗的激情自由驰骋，以充分抒情写意、展示个性；"妙"，则是创造一种既"源于生活"又"高于生活"的艺术情境，令人一见而称奇叫绝，陶醉乎其中。首联确乎臻此胜境。颔联简练，内蕴殊深：既然"相寻路已迷"，便转而"读家书""读影册"，以寻求慰藉，并巧妙地牵引出颈联的"夜半添衾"和"雨中送伞"。有了这两笔"实写"，一位慈母般的父亲形象便呼之欲出。这就为颔联的"情盈柜""泪湿衣"提供了实际内容，给诗句注入了生机、增添了活力。虚实互补，颇见匠心。尾联渐入佳境，余味无穷；丧父是悲是痛，而有痛却"不敢提"，则是痛上加痛，痛何以堪！轻巧一笔，就将诗情升华至了顶点，令读者忍不住一掬同情之泪。就在这种微妙的心理剖白中，暗示出父母感情之深厚，儿子对慈母的体贴入微。吟咏之间，便觉一种沁人心脾的人性美、人情美洋溢于字里行间，"令无情者心动，有情者肠裂"。倘非情之"痴"、笔之健，断难亮出此等境界。

"友情是生命中的阳光。"是的，友

情的火花诱人地吸引着诗人的审美眼光。诗人们以生花之笔把“友情”表现得色彩斑斓、魅力四射，给人以深深的感染。请看宋代张栻的《丽泽》：“长吟《伐木》篇，伫立以望子。日暮飞鸟归，门前涨春水”。描写诗人等待、盼望友人的殷切心情，传神生动，如在目前。前句用表达友情的《诗经·伐木》篇起兴，非常切合语境。“长吟”透出怀念之情历久不衰。次句叙事，“伫立以望”有如雕像，见出对友情之执著、珍视，“痴”态如见。三、四句托景寓情：鸟归而人不至，益增添盼友之惆怅；春水之涨，喻愁情之增长与愁思之无边，更饶神韵，引人遐思。可不，我竟不期而然联想到了“孤帆远影碧空尽，惟见长江天际流”（李白：《黄鹤楼送孟浩然之广陵》）那动人的情境。

相对于爱情、亲情和友情、“闲情”在诗歌中似乎比较平淡，不太起眼。犹之宴席之上，“爱情”等是山珍海味，“闲情”只不过是一碟小菜。不过，在高级厨师手下，即便小菜一碟，也会烹调得色、香、味俱佳，使就餐者两颊留香，美食家赞不绝口。古今诗人中确乎不乏这类“高级厨师”。请欣赏清人郭麟的《真州道中绝句》：

小憩人家屋后池，绿杨风软一丝丝。
舆丁出语太奇绝：“安得树荫随脚移”。

摄取的只是一幅生活小景，从题材到技法似乎都没特别引人注目之处，然而，任何人展卷一读都会感到兴味盎然。出彩的就是最后轿夫那句“真情痴语”：“安得树荫随脚移”。这就像三岁儿童，生日过得很快乐，便对妈妈说：“要是天天过生日那该多好！”童言无忌，因而天真、率直、爽朗，往往令人一新耳目，情趣盎然。故而明代哲学家李贽说：“天下之至文，未有不出于童心焉者也。”（《童心说》）“童心”即“痴心”，“痴心”即“真心”，童、痴、真，三位一体，而“真”是最本质的东西。“诗贵真”（陆时雍《诗镜总论》）嘛！看来，诗人永葆一颗赤诚的“童心”那是比什么都重要的。对这一点，已故老诗人王巨农理解最深，他在《自勉》诗里表明心迹：“书臻化境须求拙，情到痴时便是真。留得童心看世界，好将白发换青春”。时下某些诗词，枯瘠干瘪，味同嚼蜡。窃以为原因之一，便是缺乏“童心”“痴情”甘霖的润泽呀！

究其实，诗歌的“真情痴语”在表现对国家、民族的“大爱”中，更具有感天动地的美感震撼力。试读陆游的诗吧。陆游是位伟大的爱国诗人。他对祖国的热爱可谓披肝沥胆、其纯入迷。这样的诗人，不仅在同时代诗人中没有一个可以同他相比，即使在中国古代文学史上也不多见，正所谓“亘古男儿一放翁”（梁启超语）。听“国仇未报壮士老，匣中宝剑夜有声”（《长歌行》），面对这壮怀激烈的吟啸，我们怎不心潮澎湃、热血沸腾？因为在冷兵器时代，或者说在中国传统文化里，“刀剑”从来都是“高蹈”“豪迈”和“英武”的象征。更何况他表现得那么独具特色。也许有人会说，“匣中宝剑”系静物，物体不曾振动，哪能“有声”？是的，科学眼光解读诗句，诗味自然遁迹潜踪。须知：诗是艺术。艺术并非毫发不爽地复制现实，而是表现审美主体对现实的独特感悟，和富有个性的审美评价。爱国诗人对“抗敌御侮，为国雪耻”之壮举，寤寐求之，“情痴而生的幻境”，那是非常自然的事。据此，对“匣中宝剑夜有声”就决不能苛责其“想”妄，而只能盛赞其“情”之真。唯其是真情之流露，这样的幻觉描写，陆诗中便曾多次出现：“逆胡未灭心未平，孤剑床头铿有声”（《三月十七日夜醉中作》），“黄金错刀白玉装，夜穿窗扉出光芒”（《金错刀行》）……这些固然是诗人高超艺术的表现，其实也是诗人“驱逐外寇、恢复神州”爱国信念的艺术外化和具形，或者说是诗人“人品”与“诗品”高度的和谐统一。

中华民族，炎黄子孙，爱国情结，代代相传，清朝末年享有“鉴湖女侠”美誉的诗人秋瑾（1875—1907）景仰先贤陆游，高擎“驱除鞑虏，恢复中华”的革命大旗，同帝国主义、封建主义作殊死斗争，终至为此而献身。她在诗中也曾以“真情痴语”宣泄豪侠之气：“休言女子非英物，夜夜龙泉壁上鸣”。其艺术魅力，同样感天地、泣鬼神。是的，陆游、秋瑾这些用热血和生命凝铸成的爱国诗篇，是我们民族宝贵的精神财富。对它们，我华夏子孙应该异样珍视，特别在当前这样复杂而微妙的国际环境中，更应不时引吭高唱，化作警钟长鸣！

诗文之“气”及“气场”发微

胡佐文

李增山先生说，诗文之“气”，“是由作者精神气质在作品中所表现出来的风格，它既表现于作品内容中的思想和精神力量，也表现于作品的形式，浑然一体”（《浅谈诗歌的气场》，《中华诗词》2013 第 9 期）。看上去有点儿抽象，某些概念的使用及其关系搭配还需斟酌，以免发生理解上的障碍；因此还有一些问题，比如，诗文之“气”为何物，从何来，“气”与风格的关系、“气场说”对于诗歌理论的意义等，还需要进一步往微观里说得明白些、严谨些。

诗文的“气”，跟精神、理念这类东西一样，是个抽象物，但在读者的心目中，它似乎是一种存在。读了一首诗，或一篇文章，仿佛有一股气流，或一派气浪、一个气旋、一根气柱……在冲击、震撼着我们的心灵。于是在评价诗文时，往往就把“气”这个词儿拿来用，比如

“气贯长虹”“气贯古今”“气吞山河”等等。可见这些“气”不仅“气力”大，而且各具“气象”及动态。有的如怒海、如惊涛，“倒海翻江卷巨澜”大约就是这种“气派”；有的如擎天柱、倚天剑，直插穹苍，“刺破青天锷未残”或许就是这种“气势”。诗中的这些“气”，不是读者直观所得，而是用心意会、感悟到的，是一种“想见”物。

意会、感悟的依凭是什么呢？首先是“意象”，比如《沁园春·雪》的“江山”“英雄”“秦皇汉武”“风流人物”等等，被派遣、安置到表情达意的句子里，似乎就透露出某种“气息”来了。它们的组合，给了我们历史时空的立体感，继而则好像有一派浩然之气纵贯古今。但不能离开“表情达意”，否则是难“想见”到什么“气象”的。其次是“意境”中的“意”，是“弦外之音”“言外之意”，其间凝聚的“气”，才是“十足”的。产生意境的那些话，是诗人“憋足了气”才说出口的，是一首诗真正的“意旨”。那憋足了的“气”，才是感染、震撼、冲击读者心灵的“真气”“元气”，也是作者赋予诗的“神气”，也可称之“灵气”，还可通俗地叫它“精气神”。诸如“豪气”“郁气”“喜气”“怨气”等等，都是由“神气”来概括的。这“神气”的“想见”，须抓住产生“意境”的那些话，细加琢磨。比如对“啼时惊妾梦，不得到辽西”（金昌绪《春怨》）就可以这样琢磨：为何要说黄莺儿的啼叫，把梦惊断后“不得到辽西”，而不是“山东”“山西”呢？因为辽西发生了战事，丈夫到那里当兵打仗去了。这样一来，希望和平，对战争的“怨气”即可“想见”到了。意境多由尾句出，因为古人对结尾有“拓出远神”（沈德潜《说诗晬语》）的提倡。“俱往矣，数风流人物，还看今朝”也是受了这种影响，意境由此出，“真元之气”由此生，舍此，再把努尔哈赤加上，也难免“上气不接下气”，也就无法“纵贯古今”了。再次是语言过程中的“语气”及其所形成的“气势”。我们说某人的发言“言辞犀利，气势逼人”，就是依凭“语气”及其所形成的“气势”感悟到的。其间不仅仅是“疑问”“反诘”在发生作用，“排比”“夸张”“衬托”“反语”等等修辞手法也在为诗文之“气”的积聚、扩张、奔进、爆发而推波助澜。但仍然离不开“表情达意”的充分、生动，否则那“气”就没有了生成的源头，就无法声情并茂、理直气壮。只靠艺术手法、修辞来“造势”，听者一定会发觉你的发言没有“底气”。

以上大约是从“读”的角度看诗文中“气”的存在及发生。从“写”的角度讲，即可直接找到那“气”生成的源头。写诗作文，起因是多方面的，但其间大多是受了外界事物的刺激，心中激起诸如“豪气”“郁气”“喜气”“怨气”这类东西，不胜积压，想要用文字宣示出来。杜甫听说官军收复了河南河北，故有“漫卷诗书喜欲狂”等句，《闻官军收河南河北》这首诗则充溢着“喜气”；在这之前，他从京城回奉先县去，途中所见，是“朱门酒肉臭，路有冻死骨”，到家则是“入门闻号咷，幼子饿已卒”。所以《自京赴奉先县咏怀五百字》弥漫着“忧端齐终南，澒洞不可掇”的“郁气”。这样从“写”的角度来看诗文之“气”，很直捷，好理解。而且不难发现这些个“气”，是由“意”生成的，进而就有了“气从意生”的想法。

气从意生，意“雅”则气“清”；意“俗”则气“浊”；意“深沉”则气“充沛”；意“悠远”则气“宏浑”。气从意生，表现方式、艺术手法及艺术风格，承载并呈现之，使之或积聚、或扩张、或奔迸爆发，发挥了推波助澜的作用。但如果情意寡淡，或无情无意，无论什么样的方式、手法、风格，“推波助澜”这点作用恐怕也发挥不了，更不可能生出什么“气”来。因此还需要进一步说，诗文之“气”的生成，不单是与作者的“气质”有关，而是作者情感、情操、思想、气节等等内蕴，通过诗文特有的艺术方式、手法、风格，得以充分彰显的结果。必须强调的是：诗文的语言运用，不管你用了哪种方式、技巧，具有何种风格，它们都是文学“艺术特色”的表现。当它们承载起作者思想、情感后，就形神合一、浑然一体了。思想、情感因艺术的承载而倍增光辉；艺术因思想、情感的承载而获得生命；二者相得益彰。读者既可能受到精神力量的感染，又能受到艺术力量的感染。但丁是丁，卯是卯，神是神，形是形，内容与形式，各司其职。语言获得了某种特色，然而并没有改变它作为“载体”的属性及基本功能。因此我们在谈诗文之“气”或“气场”时，不能把两个“感染”混淆起来，更不能用艺术力量的感染去取代或削弱由思想、情感产生的精神力量的感染，尤其不能忽略“以气为主”“以气为先”或“以意为主”。只有“风萧萧兮易水寒”，没有“壮士一去兮不复还”，没有荆轲的“忠肝义胆，诛杀暴虐，视死如归”，艺术感染力能大到哪里去呢？

由“气”的存在及其生成看，我们很难把它看成“艺术风格”；还有“气场”，也很难视之为“表现方式”（增山先生语，出处同前）。有“以气为主”与“以意为主”的并举比对，还有“以气为先”的提法，“气”与“意”则当同源、同类（“意气”也是靠了“意”“气”近义而合成的）；而艺术风格、表现方式呢，依照文学理论的共识，是不能让它们“为主”“为先”的。

诗文的“风格”具有多样性，是个很复杂的问题，它与“气”是什么关系，应该有个大致的说法。“风格”有从思想特色方面表现出来的，如“闲逸”“平淡”“真率”等等；有从语言特色方面显示出来的，如“绮丽”“明快”“风趣”等等；也有从以上两方面兼而得之的，如“豪放”“沉郁”“含蓄”等等。但总起来看，“风格”是讲诗文“特色”的，与内容和形式都有关。我想，即便是从思想、情感方面表现出来的“风格”，如“闲逸”“平淡”“真率”等，都是艺术化了的“特色”，仍然是对诗文艺术形态进行描述时的用语，是对作者一部分或大多数诗文的“泛指”。所以，文学作品的“风格”，与人的“思想风格”“为人风格”的那个“风格”不同，是“艺术风格”，理当归属于“艺术”范畴。这样一来，能否把诗文的“气”看作“风格”，就该好好掂量一下了；否则，“风格”就要跑出来“为主”“为先”了。不同的“气”可以表现出不同的风格，这同风格可以从思想、情感方面表现出来的道理是一致的。但甲物从乙物得来，二者性态仍然大不同，因此不能说“甲物就是乙物”，同“酒瓶”因装了酒而得其名，但不能视瓶为酒的道理一样，酒是酒，瓶是瓶。

接下来把重点放在“气场”上说说，但还是得从“气”这个词儿说起，然后再把那个“场”结合起来。这儿的“气”，本义是“气体”“空气”。它浓度大或流动迅疾时可见可触，一般情况下则看不见、摸不着，但它是“实物”。有一类看不见、摸不着、非物质的东西，即属于精神、理念等等那一类，同“气”相似，很“虚”。为了便于理解，我们就拿属于物质形态的“气”来形容它，比如“元气”“真气”“正气”“邪气”等等，便是从“气”的本义引申出来的。这大概就是“化虚为实”的造词法，“文气”也因此而来。如果我们承认“气从意生”，“文气”就近似于“文意”的“气化物”了，是一种形象化描述。这样一来，对诗文之“气”的认识又多了一个角度，即“构词法角度”。“文气”的“气”后缀一“场”合成“气场”，是“化虚为实”的继续。地球有“气场”，就是地球周围大气所占有的空间，是客观存在，“气”与“场”都是实物；说诗文有“气场”，“气”与“场”都是虚的，但可借助地球的“气场”这个实物而使之形象化。在小说、绘画、影视中，那些神怪出来，身体周围或头顶上有各种光环或云气出现；这就把神怪的“元气”“神气”形象化了。所谓“各种”，不仅包括清浊、正邪、阴阳等等的“性状”，还有“气色”。那光环或云气所占的空间，大概就是神怪的“气场”吧；如此借助形象，对诗之“气场”的理解，我想就更容易一点了吧。

作为语词，“气场”的结构方法近似“情境”“意境”。德国心理学家勒温有“动力场”及“场动力”一说。似乎可以借此咬文嚼字，为“气场”找到比“情境”“意境”更好的参照。“动力场”的中心词是“场”，含有场地、寓所、空间这类意思，合起来是说储存着动力的那个“场”；“场动力”的“动力”是中心词，合起来说的是那个“场”中储存的“动力”。这样一来，“气场”则可理解为储存着诗文之“气”的那个“场”了。这个“气场”，是无形的，与“动力场”差不多。“动力场”中的“力”，是从心理学角度讲的，是一种精神能量的转化。诗文的“气场”中的“气”，也储存着能量，形成精神动力，进入这个“场”也可受到力的作用。这样推下去，“气场”就与“动力场”近似了。甚至还可以说，“气场”差不多就是“力场”了，是精神力量（当然还有艺术力量）汇聚的地方，因此也就似乎可以把“气场”里的“力”叫作“场动力”了。

这“力”的产生，我们过去一般都是从“精神力量”或“艺术力量”这一角度去说。为了更容易理解，可不可以换一个角度呢？比如信息学或心理学的角度，或者把二者结合起来。我们的诗歌，储存着信息。按信息论者的说法，凡信息皆有能量。通过各种感官，接收到某种信息，往往会作出各种反应，这是信息的作用力所致。比如，“风把窗户刮开了”“洪水漫过河堤了”“鬼子进村了”等等，这些信息都含有动能，通过信息交换，对接收者都会产生作用力。作用力的强弱与信息的“能级”大小有关，如这里所举的，其“能级”一个比一个大；也与信息接收者的境遇、素养、经验、需求、关切等等有关，否则难以发生“信息交换”。所谓“共鸣”，其本质是“信息交换”的结果。我们往往只把“气”“气场”“情境”“意境”等等与诗的感染力、震撼力、冲击力关联起来。但从本质上讲，这是作者通过各种方式，在诗中有了一定量的信息储存的基础上，读者再对这些信息进行分析、加工、交汇，意会、感悟到那个“气场”的存在，而后由“场动力”对读者发生作用。诚然，诗所储存的信息，决定其“能级”的大小。首先要看那信息是不是读者的普遍需求或关切，需求或关切的程度是否很高，所以“写什么”很重要；但还要看那信息的传递方式，对读者再创造及审美的需求所满足的程度，所以“怎样写”（艺术手法的运用等等）也很重要。这里的信息传递方式，不同于报刊的消息发布，是一种很艺术的传递，决定着读者再创造及审美过程中所感受到的艺术力量的强弱，有助于信息“能级”的提升。

由此看来，诗文之“气”及“气场”的得来，是作者与读者“双边活动”的结果，亦即“共鸣”的结果。作者“写什么”和“怎样写”是基础；读者的意会、感悟才使其得以呈现，其间也有读者的学识、素养、情感、思想、气质以及境遇、经验、需求、关切等等的介入。你说你的诗文也“大气磅礴”，但或许是因为心理方面的障碍，比如你的表情达意，不是我所需要、所关切的，或者与我的经验有隔膜，很不对味儿，甚至或许你说的都是大话、空话，我与你互动不起来，难以“共鸣”，那就随你去“豪放”、去“大气磅礴”吧。所以说“写什么”很重要。或许还因为文字方面的障碍，比如过于艰涩，或是太玄奥、太朦胧，我不知所云，依然“共鸣”不了，不晓得你说的“大气”在哪里，是怎样“磅礴”的。所以说“怎样写”很重要。诗文之“气”及“气场”，是作者“写”出来的，也是读者“读”出来的，离不开读者的“共鸣”。那么作者就要从“写什么”和“怎样写”上，为“共鸣”排除障碍，用平易的话，说出读者的普遍关切，即做到“言近旨远”。

诗文之“气”及“气场”，是个很有些学术价值的问题。“以气为主”比起“以意为主”来，应该是进了一步，因为“气”比“意”更“具体”，更具“立体的形象感”，更“生动”，更具多样的“动态感”。增山先生想要建立“气场说”，应该说是更进了一步，尤其是在“具体化”“形象化”上。只说“气”，那“气”难免有些散漫；让“场”加入进来，与“气”合成“气场”，“气”就有了归宿的寓所，有了存放的空间。这个空间有大有小，还有了不同的状态。继续后推，那“气场”里的“气”，因气质不同，有“正气”与“邪气”之分，有“雅气”与“俗气”之别，因此就有了“清”与“浊”等等“气色”的不同。再继续后推，那“气场”里的“气”，储存着大小不同的能量，对读者产生出不同的作用力，如感染力、震撼力、冲击力等等，把“气场”生动化了。这样一来，“气场”也就演变成“动力场”及“场动力”了。到这里，我们似乎可以理出一条线索，把“意象——意境——意气——气场——动力场——场动力”依序连贯起来，隐约可以见到某种结构及其所显示的层次（大约是指诗歌理论系统中的某个子系统）。如果只停留在“意”上，“具体化”“形象化”“生动化”的效果难免减弱，大概也没有什么“隐约可见”了。

因此最后须说明，增山先生的“本意”并非要把诗歌的“气场”作为一种学术常识介绍给读者，《浅谈诗歌的气场》的要旨是想为当代诗歌“打气”，打进去些清正之气、阳刚之气。但即便是“浅谈”，对“气场说”自身的疏远，是个不小的遗憾，因为“气场说”对诗歌理论的丰富、拓新，以及理论描述的形象化、生动化而使之获得艺术色彩等方面，有其不可忽略的意义。于是这里就接着他的话题，不揣冒昧地“本末倒置”起来了。

新体探讨

新古诗声韵和体式刍议

（附函）

尹 贤

新古诗（新古体诗）要不要讲平仄、讲声韵？这是一个认识尚不一致的问题。

我国诗文历来讲究声情并茂。记得前辈著名作家老舍说他写的散文小说，要念来口腔也舒服，几个句子尾字不会一连都是平声或仄声。现今有些新古诗不被认可，不讲平仄声韵是一个重要原因。愚以为，写新古诗不可不重视平仄。

认识和使用现代汉语的平仄，一二声为平，三四声为仄，小学生都会，用新声韵写新古诗调配平仄可以毫无问题。古汉语的平仄声，大部分与现代汉语相同，只是有些古入声（仄声）字在普通话里读平声，记住常用的这百多个古入今平的字，也就认识和掌握平仄格律了。

如何使新古诗也具有声韵美？最好是从研究绝句句脚平仄入手。

绝句有古体和近体之分。古体绝句，简称古绝，近体绝句即一般所称的绝句，或称律绝。五言绝句，既有律体，也有古体。五言古体绝句体式，举例如下：

1．仄韵，首句不入韵

鹿柴　王维

空山不见人，但闻人语响。
返景入深林，复照青苔上。

2．仄韵，首句入韵

悯农　李绅

锄禾日当午，汗滴禾下土。
谁知盘中餐，粒粒皆辛苦。

3．平韵，首句不入韵

秋夜寄丘员外　韦应物

怀君属秋夜，散步咏凉天。
空山松子落，幽人应未眠。

4．平韵，首句入韵

静夜思　李白

床前明月光，疑是地上霜。
举头望明月，低头思故乡。

五言古绝首句不入韵时，句脚声调可以和韵脚声调相同，那是变格。如：

寻隐者不遇　贾岛

松下问童子，言师采药去。
只在此山中，云深不知处。

怨情　李白

美人卷珠帘，深坐颦蛾眉。
但见泪痕湿（入声），不知心恨谁。

七言古绝很少，如：

武威送刘判官赴碛西行军　岑参

火山五月行人少，看君马去疾如鸟。
都护行营太白西，角声一动胡天晓。

纵观五七言古近体绝句和律诗，其声韵的特点是：偶数句必入韵，通篇一韵；不入韵的奇数句尾字声调基本上与韵脚平仄声相反。平声“扬”，仄声“抑”，如此一扬一抑，有开有合，就可以形成整篇的抑扬顿挫，声调的波澜起伏。其押韵主要规则，是平声韵押平声韵，仄声韵押仄声韵（入声韵独用），平仄声韵不互押，这样可以显得声调铿锵，节奏更加鲜明。曲和个别词调，可以平仄韵互押，显得跌宕变化，错落有致。

新古诗是旧体诗的变体，是旧体诗的发展和创新。任何创新都离不开继承。新古诗应该具有旧体诗的某些特点和优点。大诗家贺敬之自言其新古诗直接采用五七言近体诗的形式，“这些诗不仅节拍（字）整齐，严格押韵（用现代汉语标准语音），同时还有部分律句、律联。就平仄声律要求来说，绝大多数对句的韵脚都押平声韵（不避三平），除首句以外的出句尾字大都是仄声（不避上尾）。因此，至少和古代的古体诗一样，不能说它是‘无律’即无任何格律，只不过是不同于近体诗的严律而属于宽律罢了。”（《〈贺敬之诗书集〉自序》）

当今的新古诗，四句八句体的最多，除了首要思想内容新、语言意象新以外，应该吸收上述古体绝句和律诗的声韵习惯规则，合乎贺敬之所谓的宽律。实际情况也是这样，《诗国》有好些声情俱佳的新古诗，值得肯定。但是也有一些作品不合、不全合宽律。常见的是出句尾字该仄而平，或该平而仄，有平仄韵混押的现象。如《诗国》总第十一卷《赠王海》：“华夏新诗又酿春，‘新芽’才露便惊人。邀来百家唱和忙，多为爱者细耕耘。”诗不错，可惜第三句尾字应仄而平。又如新四卷《天堂鸟》：“通体似火烧，仰首英姿俏。隐身绿丛中，蕉叶作碧袍。天籁任和鸣，此生梦逍遥。一点通灵气，展翅到云霄。”语言洗练生动，可惜平声韵中混入了一仄声韵“俏”，三、五句脚该仄而用平，致一连四句平尾，声韵美有失。各卷偶见有的短古，韵不谐和，或通篇无韵，形同散文，如加之语言浅俗乏味，便难吸引读者了。

古代短小古体诗通常一韵到底，不换韵部。中长篇的古体诗，有中途转韵的。转韵转一次或几次，仍然是平仄韵分开，不混押。转韵时，五言诗首句多不入韵，七言诗首句多入韵。当今中长篇的新古诗，全篇或某一段应该一韵到底的，时有平仄韵相混的现象，似转韵却看不出规律。韵很重要，即使一处失韵，也令人感到不快，正如上下楼梯多级，中间突遇一级过低或过高，打乱节奏，会使人心悸。

诗体和诗律有“正”有“变”。新古体诗句中字不论平仄，只注意韵脚和句脚声调，格律已较宽松，应该是基本合乎传统声韵习惯为正，不合为变。新古诗的变，不是随意乱变，应有道理可讲，有规律可寻。比如仿律诗四联八句，前三联韵脚皆平声，尾联韵脚仄声，可以吗？怎么办？我想，尾联出句尾字最好改用平声，起“预警”作用。这样，全篇句尾字为“平，平；仄，平；仄，平；仄，平；平，仄”，略似律诗拗句，以拗救拗，读者念来仍可适口悦耳。新古诗在声韵和体式上的变，哪些可以，哪些不可以，怎样变好，怎样变就不好，宽律宽到什么程度，诗词曲是否都可以平仄韵互押，问题尚多，有待实践和众人研究总结。

新古诗的品种，当今常见的是古体绝句、仿律诗、中长篇古诗、拟古词、自由曲，此外，还应当有多种式样。即如绝句和仿律诗，不应只有通行的五言七言，也可以有三言、四言、六言、八言以至更多言的。人们爱写的八句仿律诗，也不必中二联都对仗，完全可以似对非对，或全不对。它们可以适当增加一点字句数，句式可略有参差。这样易于引进白话，吹进新风，消释文言的某些陈旧气息，有利于诗的流畅生动，增强时代感。

应该大力发展新古诗中的重要品种“新古词”。按照旧词牌写，句中字不论平仄，句脚韵脚合乎规定，固然可以，也是好的。但按谱填词，总难免削足适履，缺少创新。现今某些拟古词，还用旧词牌名，已为人所诟病。宜因内容表达和审美需要，适当增减旧词调的字句，或以一调为本，或融几调几种构局和句法于一体，保持词特有风神，另创新词。陈毅元帅的《赣南游击词》是最佳的新古词，从《忆江南》化出，清新流畅，感人肺腑，足为百世师。诗人顾浩新作《尧天旋律》，常用十一言句式“四，四，七“(上三下四)”，如“花红千树，叶绿万枝，又添得、韶光几许”，似晨风扑面，虽有时稍欠灵活，仍是创新的可喜收获。

新古诗中的诸多品种，是旧体诗原有品种诗、词、曲的后代；新古诗中新创的品种，在旧体诗诸品种中应该能找到它的影子。是否可以“彻底抛开”原有的体式，还可讨论。

《诗国》对新古诗大力支持，反响热烈，已经取得一定成绩。但是，新古诗现在还不很成熟，不完备，需要我们广大诗人作者在很好继承旧体诗遗产的基础上，继续试验实践，求正容变，持正求变，努力探索创新。

附：作者来函

丁主编：

感谢赠阅《诗国》新一、二、三、四卷，最近有空才多拜读了一些篇章，有一点想法看法，愿贡献以作参考。

诗分三大板块很好，足见恢宏气度和探索创新精神，配合诗论，大有利于中国诗歌的发展。新古体诗卷，三分天下占其一，包括了新体律绝、拟古词、创新词、自由曲等，这也是对的。这一部分应该是丰富充实，很可观的，但实际上比较薄弱，除个别品种外，量与质均未足人意。可能因此之故，编辑部有时把不属于新古体诗的古体诗也拉进来了。

我国古代诗，原有古体诗、近体诗两大类，《唐诗三百首》明确划分出了五言古诗、七言古诗，与七言绝句、五言绝句并列。《诗国》新三卷的《渭南行纪》（郑欣淼）、《洗脚歌》《中秋引》《将进茶》（周啸天）、新二卷的《现世梨园梁祝歌》（冯刚毅），其体裁就是古体诗（古代的古体诗），不应是新古体诗。二者语言风格及用韵是有区别的，不宜混合在一起。混合在一起虽可互相借鉴，但同时可互相干扰，造成某些纷乱和困惑，对二者各自的发展未必有利。愚意还是将古体诗分在古体诗卷，让它归位为好。

类似情况，新一卷的《爱你，我的宝贝》（丁梦）属于半格律体的新体诗，（宜入新体诗卷，放在新古体诗卷也不大恰当。顺便说一句，新体诗卷应大力倡导半格律体、格律体，让新体诗有规矩可寻，如新二卷的《千古吊诗魂（组诗）》（丁芒）。要扭转一般人以为“新诗”就是自由体自由诗的错觉。

如何丰富、充实、提高新古体诗这是一大工程。我相信您有计划方略，还有实际措施，只是颇费气力，得逐步来，得有相当时间。我期待《诗国》有显著的成功。敬祝

健康快乐！

尹贤 2014.6.23

自律体新格律诗的思考

黄　淮

新世纪开始以来，我集中精力进行了各种样式的现代格律诗尝试，完成了以《最后一颗树》（组诗，载《绿风》2002.5）为代表的千余首所谓“自律体新诗”，实现了从“千篇一律”到“一诗一式”的过渡，但愿能为新诗韵律化和增多诗体摸索出了一条方便普及的蹊径。

自律体主张律随情移，体缘律立，自主创新，呈现一诗——一个格律样式。诗人可依自己当下的情思脉动、意象创造，顺乎自然地创造某一首诗的独特节奏韵律样式，从而实现因人因时、因情因思而使诗体呈现千变万化，丰富多彩。共律体是带着外在预设的格律体式的镣铐跳舞；自律体是伴着诗人的内在情思的脉动节律载歌载舞。自律体，立足内外节律谐振，主张诗的体式自主创新，乃是诗的本质的自然而然的体现。自律体是汉语韵律诗的原创形态，也必将成为韵律诗的普及形式。自律体韵律诗立足于两个基本点：一是节奏和谐化；二是韵式有序化。也就是1994年10月雅园诗会所倡导的现代汉语格律诗标尺的基准。我所谓“一诗一式、自主创新”，旨在打破传统观念上的格律诗的“千篇一律”、依律赋诗的框框。一宏观整个诗

体流变史，无论古今大都是这两类韵律样式发生发展、共存共荣相互促进的过程。从诗体本质上讲，无律不成诗。一种成熟的“共律体”，往往是由某种“自律体”，经过许多诗人、甚至几代诗人共同采用精心再创造而形成的。自律体是原创的母体，共律体是再创的子体。当然，有时青出于蓝往往更胜于蓝。诗以意传神，以律立体。没有诗意不是诗，失掉诗律不成诗。诗，乃意与律之有机结晶，犹如人乃是灵魂与肌体的复合。结合得好的，为上品；结合得不好的，为下品意律两乖的，非诗也。所谓诗意可理解为诗情诗思与意境意象的统称。所谓诗律是指伴随诗的情思而呈现的语言之有规律性的节奏和韵式，常常简称为韵律。抒情述志、开慧塑魂则是诗的存在和发展的社会动因。纵观古今诗坛，诗体流变，大致有三种样式存在：一为原生态的自律体，也即诗人个体自主创新的一诗一式的有型（不定型）体；二为继生态的共律体，也即诗人群体共同创造的千篇一律的定型体；三为，过渡性的韵律宽松的自由体。古汉诗，长期处在封闭式社会，定型的共律体较为发达；今汉诗，处于开放社会，则以有型的自律体与无型的自由体为主（其中还存在大量的有待成型的半律体）。这是诗体与时俱进的必然发展。三体共存，相互推动，从而演义出现代汉语诗歌历史进程的生动面貌。诗以律立体，无律不成诗。从根本上讲，每首诗的节律，都是独特的；正如诗人在创作时的人生体验和生命感悟是独特的。因此，自律体的“律”是“律随情移”的律，自律体的“体”是“体缘律立”的体。一诗一式、量体裁衣的自律体，是诗人捕获灵感、抒发情思的那一刻生命内在律动的语言外化，是携带着诗人的心跳和呼吸的，是活生生的，是活泼泼的，是带有体温的。

自律体，是由诗人的情思生发和主导着节律；它不同于那些共律体，是人工固定的格律框框，规范和局限着诗人的情思。这里所指的共律体，主要是指古汉语诗词格律。那些格律框框，虽然来自诗人的群体继承和共同创造，但由于社会制度的约束，以诗入仕、以诗教化的需要又被强化，甚至僵化。当然，即使这样，共律体也产生过许多伟大诗人和经典诗作。这往往都是在诗人的情思与形式框架相适的情形下出现的。有些诗人，一是高手，技巧熟练，得心应手；二是胆大，敢于突破某些框框局限，有所创新。而大多数，从学习诗的共律规范入道写诗的人，则往往因律害意，常常周旋于格律框框而难于自拔。总的说来，无律不成诗，死律窒息诗。自律，可自主创新；共律，多局限束缚。也正因为这样，新诗中的共律体，也大大不同于旧格律诗，呈现出许多变通和部分开放状态。比如，限字体，往往不限行；

限行体，也常常不限字。至于平仄，则早已随心所欲了，基本上采用了大致相近的普通话韵等等。这种变化，也是与时俱进的，既有诗的语言文体发展内因，也有社会进步开放的外因。自律体不是我的发明，而是历代诗人们的共同实践和创造。我仅仅是从提高诗律的自觉，和促进现代汉语诗歌韵律化发展的角度，把它强调一下。其核心思想是提高诗歌创作的韵律意识，激发诗人的创新潜力。我深信，自律体必将为现代汉语诗歌的律化与繁荣，拓宽可期待的美好愿景。自律体的“节奏”“韵式”，是与情思相伴共生的，而由诗人“随情”自主创造的，因此它的体式自然是独特鲜活的；而自由体的“节奏”“韵式”，仅仅多了些“自由”度，多了些“变奏”，和某些部分的失律而已，并非无“律”；完全失律，就是随意分行的散文了。以诗开慧，以爱塑魂；以律立体，以意传神；节奏和谐，韵式有序；律随情移，量体裁衣；自律创新，繁荣新诗。我主张：写诗，第一要有节律（节奏与韵律）意识，树立诗以律立体，而非以分行立体的观念。第二，要有创新（诗意与诗律）意识，律随情移（而非相反），从你的情思出发，可以写成共律体，更可以量体裁衣，写成一诗一式的自主创新的自律体。这样一来，你就能够在获得诗意创新的欣慰感的同时获得诗体创新的成就感。从此，诗歌创作将成为一种令人身心愉悦的快乐事业。第三，要有修炼功夫。一首好诗看似“浑然天成”，其实，几乎都是经历了诗人反复推敲锤炼，功到自然成的！我提“以律为纲”，是在“诗意”已经成为共识的基础上说的。律，即韵律，乃是诗的文体之本。把诗比成一个人，诗意是诗人的灵魂，而节律就是他的脉搏和呼吸，是诗歌的生命存在的前提，是贯穿始终的。简单概括地说，诗律大体有三：共律就是千篇一律的规范体；自律就是一诗一式，自创体；自由律就是宽松的过渡体。当前，我们主张应当大力提倡的是一诗一式的自主创新的自律体！

争当改革派　诗潮创新天

——兼为“新古体诗”的探索和创作呐喊

韦振前　曾国光

我们的祖国是诗的国度，歌的海洋。三千多年前的《诗经》《楚辞》是诗的源头的两座高峰。如果再往前追寻，《六言论》曰：“唐虞始造其初，至周分为六诗。”从尧舜时代起，迄今诗歌已经历了五千多年的形成过程。诗、赋、词、曲、直到白话诗分类繁多，流派纷呈。

什么叫诗呢？《毛诗序》：“诗者，志之所之也。在心为志，发言为诗，情动于中，而形于言。”意思是指心中的愿望指向即为志，如用语言表达出来即称为诗，故诗言志也。

几千年以来，中华民族一代又一代的诗人词家创作出了大量脍炙人口的光辉诗篇。唐诗宋词成为中华诗词发展史上最高峰，正如马凯同志所说：“中华诗词是中华文化瑰宝中的明珠，也是人类文明的共同财富。我们为我们的民族有这样大美的诗体，有这么多光辉的诗篇和杰出的诗人而感到骄傲和自豪。”我们应当继续加以传承和弘扬，并在继承前人优秀成果的基础上，与时俱进地加以改革创新。

我们的时代，是改革的时代，创新的时代，开拓的时代。中华诗词无疑是文化战线改革的尖兵，当今时代奋进的鼓点。党的十八大和十八届三中全会已经吹响了全面深化改革的总号角。紧跟时代，改革创新，应当成为每一位诗人词家的光荣职责。

中华诗词的发展史，就是一部不断改革创新的历史。从西周至春秋诞生《诗经》，战国时出现《楚辞》，到了汉代又有“汉赋”，进入唐朝“近体诗”大兴，时至宋代“宋词”勃发，步入元朝“元曲”广传。由此得见每个朝代都出现过新体诗。正如《诗国》顾问顾浩同志所言：“翻阅中国诗歌史，从一定意义上说，也是一部诗体不断变革的历史。一次又一次的诗体变革，造成了一度又一度的诗歌繁荣，耸起一个又一个的诗歌高峰。”（《胜日乐章·前言》）

古人作诗填词的韵律规矩，都是诗人创作实践的重要贡献，是一笔宝贵的非物质文化遗产，理应特别尊重和爱护，但并不是不可改变的“铁律”。随着社会的进步、历史的前进，必然要改革、创新、变化、发展。1958年春，伟大领袖、诗人毛泽东同志在与梅白谈诗时提出：“旧体诗词要发展，要改革……”对于诗词未来的发展，他说：“中国诗的出路，第一是民歌，第二是古典，在这个基础上产生出新诗来，形式是民歌的，内容应当是现实主义和浪漫主义的对立统一。”（《在成都会议上的讲话》）马凯同志也提出了“求正容变”的思想。

我们的前人在创作诗词时，也不乏与时俱进、改革创新的先例。有人检验过《唐诗三百首》中所有格律体诗歌，有很多就跳出了古体诗原来过于严格的格律规则。如公认的唐诗之首，崔颢的《黄鹤楼》：“昔人已乘黄鹤去，此地空余黄鹤楼。黄鹤一去不复返，白云千载空悠悠。”这前四句诗不但不符合律诗的平仄规律，且缺乏对仗之美，连用了三个“黄鹤”，两个“空”与“去”的“重词”。但该诗历来仍被尊奉为“唐诗一绝”，盖世传唱。同样，诗仙李白“床前明月光”的《静夜思》，虽然二三句“失粘”，但由于其感情真挚、语言清新、意境优美、音韵铿锵，仍不失为一首千古绝唱、家喻户晓的佳作。

面对改革发展的新潮流、新现实、新形势，近年来，诗词界的不少名士俊才，纷纷提出许多革新诗体的倡议。现任的中华诗词学会领导层在勇于改革创新方面带了个好头。郑欣淼会长在大力弘扬传统诗词的同时，带头创作新古体诗；《中华诗词》名誉主编、《诗国》编委会顾问刘征，顾问张锲、贺敬之、顾浩等都是新古体诗探索和实践的佼佼者；《中华诗词》副主编丁国成同志主编的《诗国》就分为四大板块即“古体诗卷”“新古体诗卷”“新体诗卷”“诗论卷”，古诗新诗各占一半，积极倡导新诗民族化，古体现代化。中华诗词学会常务副会长李文朝将军就是《诗国》的编委会成员之一。以《诗国》顾问顾浩同志为例，在时代的呼唤下，他从 1991 年 8 月开始，就挥翰试写“新古体诗”，到 2009 年 1 月，17 年中一连出版了 7 部诗集，其中共创作了 328 首“新古体诗”。这是他在探索中国特色新诗体进程中所收获的第一批丰硕成果。2012 年 10 月，他又出版了新诗集《尧天旋律》。他在诗集《前言》里写道：“这本诗集同我以前先后出版的七个集子的体式大不一样。”“没有任何一首是按任何一个词牌的要求进行创作的。因此，我把我这 100 首诗作称之为‘新体诗’。”我们应当向现任的《中华诗词》《诗国》的领导们学习，当好新时期诗歌创作中传承和创新的带头人。

那么，什么叫“新古体诗”？“说白了就是把我国的古诗加以现代化。它不必套用古人陈言旧词、难字僻字，不拘平仄，诗的偶数句末押普通话韵。”（《诗词百家》执编向小文语）

“新古体诗”归结起来有下列特色和优势：

第一，完全适合现代人的情感表达和审美需求。如陈毅同志的《咏松》：“大雪压青松，青松挺且直。要知松高洁，待到雪化时。”语言平民化，生动活泼，意境深邃，感情丰富。可称得上“新古体诗”的典范。

第二，“新古体诗”，结构自然，不需过多的引经据典，避开艰涩生词、哗众取宠，文字朴实无华，人人看得懂，不会因艰深虚玄而生畏。

第三，“新古体诗”，打破古体格律诗的“铁律”，只需强调句式、字数、押相同的韵。扩大了语言空间和思想容量，便于作者最大限度地释放感情，达到语言审美的多样化。

第四，“新古体诗”，表达的应该是现代人的思想、情感和意识，不受古典格律框框的限制，语言色彩可以更加丰富、绚丽和灿烂。适应老百姓的欣赏诉求和宽松的阅读氛围。

第五，“新古体诗”，使用现代语言和新声新韵，表达现代人的生活和情趣，小学生也能看得懂听得明白。在继承和创新中，找到最佳的切入点。

时代在进步、科技在创新。嫦娥三号已登月，“蛟龙”潜海可下五洋捉鳖。古人不敢想的神话，今天都可以变为现实。人们超越时空的视野和科技进步的奇迹，何愁不会涌现和创作出卓然于世的诗词作品来奉献给伟大的时代呢？毛泽东说过：“数风流人物还看今朝。”我们相信，“新古体诗”在不断探索实践中一定会蔚成风气，有着璀璨的未来，从而把中华诗词的创作与改革推向一个崭新的境界！

（原载 2014 年第 1 期《防城港韵》，本刊略有删节）

诗体创新铸大美

——论晓雪《两行诗一束》诗体创新

项兆斌

2010 年 10 月《诗潮》卷首刊出了著名诗人晓雪新作《两行诗一束》（39 首）。始读时眼睛一亮再亮，新奇得不忍释手。此《两行诗一束》美到何种程度呢？仿佛把若干新诗每一首中类似“诗眼”的两句挑了出来，单独成诗。39 首无实际标题的两行诗，以序号排列，整齐优美，犹如一串大小匀称、晶莹剔透的珍珠项链，美不胜收！让人不由得呼出：“串珠体·两行诗”！

晓雪的《两行诗一束》，每一首均没有单独的标题，十分类似新诗中的无标题小诗；每首只有固定的两行诗，又与新诗微型诗中的两行诗相近。要研究晓雪《两行诗一束》的诗美特色，就必须首先研究其与后两者的异同与不同。

《两行诗一束》与小诗中无题诗的异同

探讨此问题，有必要简略回顾一下小诗的历史。小诗，是五四运动后兴起的中国新诗大潮中出现的一个分支，勃兴于 1921—1924 年间。推动小诗运动的大功臣是周作人，“小诗”之名也多出自他文章中的认定。如他指出：“中国的新诗在各方面都受欧洲的影响，独有小诗仿佛是在例外，因为它的来源是在东方的；这里边又有两种潮流，便是印度和日本……”他所说的“东方”，自然还包括短小的中国古代诗词在内；他说的“印度”，系指泰戈尔的短诗集，如代表作《飞鸟集》等；他说的“日本”，系指日本的“和歌”“俳句”（两者均是四行以内不押韵的抒情诗）。中国小诗的时兴时期，虽然只是上述短短几年，却在当时形成了一股不小的文学潮流，对新诗从旧诗词格律的窠臼中进一步解放出来做出了积极的贡献，其影响至今不泯。冰心 164 首小诗《繁星》诗集和 182 首小诗《春水》诗集，就是 1920 年代小诗潮的代表作。当时流行的小诗，一般在三五行内，也有超出 10 余行的。

晓雪《两行诗一束》，显然是受到泰

戈尔《飞鸟集》和冰心《繁星》《春水》等作品的影响。因为三人的上述小诗中每一首都是无题诗，此共同体态，体现了无题诗之诗体的承传关系。但晓雪此39首小诗，与《飞鸟集》《繁星》《春水》等又有不同之处。前者每首小诗均是固定的两行。后者中的《飞鸟集》系散文诗横排，不便分行计数；《繁星》《春水》多数为一至四行不均，也有超出四行多至10余行的。概言之，就无题而言，晓雪《两行诗一束》与小诗中的无题诗是相同的；就《两行诗一束》中每一首都是两行而言，却又是与小诗中行数不一的无题诗不同之处。

《两行诗一束》与微型诗中“两行诗”的异同

我国古代无微型诗之说。国人对短小诗作习惯称短诗、短歌、小令。我国新诗系从西方传入。西方诗学理论只有小诗体的提法，未有“微型诗”之说。前面已提到，小诗系五四运动后中国新诗大潮中出现的一个分支。当时不少国人唤短小诗作为“小诗”，就是由西方“小诗体”之名蜕变而来。叫的人多了，加之周作人在文章中不断地以小诗相提，也就约定俗成了。

20世纪80年代，随着改革开放深入发展，超短诗作应运而生，直至20世纪90年代中期形成热潮。诗坛习惯将1996年重庆《微型诗》刊诞生，当作微型诗从小诗分离出来自立门户，微型诗之名从此在诗坛流行。何谓微型诗？中国微型诗学会穆仁会长等领军人物界定为——三行以内的小诗。在多年来的微型诗热潮中，无论一行、两行还是三行的微型诗，中国诗坛已产生过难以计数的作品，出版过不少微型诗集，及发表了诸多关于微型诗的理论文章。在此股热潮中，本人亦写过研究探讨微型诗的两篇理论文章，一是发表在2010年2月《边疆文艺评论》上的《微型诗之我见——读马瑞麟诗集〈深山鸟鸣〉》，此文系以马瑞麟的微型诗作为范本，进而研究探讨微型诗的定义、诗美特色及创作方法；另一是写成尚未发表的《微型诗技巧16法》。

经过缜密研究、比较，晓雪《两行诗一束》与微型诗中“两行诗”有如下异同。同处，两者都是两行诗；异处，过去两行微型诗与其他微型诗一样，全都有标题（个别无实际标题者也以《无名》为题），《两行诗一束》中的39首却全都无单独标题。为什么微型诗全都有标题？因为其行数有限、字数特少，标题又不计算在行数内，作者绝不会轻易放弃标题文字参与塑造诗美形象。

《两行诗一束》与无题小诗的新奇美

《两行诗一束》诗美特色来源有二：一是继承了小诗中无题诗作的诗美特

色；二是继承了“两行”微型诗的诗美特色。

什么是无题小诗的诗美特色？要回答这个问题，只要将微型诗中有标题“两行诗”与《两行诗一束》中无标题两行诗——两者塑造诗美形象的方法进行比较，问题自会明白。

不妨先用人们都熟悉的两首微型诗来说明。马瑞麟《落日》：“满脸通红的醉汉／趔趔趄趄走下山去”，如果删去标题《落日》，此诗也就不是诗了；顾诚的《一代人》：“黑夜给了我黑色的眼睛／我却用它寻找光明”，倘若把《一代人》这个有特定时代指向的标题去掉，这首诗也成了两句口水话。又如张励志《枯叶》：“生前／也是春的一员”；老彭《影子》：“他借光而来／也被光收拾干净”；黄永玉《帽子》：“戴帽子是一大发明／给人戴帽子是一伟大的发明”；黑马《西红柿》：“在农田／点燃希望的红灯笼”。从以上有标题微型诗，可得出两点结论：一是微型诗如果把标题取消，往往会失去诗美，不是诗了；二是微型诗的标题，多为诗作中诗句的象征物（被说明物）。

然而晓雪《两行诗一束》中无标题两行诗，如同无标题音乐，其感觉就不一样了。无标题音乐，由于无需任何文字说明，纯粹用声音、旋律塑造音乐形象，是悲是乐，是苦是甜，是山川河流还是叙事谈古，是百花争妍还是彩云追月，是万马奔腾还是百川激流，全凭听众自身感受判断，这就极大地调动和激发了听众的音乐鉴赏力和审美想象力。同理，无标题两行诗，因为没有标题配合，只是靠仅有的两行诗句完成诗美形象塑造，诗作的诗美特征全由读者读后感知，同样会极大地调动读者审美的积极性和想象力。如果硬要塞标题给它，反而画蛇添足，会破坏已形成的凝练诗美。

有标题和无标题的微型诗，诗歌审美体验差异十分明显。有标题诗和其他有标题文学作品一样，标题是作品内容的窗户，是进入作品内容审美的门槛，是作品内容的先验或导向。作为微型诗标题来说，有利的一面，它是诗作完成艺术构思的重要手段，是诗作结构不可或缺的点睛之笔：不利的一面，既然标题是进入内容审美的门槛，它必然会成为读者审美的某种羁绊，不管诗句如何飞扬奇美，均属于意料之中。而无标题两行诗，读者在对诗作内容一无所知的情况下，一步跨入诗美王国的天地，吮吸诗美的香风，畅饮诗美的甘露，沐浴诗美的朝晖每一字一词一句无不是初相识，读完全诗时，自然感到内容特别新颖。不妨举例说明。

黑马《西红柿》：“在农田／点燃希望的红灯笼”。此诗标题已明示了诗的内容是诠释西红柿，因此不管诗句内容如何神妙，读者已有看头知尾的先验性。虽然“点燃希望的红灯笼”十分新颖、

形象，却引不起读者较强的新奇感。晓雪《两行诗一束》(20)："秋风使桐叶纷纷飘落／却给枫树火红的青春。"读者初读此无题诗作时，对诗歌内容全无印象，待读完全诗两行时，"桐叶纷纷飘落"与"枫树火红的青春"强烈反差的诗美艺术形象及事物具有双重性的哲思美，已在读者眼前一再闪光。可见无题诗的新奇感，是有题诗难以企及的。

《两行诗一束》与微型诗的晶莹美

微型诗主要有一行诗、两行诗和三行诗。一行诗中甚至还有一字诗。如北岛一字诗《生活》："网。"关于微型诗限制在三行之内，在写作方法上真所谓惜字如金，不可能有一字玩过场，不可能搞什么铺垫，一写诗就得直奔主题，才能保证两行之内完成诗美形象的塑造。笔者在《微型诗之我见——读马瑞麟诗集〈深山鸟鸣〉》中，认为"晶莹美"是微型诗的诗美特色。因为"晶莹美"一词，自然让人联想到"小而亮"及"一滴水可见阳光"的形象，也就是说"晶莹美"是微型诗以小见大诗美特色的形象诠释。

晓雪《两行诗一束》，与两行微型诗一样，每一首都特别强调"炼字、炼句、炼意"，因此具有晶莹美以小见大的诗美特色。晶莹美带来的另一好处是，两行诗因其凝练而易读、耐读和易记、易传。

《两行诗一束》诗美特色及诗体创新

小诗中的无题诗于我不陌生，微型诗中"两行诗"于我也不陌生；但《两行诗一束》，却让我感受到从未有过的新鲜、清心。原因何在？这就出自《两行诗一束》的特色诗美。晓雪《两行诗一束》，是小诗中无题诗和微型诗中两行诗的混血儿。《两行诗一束》开创了"串珠体／两行诗"的新诗体。这种诗体是对其母本"小诗中的无题诗"和"微型诗中的两行诗"诗美的突破与创新，使其既有"小诗中无题诗"赏心悦目的"新奇美"，又有"微型诗"体小旨宏、易读易记的"晶莹美"，两美合一，呈现青出于蓝而胜于蓝的杂交美，故能让人耳目一新。

需在此说明，虽然周作人在 1922 年《论小诗》一文中，将"小诗"命名为"现今流行的一行至四行的新诗"，实际众多写作小诗的诗人，包括小诗潮的代表人物冰心著名小诗集《繁星》《春水》中的大量小诗，也未受此限制，其中每首六七行甚至近 20 行的都有。时至今日，学界对小诗行数也各执一词，其主张有 20 行说、12 行说、8 行说、6 行说等。这些行数不一的无题"小诗"，即使是组诗，也产生不了两行小诗的节奏美和快感美！再者，微型诗中的两行诗，因为有标题，实际连同标题所占行数已是“三行体”；“三行体”当然没有“串珠体／两行诗”干净利落、晶莹闪亮！这就是晓雪《两行诗一束》的魅力。

笔者在此说明两点。一、新诗中无实际标题的两行小诗，如前所言早已有之，并非始自晓雪。但自觉将其当作一种诗体进行创作，一次性发表数十首“无题”两行小诗者，在本人有限的阅读范围内，晓雪尚属首次。诗人以《两行诗一束》虚名为线，将数十首单独无标题两行诗串连在一起，美若串珠，笔者据此认为其开创了“串珠体·两行诗”新诗体。二、笔者并不认为《两行诗一束》所开创的“串珠体／两行诗”，就一定比行数不一的无题小诗美，或是比有题的微型诗美，我只是强调这是一种整齐若串珠之诗美。

《两行诗一束》诗美欣赏

《两行诗一束》诗美，既区别于无题小诗又区别于有题两行微型诗，因为没有标题的先验和累赘，没有一个字的叙述铺垫，且诗句凝练含蓄，易读易记，读者瞬间即被导入诗美天地与缪斯共舞。和煦的春光、争妍的百花、吻香的蝴蝶在读者眼前一一闪现，此乃诗体创新铸大美也！

其中描述奇妙感觉的如：（1）“所有的灯都熄了／只有我的心亮着”；（16）“只有在最宁静的时候／我才能听到无声的音乐”；（31）“听到你电话里的声音／我醉成了一粒红豆”；（30）“等你那么久，我焦灼的心／把树梢的月儿都烤弯了”。

其中表现深刻哲思的如：（8）“同样是经受烈火的焚烧／有的变为黄金，有的化为灰烬”；（9）狂风拔起大树、吹落百花／小草却依然绿遍天涯”；（14）“灯火在夜里才大放光芒／阳光下就无法逞能了”；（19）“草和根都被烧焦了／但根仍在准备绿色宣言”；（23）“焰火积聚了一生的热能／只为爆发出一刹那的灿烂”等。

其中写诗人之特殊感知的如：（2）“最好的诗不是写在纸上／而是写在人们心里”；（3）“陶潜的菊花采了一千六百多年／至今仍香在人们的心上”；（4）“字把诗落在纸上／诗使字变成了珍珠”；（5）“寒山寺的钟声是被诗敲响的／响了一千多年还在响”；（6）“人会老而心不老／海有边而诗人的爱无边”。

其中以唯美写景的如：（12）“浪花是海的音符／枫叶是秋的诗句”；（20）“冰化雪消，草绿花开／河上流淌着春天的笑声”；（25）“夏的吟唱是单调的蝉鸣／冬的呼吸却是梅花的清香；（27）“流星那么多情的一闪／便投入无边的宇宙”。

其中以神写情的如：“严冬，我们用笑取暖／黑夜，我们用爱照亮”。“你笑，绽放着一片彩霞／你哭，滚落两行珍珠”。

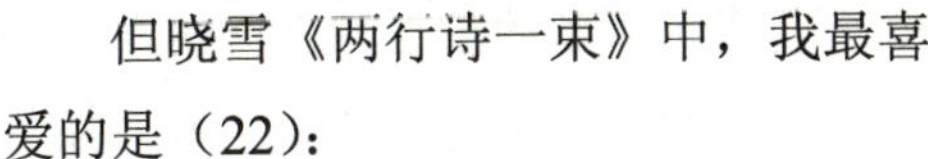

但晓雪《两行诗一束》中，我最喜爱的是（22）：

为了听鸟儿歌唱，

树的每一片叶子都是耳朵。

树的叶子与耳朵外形相似，诗人以形写形、以形写神、以形写情。林子里除了鸟鸣，静得没有任何别的声音。为了听鸟儿歌唱，每棵树的每片绿叶耳朵，都在全神贯注地倾听、倾听……静中有动，动中有静，一个比桃花源还要生态的人间仙境！此首诗妙在自然、质朴；妙在寓大意于简朴，没有一个字的说教。一个弥漫着童话美的原生态天地绿荫了读者心空，让人始读一遍就难以忘怀。诗人以清纯美丽的童真奇想，讴歌人与自然的和谐美，表现环保至上的时代潮流和天人合一的东方哲思。作品显现的诗美、意蕴、感染读者的无形。在我读过的不算少的微型诗中，鲜有能与此诗比肩者。

当然，晓雪《两行诗一束》，和任何名家的优秀诗集一样，不可能内中每一首诗作的水平完全相当，更不可能全都尽善尽美。但总体上说，《两行诗一束》中佳作为多数。当然个别诗作也有值得商榷之处。

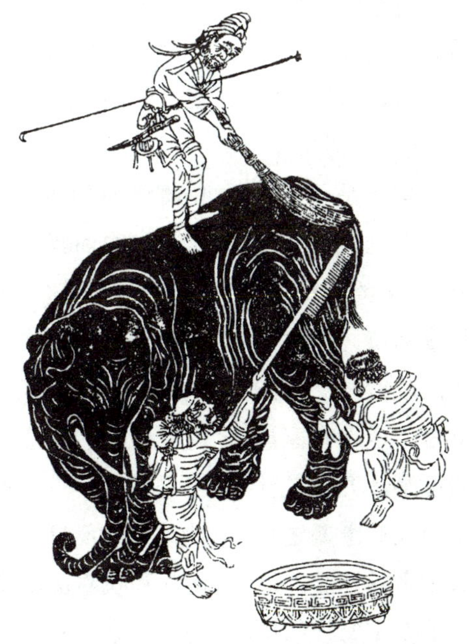

诗作解读

返童归真 安顿诗心
——试论阮章竞的童话诗

黄雪敏

作为诗人，阮章竞有两重身份引人注目：其一，他是民歌体叙事诗的大家，《漳河水》是体现毛泽东《讲话》精神、探索新诗大众化、民族化的成功之作；其二，他是童话诗的热心作者，《金色的海螺》以清新、优美又富于传奇色彩的意境，在几代读者心中留下了深刻的印象。然而，相比起民歌体叙事诗得到的普遍好评，阮章竞的童话诗创作尚未引起足够的重视。就成果而言，阮章竞的童话诗创作数量不多，时间也相对集中，在其诗歌创作的生涯中，仿佛是一个小小而精致的插曲；放在中国当代儿童文学的花园中，则又显示出风格的独特性，自有其一席之地。这些童话诗，虽然不可避免地带有那个时代的政治和文化的烙印，但诗中流露的童心、童趣和家国之思，今天读来仍亲切可感。究竟是什么原因，使得这位革命诗人在耄耋之年仍对多年前的童话诗旧作牵肠挂肚？这些童话诗的创作，寄予了作家怎样的厚望？这其中的原因是值得揣摩和深思的。若将阮章竞的童话诗创作纳入其诗歌创作的整体当中进行考察，或许能帮助我们更深入地体会诗人的心路历程。

一

阮章竞影响较大的几首童话诗皆创作于1955年。这一年，共青团中央和全国妇联发起号召，要求文学工作者多创作儿童读物，中国作协还讨论通过了发展少年儿童文学创作的计划。许多作家都投身其中，努力改变少年儿童读物“严重奇缺的状况”，涌现了一批儿童文学作品。阮章竞的《金色的海螺》《马猴祖先的故事》《牛仔王》等诗，虽是响应号召之作，却不是简单地顺应时代潮流、配合时代需要的作品。他取材于民间“传说”，却立意批判，有鲜明的现实针对性。创作的出发点自然有别于当时其他的作品，也由此引发了一些颇有意味的争议。

《金色的海螺》在民间耳熟能详的田螺姑娘的传说基础上，创造性地增添了少年与海螺的离别、少年努力争取幸福的过程。这一改写，为古老的传说注入了新鲜的元素，使全诗跳出了简单的道德训诫的模式而成为一个有血有肉、内容生动的故事。诗中后半部分的大量篇幅以少年三次搏击海浪风暴、对抗海神娘娘来反复渲染少年百折不挠的坚定信念和执着的爱情追求，使全诗的主题由“结亲报恩”的民间范式转向了颇具现代色彩的“爱情坚守”，甚至遮盖了作

家创作的本意，更被一些不相识的同志批判为“立意爱情至上主义”。多年以后，作家披露自己的创作意图，不无感慨地道出：“全国解放后，换妻空气正浓，许多不一定全是感情不和、性格不合，诸多是见异思迁，造成不少不应该出现的寡妇孤儿。《海》诗包含了对此的不满，许多人未看出。”作家的原意，是针砭当时社会上“贪新厌旧”“见异思迁”的不良风气，出发点和立足点都非常现实：在“获救—报恩—离别—重聚”的故事情节中，特别设计了海神娘娘将海螺变丑、又以美貌仙女迷惑少年的情节，这一严峻的考验无疑带有鲜明的针对性和时代色彩。但这种立意却隐藏至深，它被包裹在一个非常古老而传统的爱情传说中，以一种充满梦幻和浪漫的方式传达出来，无意中造成了创作和阅读（批评）的错位。而这种错位，或许还有更值得思考的时代的原因。

对现实生活中爱情婚姻问题的处理，一直是革命文艺中十分敏感的话题。在此之前，有《霓虹灯下的哨兵》，有萧也牧的《我们夫妇之间》，都涉及了建国之初党最为重视的革命队伍的“拒腐防变”的问题，特别是后者在短短一年半时间内面临的天悬地殊的两种境地，自然使得当时和后来的作家了解这类题材的风险所在。因此，阮章竞在落笔之时，转而大胆地启用民间的神话传说，并将批判深深地隐藏在赞美和歌颂之后，则在相当大程度上规避了这类题材带来的负面描写。这种选择和处理，使得《金色的海螺》一诗，得以从比较正面的角度得到大部分人的认可，但也是造成作品产生歧义的不争的原因。就作家的创作意图而言，这首诗是完全现实主义的诗歌；而读者所认可的，却是完全浪漫主义的一种想象。如果不是多年后作家的“夫子自道”，恐怕这种“看不出来”还要继续下去。这番遭遇，也颇能折射出当年的创作境况。

由对现实的不满出发，《金色的海螺》一诗，指向的是一种人格上的“真诚”而非爱情上的“执着”“故想通过少年的真诚，影响新的一代”。阮章竟自称：“我原来就不着重于爱情。”此诗也并未以少年与海螺姑娘的爱情为线索，而是“突出纯真的友情与正直勇敢”，提倡少年与海螺之间真心实意、坦诚相待的相处之道。作家认为自己在爱情问题上绝不是保守的，“感情、趣味确实不合，离婚是正当的。但对爱情采取无所谓的思想，我不赞成”。在作家看来，见异思迁的关键在于不真诚——对情感不忠诚、对自己的良知不忠实。“真诚”“真实”“真心”等词多次出现在阮章竞的诗文中。对于半辈子追随革命步伐、在人生的起落当中见识了政治酷烈与人事复杂的诗人而言，这番关于爱情的道白，事实上也在很大程度上体现了作家人格上的操守和坚持。阮老在 20 世纪 90 年代所作的最后一首儿童诗《我要学好》读来颇有意思。如果从教育和宣传的角度而言，该诗未免太过直白粗糙，但联系诗人的人生经历和艺术追求，则不难看出，这既是对儿童的谆谆教诲，更可看作诗人一生创作与生活的自我总结。儿童文学最讲究"真"，借助儿童文学的形式来讲一个"真诚"的故事，保持一份心灵的警醒和精神的坚守，是阮章竞的童话诗在思想上的闪光之处。

二

阮章竞的童话诗，出发点是对现实的思考，落脚点是对美好、良善的品格的赞美——正直、真诚、勇敢、机智、勤劳、坚毅……而其背后的情感归属，则连结着更为广袤深厚的家园情怀。

据《阮章竞评传》（陈培浩、阮援朝著）一书记载，阮章竞20岁的时候离开故乡，自此走南闯北，辗转祖国各地。20世纪50年代，他和家乡亲人重新恢复了联系，又得享与家中妻儿的团聚，长期被压抑和自觉冻结在心底的家园之思渐渐地得到了释放，并借着当时儿童文学的创作热潮，自然而然地流淌在这一时期的童话诗当中。《金色的海螺》中"朝着大海歌唱"的打渔少年对"绿绸被子似的""像一簇一簇的素馨花"的大海的亲近，《马猴祖先的故事》中那间飘散着粉果清香的乡间草屋，《牛仔王》中"珠江江水呜咽流"的深情和哀叹，《小姑娘与乌猿婆》中屋后光滑的井台……特别是这些童话诗当中那位在"芭蕉林里"唱儿歌、讲故事的"邻家婆婆"的身影，无不充满着岭南特有的"山气"和"海味"，浸透着诗人的乡情乡思，沉淀着他遥远又亲切的故乡经验。晚年的诗人，不仅完成了回忆录《故乡岁月》，作画时更喜欢落款"珠江老人""珠江阮章竞"，这份思乡的情怀可谓深厚浓郁。在阮章竞的童话诗中，这份乡情乡思更具体地体现为人与人之间亲密、和谐的关系，透露出一股浓浓的人情味。

《牛仔王》创作于1955年，初稿尘封了三十几年后，于1996年被老诗人改写。整首诗的情节并无多大的增删，但人物之间的关系网络搭建得更为密实。原作是诗人在录制《金色的海螺》诗时，为说服中央广播电台的编者而"许诺"的以"阶级斗争的那套模式"来写的一首童话诗。既是按要求写作，创作时则自然把重点放在牛仔王和庄园主、地主、肥土地的斗争上，重点表现的是矛盾双方的阶级对立，讴歌牛仔王反抗压迫的勇气和人民群众的智慧和力量，带有那个年代的儿童文学"配合时代需要"而创作的"通病"。1996年的改写，则力求突破模式的限制，使得人物形象更为丰满，人物性格更加立体。作品中的牛仔王、放牛老阿公、水红菱、小牛倌、飞禽走兽等山野"居民"、珠江母亲等共同组成了一个富有人情味的民间世界，特别是其中的珠江母亲，化身渡江不得的阿婆，在得到牛仔王的帮助后，“捧着牛仔王的脸蛋，亲了额头又亲笑脸”，让人倍感亲切。如果说《金色的海螺》一诗中的海神娘娘代表的是手握大权、法力无边、高高在上的掌权者，那么珠江母亲则少了几分神秘的色彩、多了几许人间的情怀，成为了人们战胜劫难的美好祝福。放牛阿公病危前的磕头恳求、牛仔王帮助水红菱昏倒在水边、水红菱哭足三天三夜求珠江母亲的搭救……所有这些，都编织起人物间充满人情味的关系网络，构成了与另一个人物序列（庄园主、地主、土地、黑将军）的对比，给人留下了深刻的印象。

在阮章竞影响比较大的三部童话诗当中，《金色的海螺》故事单纯、意境优美；《马猴祖先的故事》诙谐幽默、精简生动；而《牛仔王》则倾注了作家最多的心血，寄托了最深的期望。作者在1996年的《牛仔王》重写后记中，仍念念不忘当年“发表和出书之后，自己觉得写得不好，未把自己心里所想的、要说的写出来，对不住小读者，总想找个时间把它重写，但我始终挤不出时间”。

此时，时过境迁，创作的风尚已经不再严格地捆绑在阶级斗争这面旗帜上了，有关儿童文学创作的主题、题材、表达技巧和艺术风格的讨论也更趋多样化。作家的改写显然更流露出他的真实想法和个人趣味。对乡情乡思的眷恋和怀念、对童年岁月中充满人情味和平民气息的人际氛围的重塑，使作家的心灵进入了一种温馨柔谧的丰富性体验中，成为他精神上的寄托和慰藉，成为他寻找真诚、自由和诗意的心灵的居所。“总算圆了三十九年的梦。”这种改写，这种圆梦的诉求，对一个八九十岁的老人而言，其意义也是不一般的。

更进一步说，亲情、乡情的纽带使诗人能暂时从喧嚣的尘世中、从人事的漩涡当中抽离出来，以一个乡间孩童的身份来看世界，强调“童心”“童真”追求“童言”“童趣”：“我每为儿童写东西，一定会回到孩子年月里去。这时，我返老还童了。就是说，我是把自己成人后的阅历，经过理性的思考，写来交给现在的儿童。处处是用孩子的目光和心理，在观察、分析现实世界。我常说这种情况是‘返童’现象。用孩子的心理，孩子的感情、孩子的语言，不用少用大人话，不用少用书面语。”这是阮章竞从事儿童文学创作的自觉追求，与陈伯吹在50年代提出来的“善于从儿童的角度出发，以儿童的耳朵去听，以儿童的眼睛去看，特别以儿童的心灵去体会”的目标是一致的。这样一种创作姿态，也为读者提供了更多回味的余地和想象的空间。

三

在童话诗当中，阮章竞以一颗诗人

之心、赤子之心来体味人间冷暖、呼唤人间真情。细读他这几个童话诗篇，分明可以体会到童心、诗心、爱心的交汇；这当中，既有对艺术的追求、对人格的坚守，亦有对作家社会责任的不离不弃。纵观阮章竞的童话诗创作，时间虽然比较短暂(集中)，其价值却值得充分肯定。对诗人而言，这一时期的童话诗创作，既容纳了它对现实的思考和批判，又承载了他的故园之思，且发展了他在叙事诗艺术构思上的探索，其意义是多方面的。

阮章竟是一位彻底的现实主义者，是社会责任感很强的诗人。他和他同时代的诗人，写诗都很有时代感和使命感。强烈的感时忧国精神和高度的意识形态化色彩使诗歌的面孔变得严肃而压抑。这一时期，倒是童话诗这种比较特殊的诗歌样式，显得更本真一些，可以满足作家的某种私人情感的释放和宣泄，也可以更自由地容纳阮老性格中的诙谐、幽默的一面。似乎在这种比较纯粹的艺术样式中，他的诗心和技艺可以得到比较自由的舒展。这些童话诗的语言风格其实是那个年代比较难得的个人话语，与“一体化”进程中建立在对现代民族国家的想象基础上的全新的诗歌话语是很不一样的。它淳朴、真挚，较少携带阶级和意识形态的色彩。童话诗的创作领域虽然也出现了一些应制之作，但毕竟由于自身独特的文体属性，受到的牵制和规范不像其他文体那么明显。可以说，在这种体裁的创作上，作家相对来说还是比较自由的。

阮章竞童话诗的创作，从题材上看，是和前期以《漳河水》为代表的民歌体叙事诗完全不一样的类型，但具体到诗歌的想象方式、艺术构思、特别是叙事诗的人物塑造和叙述策略，则有更多内在相通的地方。《牛仔王》的重写，正体现了诗人为新的诗歌体裁（童话诗）寻找更恰当的表现形式的努力；其“失败了”的写作经验更值得分析。

以民歌体叙事长诗奠定诗坛地位的老诗人阮章竞，在《漳河水》等诗的写作中，已逐渐摸索到了比较适合自己情感抒发和故事讲述的一种构思方式。《金色的海螺》一诗，结构紧凑，衔接顺畅，在情节的收放当中产生了一种灵动的跳跃的美感。全诗四个部分的划分既对应了四个相对独立的情节，又有效地调节了叙述的节奏，让人感觉既干净利落又意犹未尽，也使《海螺》一诗更显清新隽永。但这种比较定型的艺术形式显然不能轻易地移植到《牛仔王》当中。《牛仔王》在人物塑造和情节构思上都体现了超越此前童话诗创作模式的一种设想和追求。在人物塑造上，他希望将牛仔王写成一个“比孙悟空更受儿童少年欢迎的神通广大的人物形象”，既包含了时代特色、彰显了时代精神，又更能体现作家的想象力和心灵寄托，也更富有现实针对性和教育意义的人物形象。情节设置则更加跌宕起伏：牛仔王勇救红菱、为小牛倌出谋献策、珠江母亲授以芦笛、牛仔王惩治肥土地、勇斗黑将军，可以说一波三折，将传说与现实、奖励与惩罚、友情与爱情等诸多要素糅合在一起，对作家结构上的精心安排提出了更高的要求。作为一个对诗歌形式孜孜不倦的“勘探者”，阮章竞想努力摆脱原有的叙述模式和语调，将更多的头绪、更立体的人物、更丰富的心理变化熔铸为一炉。他尝试通过取消《牛仔王》原诗“一二三四”的结构划分来追求全诗更浑然一体。但这种尝试却没有成功。特别是全诗的开端部分，内容显得较为松散、臃肿，影响了全诗的艺术效果。这种遗憾由于时代的原因没能在其后的童话诗创作中得到弥补，却能启发人们对童话诗艺术规律作进一步探寻。

阮章竟曾说过：“每一个成功的作品，总要有作家的想象力、心灵寄托；通过想象达到艺术的美，进而也反映了作家内心追求的世界实质。写给孩子们看的文学作品，更是寄托这种美和心灵的追求。”阮章竞比较集中创作童话诗的时期，正是他在作协工作中疲惫不堪、深感“这个地方不能再干了”的时候，也正是他即将踏上去包钢的列车、踏上新的人生、艺术征程的时候。在他不满足于已有的创作成就、而又尚未找到新的艺术形式来继续放歌的时候，童话诗既为阮章竞提供了慰藉灵魂、安顿诗心的精神栖息地，又为他诗艺的丰富提供了一个探索的全新空间。在政治运动尚未乌云压顶的短暂的1955年，阮章竞以其数量不多却风格独特的童话诗创作，开辟了他创作生涯上的一块新的领地，与前期的民歌体叙事诗、后期的古风歌行体工业叙事诗共同构成了阮章竞诗歌创作道路上“百花齐放”的局面。

《龚自珍全集》前言

刘麒子

龚自珍文学作品（文章、诗词）的改良主义革新思想和艺术魅力，对当代和后世产生了极其深远的影响，成为中国由封建社会转化为半封建半殖民地社会这一历史时期萌发维新变法革命运动的先声，在中国近代思想史和近代中国文学史上有重要的地位。因而，阅读、研究《龚自珍全集》就显得很有意义。

一、龚自珍出身与家庭背景

龚自珍（1792—1841），名巩祚，又曾改名易简，字尔玉，又字瑟人，号定庵，浙江仁和（今杭州市）人。我国近代史揭幕之前杰出的思想家、文学家，改良主义先驱者。龚氏出身官宦知识分子世家。其祖父龚提身，官至内阁中书军机处行走，著有《吟朦山房》诗。其父龚丽正，官至江南苏松太兵备道，署江苏按察使，著有《国语注补》《三礼图考》等书。其母段训，为著名学者段玉裁之女，著有《绿华吟榭诗草》。

二、龚自珍所处时代的社会背景

龚自珍生活所处的时代，为清王朝康乾盛世转入嘉道衰世的转变时期，是西方资本主义列强伸出魔爪逐步觊觎、侵略、掠夺中国的时代。当时中国处于内忧外患，阶级矛盾极度尖锐，清王朝封建统治危机四伏并已腐败透顶。但封建统治集团却仍沉酣于歌舞升平、醉生梦死的生活，对内实施压迫剥削，对外投降屈辱。从中英鸦片战争开始，中国统一的封建社会开始转化为半封建、半殖民地社会并逐步走向衰落。

三、龚自珍的青少年时期

龚自珍幼承家学，父母授以诗文，8岁便研究经史、小字，12岁从母亲段训学说文，搜辑科名掌故，以经说字、以字说经，研究古今官制、目录学、金石学等。13岁作知解辨，为其文字生涯之始。15岁编写诗集。嘉庆十五年（1810），龚自珍19岁，应顺天乡试，由监生中式副榜第28名。19岁倚声填词。21岁已得《怀人馆词》三卷、《红禅词》二卷。其外祖父段玉裁为其怀人馆词作序，序中誉其“所学诗文甚夥，间有治经史之作，风发云逝，有不可一世之概；尤喜长短句，遣意造言，几如韩李之于文章又有“自珍以弱冠能之，则其才之绝异，与其性情之沉逸，居可知矣”。这些可以视为对龚自珍 20 龄前才学的概括与评价。

21 岁以后的文学作品按内容分段重点概述。

四、龚自珍的文学作品

（一）龚自珍的文章

龚自珍在清末最大的影响是他的文章。因处在由治世转入乱世的衰世，鉴于清廷的腐败无能、社会的衰弱不振，“日之将夕，悲风骤至”（尊隐），因而他致力于封建专制落后腐败的揭露和社会危机的思考。他的文章唤人觉醒，催人奋进，成为后来维新派的先声并得到辛亥革命诸多先哲的肯定和推崇。清末有人“以汪容甫、魏默深、龚定庵定为国朝三大家，而龚子之文，从无敌于汉以来天下”（江沅定庵文评）。更有人以“定庵固巍然为文士之代表、思想之领袖，且为世界之大散文家。其文章之技术，纵横百家，出入三乘，立意命辞，自出机杼，如行云流水，来去无踪，令人不可捉摸，惊才绝艳，旷代一人”（朱杰勤《龚定庵研究·自序》）。龚氏从小就关心国家民族命运，未从政就已写下若干文章。从政 20 余年，虽官职卑微，出自对时代国家、社会问题的深切见解，

又写了不少文章。他的散文现存300多篇，可分为政论文、学术论文、文艺性论文（如传记、杂文等），其中不乏深入思考社会问题、揭露封建政治的根本性弊端的文章，如乙丙之际著议、壬癸之际胎观、古史钩沉论、明良论、尊陷、论私等。他心系国家，关切时政，撰写蒙古图志，完成十之五六，并对现实政治社会和边疆、民族、地理提出若干建议。他写下西域置行省议，主张移民屯垦新疆，发展西部经济，巩固国防；他写给林则徐的《送钦差大臣侯官林公序》，胪陈鸦片入侵的《危险和对中国的危害》，抒发他的政治远见。

龚自珍在《病梅馆记》中以“病梅”为喻，从人性角度提示了封建专制束缚扼杀正直健全的人性，造成民族心理畸形化、病态化的严重问题。文章中认为梅的曲直、疏密出其本性，发自天然，都是美的。“或曰梅以曲为美，直则无姿；以欹为美，正则无景；梅以疏为症状，密则无态，固也，此文人画士，心知其意，未可明诏大号，以绳天下梅也；又不可以使天下之民，斫直、删密、锄正，以疏梅病梅为叶，以求钱也。”龚自珍在文章中自作疗梅者，发誓“疗之、顺之，毁其盆，去其缚，使天下之‘病梅’复天香之本然，发盎然之生意”。这正是一种要求解放自我、解除束缚、争取自由的呼声。这种思想在当时极是难能可贵，并产生了深远的历史影响。他对当时士大夫人格低落，极为伤感和讥讽，大胆无畏，笔锋直指封建专制统治者，如在《明良论》中指出皇帝“视臣下如犬马、奴才，使大臣不知廉耻，只知朝夕长跪，只知追求车马服饰，以言辞取媚君上”。这些触犯时忌的言论，虽每每遭到权贵的打击，但却牵动人心，得到大多数人的支持。他在尊陷中曲折隐晦甚至大胆地想象，颂扬农民起义，表现对未来时代巨大变化的向往。他的变革思想和反抗精神每每在他的文章中正面反映出来，冲击着清王朝腐朽的封建专制制度。如龚自珍在《平均篇》大胆指出的贫富不均造成的社会败坏现象与其危险的后果：“小不相齐，渐至大不相齐，即至丧天下。”提出均田的改革主张，提出“贵乎其本源，与随其时而剂调之”，“挹彼泣兹”，平均贫富。我们在正面评价龚自珍文章的进步意义，还应看到他的某些不足之处。局限于时代，他的政治主张并不彻底，其目的是“以中下齐民，不以上齐民”，建立以中小地主为基础的封建统治，未能突破封建阶级的根本立场，因而在《农宗答问第一》及《农宗答问第四》中又肯定了大地主的地位。但无论如何，龚自珍的变革思想是这一时代革命的先声与基础，称他为改良主义先驱者他是当之无愧的。

鸦片战争以后，在晚清士大夫阶层乃至民间开启了激昂慷慨议论天下事的新风气。梁启超就有“晚清思想之解放，自珍确与有功焉”的评论。今人鲍正鹄生动地评价概括为：“龚自珍之所以成为中国思想史发展到新阶段的序幕的思想家，是由于他从统治阶级内部站出来，毫不容情地揭露了当时社会现存制度的不合理，也是由于他敢于大胆地提出政治改革的要求，而这些要求又正符合社会进程的轨道。”

（二）龚自珍的诗

龚自珍早在道光三年（1823）32 岁自编、自刻《定庵初集》诗三卷附少作诗一卷。道光七年，又编录道光元年以来诗作《破戒草》和《破戒草之余》两集共 184 首，次年刊刻《己亥杂诗》315 首，1959 年中华书局王佩诤校《龚自珍全集》（其中有诗 603 首）。刘逸生《龚自珍编年诗注》认定题《红禅室》诗尾 3 首为伪作，并补回漏收的庚辰春日重过门楼胡同故宅 1 首。以龚氏的大才，他的全部诗作当然远远超过此数，由于各种原因，散失甚多，以致有的年份完全空白。

龚自珍对后世的最大影响则是他的诗歌。龚自珍的诗的思想、风格在潜移默化、影响着后代诗人。我们从当代革命先辈、吟坛巨子南社创始人杨杏佛、柳亚子的作品中，甚至从鲁迅、郭沫若的诗歌中都看到龚自珍的影子。鲁迅的“破帽遮颜过闹市，漏船载酒泛中流”和“横眉冷对千夫指，俯首甘为孺子牛”等诗句的风骨格调与龚自珍更是何其相似。龚自珍诗的想象力丰富奇异，语言瑰丽多姿，上下纵横，跌宕起伏，内容风格不为传统所囿。他的诗因感而生，因情而发，抒发感慨，寄予期望，感化人心，虽不涉事实，情之所至，理在其中，不作具体议论，却把现实的普遍现象，提高到可共同认识的高度，形成政论、抒情和艺术形象的高度统一。

龚氏的诗，古体、五言凝练，七言绝句奔放、通脱自然，七言律诗含蓄稳当。如道光三年（1823）《夜坐》七律中“一山突起丘陵妒，万籁无声帝座灵”，诗人面对沉寂黑夜的山色野景，怀天下，抒孤愤，表露出对封建统治造成死气沉沉、万籁无声的局面的隐忧。道光五年（1825）咏史七律感慨南朝史事，感慨当时江南名士屈服于清王朝险恶统治、庸俗苟安，埋头著书，“避席畏闻文字狱，著书都为稻粱谋”。并引用田横抗汉的故事，揭穿清朝以名利诈骗文士的用心：“田横五百人安在，难道归来尽列侯？”道光六年《秋心三首》七律中：“气寒西北何人剑，声满东南几处箫。”深为西北边塞形势担忧，感慨仗剑报国的志士不多，更缺少知音者。每每以“剑气”“箫心”寄托思想志向，如“一箫一剑平生意，负尽狂名十五年”（《漫感》）。又如“落红不是无情物，化作春泥更护花”（《己亥杂诗》）。又如“天命虽秋肃，其人春气腴”（《自春徂秋，偶有所触，得十五首》）。诗人从没落的时代中，也看到新生的一面。在《己亥杂诗》“少年尊隐有高文”“九州生气恃风雷”二诗中，他坚信未来时代的变化，希望风雷的爆发以迅猛之势扫荡九州一切腐朽污浊，打破令人窒息、死气沉沉的局面。“我劝天公重抖擞，不拘一格降人才。”提倡让各种各样人才应运而生，为国家为社会效力。这些，不仅表达诗人的良好意愿，也符合社会的希望而深得人心。龚诗中“我劝天公重抖擞，不拘一格降人才”的呼声虽已远隔近200多年，今天仍很响亮，还有其进步意义和积极作用。

龚自珍由于曾多次赴考失意，且因不断提出变法革新的主张震动朝野，在士大夫阶层每遭权贵白眼，备受排挤打击。有好多好心人劝他停笔不要写诗。龚氏慨叹不已，心有不甘，虽然几次戒诗，但因“爱国”“重苍生”和“愤慨”，又拿起笔来。今存这一时期的诗，有《逆旅题壁，次用周伯恬原韵》《杂诗己卯自春徂夏在京师作，得十有四首》等。他50年的生命虽短暂，但所写的诗篇却永远闪烁着光辉。

（三）龚自珍的词

龚自珍19岁便倚声填词，21岁编词集《怀人馆词》三卷和《红禅词》二卷。他的词很著名。谭献认为“龚词绵丽沉扬，意欲合周、辛而一之奇作也”（《复堂日记》）。如《鹊踏枝·过人家废园作》，抒发孤独而自豪的感情，《凤凰台上忆吹箫·丙申三日》写与庸俗文士的矛盾即未能施展抱负的感慨。《浪淘沙》书写愿望，《投袁大琴南》写与袁琴南儿时同上学情景；《湘月·壬申夏泛舟西湖》剑态箫心，既有志于作为，又思退隐，留恋山水。龚词大都消闲之作，成就远逊于诗。晚年其本人发现这些缺点，“不能古雅不幽灵，气体难跻作者庭。悔杀流传遗下女，自障纨扇过旗亭”（《己亥杂诗》）。所谓气体即风格，他批评自己这些词缺乏现实社会内容。他在《长短言自序》中说：“凡声音之性，引而上者为道，……引而之于旦阳者为道，引而之于暮夜者非道。”即专家始终认为，他的词远不及诗。因为他的诗触及社会灵魂而有益于社会，他的词只是多属于消闲之类的作品，因而就无法与诗等同。

五、龚自珍作品变革思想的重大影响与评价

龚自珍经历了时代的转折。嘉庆二十五年龚自珍29岁，开始入仕为内阁中书，由于逐渐接触社会和政治现实，并从科试失意中体验到政治腐败，萌发了改良主义思想。从28岁始，他转从刘逢禄学习《公羊传》，写了《明良论》《乙丙之际著议》《尊隐》《平均篇》等政论文，用之讥切时政，诋非专制。嘉庆二十二年，他曾以《伫泣亭文》及诗集一册请教“吴中尊宿”王芑孙。王认为他“诗中伤时之语，骂座之言，涉目皆是”（《定庵年谱外纪》）。这应该是他科试屡屡失意的原因。龚自珍感

触良深，决意再戒诗一段时间，并归隐事佛，但都因爱国而动摇。他通过对社会问题的深入思考和对封建君权专制政治弊端的深刻认识，坚定了变革思想，写了大量诗文，震撼人心，催人觉醒。在诗文中胪陈灼见，讥排时政，倡行法治，激烈反对封建君权专制，尤其是提出抵御外侮，抗击侵略，勇敢地支持协助林则徐的禁烟运动。虽然他官职卑微，屡受挫折，未能施展抱负，但他直到辞官南归，暴病死于丹阳之数日前，仍不忘国家民族利益，还致书江苏巡抚梁章钜（梁章钜《师友集》卷六《仁和龚定庵主事》条），希望参加梁的幕府，表示共同抵抗英国侵略者，表现出坚决抗击外国侵略的爱国主义精神。

龚自珍从诗文发出的声音，震撼着封建专制的基础并使人们逐步觉醒，成为后来康有为等维新变法派的先声，呼唤仁人志士起来反抗“日之将夕”腐朽没落清王朝的统治。这种影响进步作用的力量无可估量。因而，和杨杏佛同是辛亥革命的领袖之一的柳亚子高度评价龚自珍为“三百年来第一流”。

六、整理说明

龚自珍作品自光绪至清末传本甚多，用“全集”名义出版的，有光绪二十三年万本书堂刻本《龚定庵全集》，有宣统元年国学扶轮社排印本《精刊龚定庵全集》，有宣统元年邃汉斋校订、时中书局排印本校订《定庵全集》，有宣统二年扫叶山房石印本《定庵全集》。民国以后，有1935年以上海襟霞阁本《龚定庵全集》，1935年夏同蓝编世界书局本《龚定庵全集类编》，1959年王佩诤校中华书局上海编辑所本《龚自珍全集》，1975年2月新一版王佩诤校上海人民出版社《龚自珍全集》。为有利于古为今用，本文参考、借鉴前贤成果，编成本书。此次整理，以编例最为合理的邃汉斋本为底本。在每篇文章之后，注明了出处，以便查考。宣统元年邓实刊印的风雨楼本《龚定庵别集》和集外未刻诗，收录了大量邃汉斋本未曾收录的诗文，今按其类别补入各卷之后。

龚自珍是清末开风气之先的思想家、文学家，作品历经200余年仍斑斓烁彩、光艳炫目。本文限于时间，更限于能力，不足以概其全貌，欠周之处，尚希方家学者见谅。

理念更新与手法多元
——李清泉诗作赏析

刘南陔

由包德珍主编的《当代诗人词家作品汇编2013年第三卷)》(下称《汇编》)中，收录有李清泉诗作217首。这些诗全是七言绝律，用新声韵写成，分为“江山绚丽”“风云人物”“感事抒怀”“众生万象”“带刺黄蜂”“域外风情”等六个部分。一般来说，作品汇编中的个人小辑是很难被读者一一读完的。然而，李清泉的诗作因为有了这些抢眼的目录，因为有了一些亮丽的篇什，笔者一气读完，而且感触良多，不得不命笔写下一些文字。

立意：一石三鸟

先看几首诗：

鸡有五德人未闻，条分缕析且观君。
头摇彤冠文官礼，脚踏金靴武士巡。
无畏斗敌已称勇，有食呼伴不失仁。
夜深踽踽踱步走，引颈高歌早唤昱。

（《鸡有五德》

鸡有“五德”：头摇彤冠，礼也；脚踏金靴，义也；无畏斗敌，勇也；有食呼伴，仁也；高歌报晓，信也。鸡有“五德”，人如之何？吾辈之仁义礼智信焉在？诗人指鸡说事；言在此，意在彼，此乃一例。

上捧下压分力均，忽悠左右布迷魂。
前推责任他和你，后窃国家金与银。
一胯猛蹲躲查账，双拳紧抱唠攀亲。
工夫官场深如许，铁杵磨成刺绣针。

（《官式太极》）

太极拳见过，练过。“官式太极”遇过，没练。这首诗太形象了，活脱脱把一个上捧下压、左右逢源、前推后搡、躲猫腻、抱团伙的昏官给端了出来。一板子打在昏官身上，疼在大大小小庸官、贪官身上，实在是高、高家庄的高！

道是无形却有形，杯盘樽盏卣瓮瓶。
看来无物实有物，氧氮氟冬氙氦氢。
朝化露霜夕幻雨，冬凝冰雪夏成云。
寰球万象皆无外，尘世哲情个里寻。

（《水的哲学》）

读过无数咏叹江河湖海、沼泽池塘等与水有关的诗篇，但咏叹水这种纯物质元素的诗还是第一次。鸡有“五德”还说得过去，因为它毕竟是动物。水有哲学确实叫人难以理喻。但你不理解也得理解，因为事实摆在那儿：“道是无形却有形”“看来无物实有物”。它还有诸多变化：朝露夕雨、冬雪夏云。作者话外有音：尘世间万种风情蕴含其中，只在乎人们是否发现而已。

取材：五花八门

天文地理、古今中外、衣食住行、喜怒哀乐，都是清泉先生涉及的对象，可谓林林总总、五花八门。虽是司空见惯的事物，在他的笔下都能给读者一个新奇感。

铿锵声调数关东，软语吴侬絮絮喁。
广府方言谐两粤，闽台腔系韵双通。
京津鲁豫皆官话，藏满蒙回尤不同。
任尔东西南北走，中华文化一大宗。

（《南腔北调》）

诗人是方言研究专家，曾在省电视台作过专题节目。为搜集方言资料，他走南闯北，劳碌奔波，在一个城市一住就是好几个月。这首诗寥寥数语就概括了关东、吴越、两广、闽台、京津鲁豫等五大方言语系的发音特点，可谓博闻广见。诗人还懂得藏满蒙回等少数民族语言，可与其交流。尾联九九归一：“中华文化一大宗”，大气磅礴，民族自豪感油然而生！

磨磨蹭蹭始开门，攘攘熙熙客若云。
拼命抢来一个袋，咬牙捧去万元银。
帮忙欧共体纾难？拯救卢医师胃疼？
过路洋妞摊手笑，百般莫解贵国人。

（《巴黎免税店见同胞抢购 LV 包有感》，诗后有注：“LV 为世界箱包品牌 Louis Vuitton 的缩写。通常音译为‘路易士威登’，我将其音译为‘卢医师胃疼’。”）

清泉先生 20 世纪 80 年代在国内学习、工作，后因与家人团聚申请赴港定居，再转往日本求学后任某跨国公司驻中国代表。传奇的经历造就了他特殊的语言才能。他除会多种少数民族语言外，还懂英、法、日语等。这首诗将外语字母“LV”入题、将音译“卢医师胃疼”入韵、构成二三二结构的句式，这些都是很大胆的作法。从这里，我们能窥见他对传统诗词理念的一些突破与更新。

还有如《解手堂》《活人墓》《亲历台北大地震》《访澳门葡京赌场》《吉隆坡云顶赌场》《阿姆斯特丹夜衢见闻》等等，只要一看题目就多少了解一些内容。这些题材有几人涉足过？李清泉就敢吃第一只螃蟹。

清泉诗作取材虽是极其广泛，但却没有一首应时之作，也没有一首应景之作，在那些乐此不疲的诗翁师妪们看来，李清泉只能是一个另类。

布局：七拼八凑

说到谋篇布局，诗人是不受绝律起承转合“四字经”束缚的。许多篇什的结构形式令人莫衷一是：

旌旗如海撼如雷，竞马草原沐日晖。
美骏凌风弓上跃，绝尘御手指间飞。
拨弦似鼓声声起，呐喊如锣阵阵催。
孰先孰后浑不晓，铁蹄流韵两相追。

（《听宋飞二胡独奏曲〈赛马〉》

《赛马》一曲为大家熟知，听起来有如此感觉的人恐怕还是少的。诗人多才多艺，是一名好歌手，对于这支曲子绝不会分不出“孰先孰后”来。他是信马由缰，听到哪儿是哪儿，想到哪儿写哪儿。所以这首诗四联之间也就无所谓先后之分。如果不考虑粘连，四联可以随意调换组装，其表达效果不会受多大影响。

夜之所梦日所思，欲壑难填赖此时。
美女虚实无似有，黄金真假获而失。
朦胧地狱狰狞面，灿烂天堂交响诗。
独步神游太虚境，心学领域树宗师。

（《弗洛伊德——〈梦的解析〉读后感赋》）

“神游”二字是诗人读《梦的解析》的感受，也是全诗的诗眼。一个个梦境“美女”“黄金”“地狱”“天堂”，如电影一样过片，然后形成一个整体，很能吸引读者眼球。这种蒙太奇手法在许多篇什中都得到运用，比如《为李敖画像（一）》《爱因斯坦》《赞比尔盖茨》等。

前面讲到的那首《水的哲学》在结构上很有意思。诗人打破七律对仗的惯例，别出心裁地构建了首颔二联的扇对：“道是无形却有形，杯盘樽盏卣瓮瓶。看来无物实有物，氧氮氟冬氙氦氢。”且二四两句，单音词对单音词。还有颈联又构成句中对：“朝露”对“夕雨”，“冬雪”对“夏云”。这些既是信手拈来，又是刻意追求。诗人驾驭语言的能力可见一斑。

律句一般为二二三结构形式，这是由音节平仄相拗决定的，而汉语双音节的词居多。通读李清泉的诗作，我们会发现诗人的兴趣在于“反常合道谋奇趣”。如：“生旦净末无任会，说学逗唱有堂彩”（《相声大师侯宝林》），“烫染卷拉凭尔选，赤橙黄绿任君由”（《美发师》），“钩撞推拉呈表象，稳急轻重隐深涵”（《观英式斯洛克台球赛》），“心灵攻势加和减，程序设防乘与除”（《观国际象棋人机大战》），“神出鬼没日追日，默化潜移年复年”（《致吸烟者》）……这些对仗给人都有些七拼八凑的感觉，但却又完美无瑕，还能给人一些惊喜。再如：“纵身跃起一尊炮，双手拦截两扇门。”（《赞姚明》）“一尊炮”对“两扇门”，太形象了！ “纵身”与“双手”乍看有些不工，但“纵”与“众”同音，借音相对只能是妙手偶得。

评点：个中三昧

李清泉诗作217首中，评点人物的诗作多达43首，包括领导人、学着、艺术家、远动员、外国人、古代人及普通民众等等。涉及政治人物的有15首。其中有一首《毛泽东与彭德怀》值得一读：

伟人天下了于胸，帷幄绸缪坐似钟。
爱将狂飙天际落，金戈铁马快如风。
岂知方寸蛮笺语，反目君臣论悖同。
今日俱乘仙鹤去，此时方省事能容。

写毛泽东的诗篇可谓汗牛充栋，当然颂扬者居多，亦不乏批评贬责的。把毛泽东与彭德怀这两个既是战友又是政敌的伟人放在同一首诗中来写却极为罕见。如何在一首七律中把两个人的恩恩怨怨、是是非非说清楚、道明白呢？诗人举重若轻，寥寥数语就“盖棺定论”：“今日俱乘仙鹤去，此时方省事能容。”一个“容”字真是海纳百川，给读者留下许多思考。

写普通民众的诗也很出彩：

毛刷挥舞脚蹬箱，席地坊间开了张。
莫觑指头黑杵杵，换来鞋面锃光光。
任他车赴琼林宴，凭尔步约如意郎。
各位发财我吃饭，人间三百六十行。

（《擦鞋人》）

擦鞋人与拾荒者可以说是生活在社会最底层的民众，但他们亦有谋生的权利与生存的价值。这首诗的难能可贵之处在于它写出了底层民众的心态与尊严，表现了对他们的关照与体恤。在构思与炼句上这首诗也多处可圈可点。“各位发财我吃饭”，纯俚俗语言，放在这里不卑不亢，恰到好处，真可谓俗中见雅。

用语：二黄八板

二黄八板本是一京剧曲牌名，在湖北方言中是讲话不靠谱、没轻没重的意思。笔者以为诗的语言就是需要讲话不靠谱，靠谱了还叫诗么？君不见前人有论：“诗有别才，非关书也；诗有别趣，非关理也。”于是，笔者借来大胆运用。先看这首《遇乞》：

每遇讨乞堪可怜，随将零币掷身边。
蓦然一物砸向我，通胀不收钢蹦钱。

（《遇乞》）

表面看来这个乞丐不知好歹、二黄八板的，其实是诗人在惨淡经营，营造语境：通货膨胀，货币贬值，一元钱的钢币换不来一个烧饼，乞丐拒收也在情理之中。“蓦然一物砸向我”，来得忒传神，诗人心理变化也活灵活现。一切都在不经意之中，一切却又在字背之后。

朋俦联袂筑城墙，南北东西据四方。
私约三章皆首肯，例规九款勿装佯。
钩心斗角为正态，我诈尔虞非反常。
麻将小玩添奕趣，一沾赌字不认娘。

（《牌趣〈麻将〉》）

“一沾我字不认娘”，大有短兵相接、一触即发的意味。联系到颈联“勾心斗角为正态，我诈尔虞非反常”的描述，麻将场上牌局胜负、人情世故确实瞬息万变。

可别以为李清泉只会以大白话入诗，有些篇什又大量引用典故，生僻字频繁出现，写得文绉绉的，不凭借字典还真难看懂，甚至读都读不通。

未曾异想已天开，铁契丹书降怪才。
樗栎劣徒递白卷，饱学教授挂黑牌。
冬烘独有升官路，狷介偏无立陛阶。
铁嫂料今应有后，偏方且莫授儿侪。

（《忆白卷英雄张铁生》）

这首诗用了“异想天开”“丹书铁契”“樗栎”“饱学”“冬烘”“狷介”“陛阶”等成语与典故，还生造了一个“铁嫂”，差不多句句用典，而且都很到位，对白卷英雄的讽刺达到无以复加的程度，令人叫绝。

文艺复兴赓火燃，清风恺悌孕摇篮。
石雕壁画煌煌在，郢匠宗师辈辈传。
雾里新堂聆旧曲，云中红馆袅青烟。
洵非虚誉神仙境，举世惟斯谁与攀。

（《佛罗伦萨》）

笔者对佛罗伦萨的最初印象来自小说《牛虻》，但此生从未奢求前往。这回凭诗人的笔力算是作了一番神游。又上网搜索，才对石雕、壁画、旧曲、红馆有了些许的了解，又查字典明白了赓火、郢匠的意思，对这座诞生欧洲文艺复兴的城市有了进一步的了解，至此对诗人的学养由衷敬佩。

“一根筋”是古董、呆板的意思，指人思想僵化，一条道走到黑。一首诗应当是一个鲜活的生命体，小巧玲珑，招人可爱。如果打扮得像个小老头，说起话来四平八稳，走起路来未老先衰，或者城府深深、阴阳怪气，谁还喜爱呢？李清泉的诗给我们的却是另外一种感觉，它生动活泼，为人们喜闻乐见。读他的诗，我们无处不感到作者对传统理念的挑战，无时不佩服他的诗才与学养。

依然昨日少年郎

宋湘绮

相识数年。李葆国兄是近六届“全国中华诗词学术研讨会”的总联络员。联络了人，打通了心，盛情雅意都在诗里荡漾。尤其是近三年，与高手过招、挑战自我的他，对诗的把握日益精进。好诗不是青春的火花，而是陈年老酒。需要一访、二访、再访的精神，需要时间、阅历濡养诗意，萃取思想。从不识愁滋味的纯情少年，到饱尝人世滋味的中年，葆国行走山水间，一路朗吟，痴心不改。有人夸他雄浑当中不失韵味，豪放之前不减冲淡，自然之外不损含蓄。实至名归。作为读者，我更感到一份深情。

黄叶村，疏篱枯藤，门前冷落，谁还在意这片荒郊呢？葆国他春访、夏访、秋访、再访。黄叶村，孕育了曹雪芹的红楼世界，提出了荷马史诗、希腊悲剧；但丁神曲、莎士比亚戏剧等经典极品中对人的价值的终极追问。访问黄叶村，是访问红楼，叩问人生，认识自我。在黄叶村，诗人收获不小。葆国的六首黄叶村，艰难攀爬在人的认识旅途，足见其怀抱。“谁唱那曲枉凝眉？偏向红楼说梦乡。”访黄叶村，是访曹雪芹。潇潇竹林，田间小路，断了绳索的辘轳，干涸了的水井……三尺书案前，葆国对大师的虔诚仰望就在那无语倾诉中。《春访黄叶村》：

疏篱仄巷傍垂杨，道是先生耕砚堂。
茅屋春回门半掩，老槐人去叶初长。
每从顽石问津渡，偏向红楼说梦乡。
宅畔几株花似雪，东风一度一神伤。

这是一曲青春祭，更是一曲人生祭。走过月迷津渡的困惑，割舍不了红楼一梦的尘缘往事。悲剧是人的命运，与悲剧抗争的美，至今还摇曳宅畔，虽然，“东风一度一神伤”，但年年春来，依然绽放枝头。人啊人，大写的人！可歌可泣的人！矗立在疏篱垂杨仄巷，教后世仰慕。自然把自己赋予人，人有几个能意识到自己就是自然？人也有春发枝头的蓬勃，也有冬老冻土的苍凉；人就是自然之子。可人总在背道而驰，红楼世界转头空，机关算尽，误了卿卿性命。在黄叶村，曹雪芹创造了红楼世界，创造了中国文学的巅峰，提出了中国人对世界、对人自身的诗性认识。抚摸着曹雪芹故居的荒草废石，葆国屏息倾听。灯红酒绿的城，来来往往的人，得过且过的事，一一远去。唯有“偏向红楼说梦乡”的执着不屈不饶，无法言说地“梦”啊，永恒的迷，诗人大泪长流。为什么偏偏要？那路见不平一声吼的一腔热血、那异乡“倒爷”的漫漫长夜、那唇齿相依的丝丝温情，都在诗人的心头喧嚣、发酵、酝酿，喷薄欲出。为什么偏偏要？因为春去春回，人的尊严与人的价值就在那一次次精神风暴中觉醒，那饱蘸大地乳汁的生命要发芽，要破土。“茅屋春回门半掩，老槐人去叶初长。”诗人对黄叶村春天的造访是一次精神发育，是人到中年过红搂世界的一次深情凝望。“红楼”是划时代的宇宙、社会、人生、人性，是曹雪芹一生困惑，也是诗人葆国的纠结。诗人在黄叶村，第一次感到现实这个精神焦虑的“大茅屋”好空好黑。大师远去，精神无依无靠、无处告解。人，逃脱不了孤独，逃脱不了“槐老人去”的伤感。死亡意识往往是艺术感觉觉醒的先兆，未知死焉知生？向死而生，才能启动意义、价值的追求。在生死之间，无限细分这有限的距离，才能活出滋味，活出新意。生活赐我新舞鞋，我为生活舞翩跹。“树发新枝”，葆国开始寻找新的自我，继续追问曹雪芹的问题：为什么活着？歌舞升平，小酒左欢也是福啊，葆国你偏偏要问。春去秋来，问得黄叶村在寒风中哽咽。“宅畔几株花似雪，东风一度一神伤的痛，人类无法逃避。曹雪芹逃向了虚空，消失在雪地。诗人葆国不甘心，不愿逃。葆国的目光投向了红楼的尽头，白茫茫大地真干净。空啊，好空。千秋万代的人生，不过红楼一梦的悲凉葆国仰天长啸，啸出精神，啸出诗，啸出了从“欲”走向“情”的觉醒，啸出了从“情”走向“灵”的升华，啸出了从“灵”走向“空”的澄明。葆国的“空”不是“虚空”，而是放下物质诱惑的精神充盈、空灵彻悟之千空”，是“无中生有”，是“宅畔几株花以雪”的春消息，是“东风一度一神伤”的悲悯情，是“偏向红楼说梦乡”的理想主义，知其不可为而为之。一个久久徘徊的行者就这样再次走进烟雨红楼，把栏杆拍遍，把秋水望穿。这是诗人的宿命。

红楼是人类永恒的生存困境、心灵困境、人性困境。人的一生就是自然界的春夏秋冬，终归逝去。人类亦然。曹雪芹写出人生彻底的悲剧性，但他无法超越，把宝玉留在了白茫茫的大地上，把代代后人留在这人生百年的大红楼。诗人葆国，偏向虎山行，在雪地留下他那一声长啸。

葆国四访黄叶村是一个启动仪式。启动了他盛年的再一次成长，对人的问题的当代思考，是文化转型的大命题。其中的迷惘、困惑、勇气都在葆国的新作《石桥轩吟稿》中泄露，最豪迈的是“长城咏怀”。

诗人攀登山海关、将军关、居庸关、八达岭、青山关、镇北台，指点江山，咏史怀古，豪气干云，“但使秋风染双鬓，不教征骨没蒿莱”。

对人生，对人的自我认识是每个人都要攀登的万里长城，诗人先行一步，把酒问天，为精神成长奠基。

《石桥轩吟稿》分五辑。除了“长城咏怀”，还有“燕山拾韵”“天涯屐痕”“诗词心语”“隋寄辽东”。在后四辑中，你会发现这个“长城好汉”永远不老的少年情怀。葆国的一首小诗《相见》，会让你想起槟榔树下的少年郎，相约小河边的那片月色渐渐浮上了心头。那个春节，葆国兄见到分别40年的初恋小妹：

一声呼唤动心房，泪眼难从辨海桑。
卅载风霜偕绮梦，依然昨日小姑娘。

三十年功名，八千里路，再蹉跎十年，就是这个离别的“距离”。春在枝头的羞涩跃然纸上，深情不与秋山老的柔情蜜意令人唏嘘。艺术关乎永恒的时间，那些均匀流逝的时间谁还记得呢？时空本是无所谓的，因少年的深情，这个时间、距离无限延伸。人在艺术时间中超越了悲欢离合、万水千山，水墨画一般把那最初的情怀晕染开来。叫人黯然神伤，好诗都是一个永恒的未知结构，和人的情绪纠结在一起，欲罢不能、欲说还休。

葆国兄的《相见》和席慕容的《莲》一同把人类春心萌动的情愫推向了藕塘深处。那莲花般的小姑娘，软语呢喃：“如何让你遇见我，在我最美丽的时刻。为这，我已在佛前求了五百年……阳光下，慎重地开满了花，朵朵都是我前世的盼望。当你走近，请你细听，那颤抖的叶，是我等待的热情。而当你终于无视地走过，在你身后落了一地的……那不是花瓣，那是我凋零的心。”不可重来的岁月啊，纵然是错过，也错得如此之美。诗词就是写出人的模样、人的境遇、人的选择。点石成金。用深情和想象的经纬，织一条黄丝带，拴在枝头，向生命致敬。

人的本质都是一个先验的小自然。在社会化的过程中，累坏了的人，一直想回家，回到黄叶村，回到小河边，回到青草地。所以，沧海桑田，诗人们几千年来唱的多是风花雪月，因为那也是人自身的节气和律动，峰回路转，草木含情，山水得意。从这个角度上说，诗要用“小词”、用“草根语言”；“大词”“官话”离泥土、自然太远，读起来哽喉咙。触动情，产生思，才行。深远的思总会回到远古的记忆里，与原始意象合拍。那包含未来的“种子”才可能在读者的心田发芽、开花、结果——那是人类共有的过去、现在、未来。

人，由大自然造化。大自然孕育了人这个小自然，是想通过人对自我的认识和提升，来认识大自然。人类正在认识到这一点。

这一点，对当代诗词创作很重要。如果说当代诗词和唐诗宋词有何区别的话，区别就在当代诗词创作视野垂直于现实，向思想出发。古代艺术还只是感性觉悟，深浅不一，而现代艺术则是深度的、感性的认识论。这是艺术的进步，是人的进步，是人创造艺术、改造自身、美化自然的历史使命。那个河边少年、那个饮马长城脚下的好汉、那个久久徘徊在黄叶村的葆国正在认识的旅途上，风雨兼程。

诗，就是通过感情直观、艺术地认识人这个自然。好诗为什么总是情景交融？是人的小自然与景的大自然和谐共振了，人的小自然接通了大自然的“波”，人就感觉到“回家了”。

葆国的诗，带我们从世俗的险滩，回到黄叶村、回到初恋的小河边。在这么纯净的自然面前，一切繁华都烟消云散，唯有生命中美好的心灵、情感、品格才是人生诗意的源泉。

心有灵笛诗自成

——读张庆和的诗

邢海珍

一册《灵笛》翻开，让我眼前一亮，读来心旷神怡，就像坐在亲切的暖风中，享受着鸟语花香，陶醉着春光明媚。与诗人张庆和虽谋面不多，但读他的许多诗，可以说是心仪已久。他的许多精短的诗篇创造出了清新而美妙的情境，常常让我流连其中。

在诗意的创造中，不同的诗人所显现的风格特色不同，就像百花园中不同的花朵各有姿态，形成了五彩斑斓的互补之势。张庆和的诗不是那种雍容华贵的气度，不是那种幽谧玄奥的境界。他追求的是轻盈和俏丽，让风中的“灵笛”发出天籁般的袅袅之声。时光岁月在诗人的笔下凝结成情感的晶体，寄托于大自然的万千物象之中。人性和人情的内蕴便如细雨和露珠不断地从文字中间滚动下来。我说张庆和作为诗者，是一位心有“灵笛”的人。他的生命是被这美妙的乐声唤醒的。他把人生世界铺成一条诗意之路。飞鸟的歌唱、山泉的奏鸣以及晨风的流韵都活跃在他的文字之中。

大诗人艾青说过这样的话：“诗的情感的真挚是诗人对于读者的尊敬与信任。诗人当他把自己隐秘在胸中的悲喜向外倾诉的时候，他只是努力以自己的忠实来换取读者的忠实。”（《诗论》）面对读者，诗人必须从心性出发，把内心最真挚的情感表现出来，敞开灵魂的大门，搭建一座通向读者的“忠实”的桥梁。张庆和的诗是对人间大爱的真诚抒写，是从自我的切身体验和感受开始，

对于生命和哲思的叩问。从表面看，他的诗格局和体制不大。但诗人的襟怀开阔，能在尺幅之内驰骋无边无际的想象。题为《锁链》的诗可以称之为“小诗”。诗人在构思中抓住一个点，让一个与爱情有关的小镜头闪动着独异的光彩：

新月弯弯
柳帘羞面
湖边
你手指绞弄柳叶
“我们……”
话刚露头
又被樱唇咬断
踏踏踏……
你甩个背影
拉长我的视线

从此　你身上
就总缠着
用我的目光铸成的锁链

诗人只是轻轻几笔的点染，便把清新和谐的自然之景与含蓄真切的人间之情水乳般地交融在一起，如一幅淡雅纯净的水墨画，把复杂的内心世界用极为单纯的方式准确而生动地表现出来。“新月弯弯/柳帘羞面”可说是起笔不凡，以拟人化的景致为人情的表现做出了简洁而有特色的衬托和铺垫。接下来是人物的行为动作，以外写内的手法形象地表现出爱情心理的动态效果。相爱的人内心羞涩，是欲言又止。“绞弄柳叶”的手不知如何是好，叙写简省而又鲜活，真是呼之欲出。尤其让人叫绝的是“话刚露头/又被樱唇咬断”，诗意充沛，境界全出，恰切而又美妙。最后诗人扣住题目，目光成了爱的“锁链”，圆满地完成了起承转合的过程。这样一首小诗，以很少的文字量做到了首尾圆和，使诗意成为一个美的整体。

心有灵笛诗自成。诗的创造就是以艺术的力量去拓展情怀和心性，以诗意之美去构建一个强大的内在世界。南朝时期大文论家钟嵘在《诗品》中论及晋代阮籍《咏怀》诗时这样评价：“言在耳目之内，情寄八荒之表。洋洋乎会与《风》《雅》，使人忘其鄙近，自致远大，颇多感慨之词。”一个诗人的优长之处当然在于“情寄八荒”的视域之功，能够运用语言进入博大的情境，“忘其鄙近，自致远大”，在创造中彰显艺术本身的情感力量。张庆和的诗造化于天地自然，从纯净的心性出发，寓感慨于景致之中，常能以小见大，播生命的光彩于景致之外。在《春事四首》中，诗人写平常的春天景象却能独步境中，平中见奇。在最后一首中这样写道：

春风把叶儿摇醒
小鸟把花儿唤醒
不肯醒来的是那座灰楼
——它太破旧了
它太劳累了
它太固执了

阳光却宽厚地说
就让它睡吧
等它醒来的时候
会突然发现
这里
又是一片全新的风景

诗人写那司空见惯的“灰楼”，在春风和花朵中形成了一种鲜明的对照，这就是拓展情怀的“感慨之词”。“破旧”“劳累”“固执”，与春天的风景显然难以协调但诗人却从另一个角度表现阳光的“宽厚”。他代表“灰楼”看到了“一片全新的风景”。诗的体制虽然不大，但诗人的胸襟却特别开阔，让人不断地从星光闪烁的新意中获得艺术享受。

在诗歌创作中，张庆和善于从生活中提炼鲜活的诗歌意象，提高诗的艺术表现力，加大情感内蕴的意义深度。写爱情他力求找到新的角度。《你曾经走进我的生命》写没有“终成眷属”的情感经历，读来让人有一种刻骨铭心的感动。“你没有走入我的生活/却走进了我的生命”，“太阳企图提拔影子/被一片云改不了风景”，确实是独特的体验和感受。《我们的事》写的也是这样的心境：

小鹿小兔不住一个小屋
只好天南地北地遥遥祝福
偶尔还能去梦里见见
梦里的影子模模糊糊

这样的诗虽然“语不惊人”但却真切而有韵味，是从心里流出来的文字，把一个严肃而又令人感伤的话题说得很俏，很有情趣。张庆和的“灵笛”之音，新意不绝，且有绕梁之效。他是一位特别注重提炼的诗人，在短中求平易，在短中求精到。更重要一点是他把创新的追求放在首位，让诗意从文字中放射出思想和艺术的奇异光彩来。

在《对“诗歌经验现象”的反思》一文中，诗人梁南说：“创新是所有艺术的本质属性，诗尤不能例外：诗必须用创新来武装自己。这是诗的信条。创新时刻表现在刻意输入最新鲜的文明成果，用以丰沛自己的生命形式，而不是让你替它打针服药来维持老化的生命。”（《在缪斯伞下》）从张庆和的诗中，我们看到诗人灵感的跳跃和想象力的升腾，打开了一扇扇心灵的窗子，让人置身于一个个鲜活的意象和情境之中，领略着他生命体验和感悟的精华。他诗歌的情怀和思考就是“最新鲜的文明成果”，给人以陶醉，给人以启迪。《小站》一诗虽然只有短短几句，但诗人写得自然而酣畅，有很高的艺术品位：

车站
一阵铃声
惊落满天星星
有的挂上枝叶
有的跌进草丛
还有两颗呀
真淘气——

躲进了妻子送别的眼睛……

车站的铃声把满天星星，惊落，天上地下，想象很奇特，境界非常高远。本来写夫妻的感情，是离别的主题，但诗人是顾左右而言他，只是最后一下子点到了“妻子送别的眼睛”便戛然而止，给人留下了极大的回味空间。《仰视》这首小诗也很短，全诗只有六个短句，但也是平中见奇，写得理性豁然，可以看出思考的深度：

你看我时
很小
我看你时
也很小
是山的位置抬举了你
别把它当成自己的高度

诗的前四句是铺垫，看似有意无意地说去，但一读最后两句便陡然一惊，再回头看前四句时则让人刮目。写人生和生命的高度，写人的价值，许多时候人们忽略的是“山的位置”。诗人精确的概括是一种提醒，是一种启迪，可以说是一种生命的觉悟。这样的诗虽然体制很小，但其内蕴却很深远。创新精神是诗人张庆和写作的生命底气。他的诗总能以新意构成“丰沛的生命形式”，把诗意引向一片心灵的澄明之境。

诗人张庆和是军人出身。他始终身系着责任和使命。他写了很多关注现实和咏怀时事的诗。与非典争锋，为抗震歌唱，表现出一种与国家与人民心连心、同命运的大襟抱。诗集中有写军营、写工厂的诗，洋溢着诗人对生活的热爱之情。写《国际歌》，写西柏坡，抒发政治情怀，表现出诗人强烈的时代感和战斗精神。诗人写邓小平逝世的《那夜，北京大风》一诗可谓情深意重，表达了对一个时代曾做出独特贡献的伟大历史人物的缅怀和敬仰。诗中有这样一节：

风是一种天意
风是一种感应
知道您一生坎坷
才把您的去路清扫干净
知道您年事已高
才把星月擦拭得锃亮
——为您一路照明

诗人把政治内涵化入诗意的观照，以“风”的意象来寄托发自内心的情感，把一种天地间流动的悠远感叹写得大气而又舒展。这样的诗既意向明晰，又非标语口号，较好地把握了政治抒情的度，体现了深入的人性人情关怀，具有充分的时代精神和厚重的历史感。

《灵笛》是一本有质量的诗作，是诗人张庆和近年出版的一本总结性的诗集，在一定程度上反映了诗人不无唯美色彩的创作倾向。这位心有灵笛的诗人，或许能够以此作为一个新的起点，在创造的路上不断发挥自己的优长，写出更多的无愧于诗人称号、无愧于时代责任的佳作来。

读杨光治的诗词

黄树红

我最早读到杨光治先生的作品，是20世纪80年代初。当时，我很佩服他的才气。1985年我调回广州，很快就认识了他。在多次的接触中，觉得杨先生很随和，说话幽默风趣，很容易把相互间拉近距离。我多次请他给我系学生讲课。他那深入浅出、妙趣横生的讲授，给学生们留下了难忘的印象。打那以后，我经常能读到他的著作。其中《温馨的爱——席慕容抒情诗文赏析》《引你入诗坛》《野诗情趣》等专著，是我爱不释手的，感到他真不愧是一个诗评家。后来又读到他的《不吐不快》和《触动心灵》，才知道他还是杂文家和散文家，很多评论界人士也都这样评说。最近我再读他的《评论视野中的杨光治暨杨光治诗选》，特别是比较深入地拜读了他的旧体诗词和新诗，认识到他是一个优秀的诗人，相信读过他的诗的人一定会赞同我这个说法。

我在《评论视野中的杨光治暨杨光治诗选》中，读到他的诗词时，总觉得是在读诗的杂文。这种诗词恐怕是最难写的，既要有灵巧的形象思维，又要有杂文的幽默特性，更要有杂文的硬骨品格。

一、诗词艺术的高超

今人讲的旧体诗词，通常是指格律诗词。杨光治先生标明的“旧体诗词”，除几首注明是“打油”之外，都符合格律，即符合押韵、平仄、对仗等三大要素的要求。早在四十多年前的1969年，年轻的杨先生就能写出如《七律（二首）·元日被羁“牛栏”感赋》这样很标准的格律诗，足见诗词修养的精湛。

杨先生诗词的艺术确是高超，主要表现在形象思维的灵巧。运用形象思维，目的首先是为了锤炼意象和创造意境。杨先生的诗词在锤炼意象方面很见功夫。如1972年写的七绝《石》（八首），就从不同角度、不同情感，锤炼出“石”的八种意象：有梦之石、硬石、砚石、梁材之石、补天石、碑石、佛石、狮石等，无不个性鲜明，栩栩如生。又如1974年填的一首《水调歌头》，抒写夹在书页上的一片蔷薇。诗人用“枯”锤炼出一片“蔷薇”的意象。全诗紧扣“枯”状：“香殒色销”“残枝”“零落化尘沙”等，意在揭示当年“极左”思潮下知识分子如枯蔷薇那样的命运；这一意象既具体可感又饱含感情。《水调歌头·帽峰山》这首词，通过景物描写来表现感情，很有意味。开篇“幽涧溅珠玉，野卉吐芬芳。帽峰妩媚婷立，万木郁苍苍。千顷铜锣潋滟，皱起层层细浪，絮絮诉衷肠。”连用了幽涧珠玉、野卉芬芳、妩媚婷立、

万木苍苍、千顷潋滟、层层细浪等六样景物描写，来“诉”说对帽峰山的“衷肠”，这是一层描写；再通过“阵阵南风”的景物描写，来表达“肺腑也清凉”之感受，这是又一层描写。这两层描写创造出情景相生的意境，令人神往。

杨先生有的诗词，生动地运用了嘲讽手法。如《定风波·席上戏谈“女祸”》，历数古代的“女祸”故事后，以结句“今天酒菜顶呱呱”来讽刺某些官员的腐败奢侈还恬不知耻。《打油三首·诗园棘艾录》，一个“棘”字，把明哲保身、装腔作势、不懂装懂的人调侃得入木三分，读之，令人啼笑皆非。特别是他那组为方唐漫画配诗配词系列作品，更看出讽刺手法的功力。这些功力离不开精彩的想象和联想，这也是诗词艺术高超的表现。

二、杂文的幽默特性

杨先生的部分旧体诗词很有杂文的幽默特性。

幽默，是杂文的最大特点，它能充分地显现出人类智慧的光芒。健康的幽默，是一种高效能的洗涤剂，可以帮助人们清除现实生活中的污垢和丑恶，纯洁和净化人们的言谈举止、道德情操和思想灵魂。正因为如此，文学大师们都驾驭幽默扬帆。莎士比亚、巴尔扎克、托尔斯泰，经常运用“讽刺性幽默”；果戈里、契诃夫，经常运用“诙谐性幽默”；鲁迅，则经常运用“辛辣性幽默”。大师们都以自己的幽默才能，创作出具有自己风格的作品。

杨先生善于运用幽默。他顺手从现实生活中或从报刊上捡出一些令人喷饭的政治的、社会的笑料，进行讽刺挖苦、辛辣鞭挞，以表现严肃的主题，给人以严肃的审美和知觉。其中的《局长改诗》是从报刊上捡来的“笑料”：某日的《人民日报·战地》版，有一篇名为《局长改诗》的短文，说某局长将别人的诗句“铁臂银锹伏龙王”改为“肉臂铁锹挖河沟”。于是，杨先生写了“铁臂银锹太荒唐，写诗不准乱撒谎。谁人白发三千丈，将他抓来量一量！”这首打油诗，揭露多么尖锐，讽刺又何其幽默！《保险秘诀》《政治抒情》二首则是从现实生活中感受到的“材料”：现实中那些“事不关己，高高挂起”的“诗人”，有一套秘诀，就是杨先生写的“无棱无角不伤肤，不冷不热最怡神。人间痛痒何关我？保险箱里自长吟。”安全之至，但其作品无益于世。有一些“诗人”想紧跟形势“突出政治”，但又企求安稳。于是，杨先生通过“巧将社论截成行，观点鲜明句句精。叹号如林呈意境，呵呀频唤见豪情”，这四行打油诗来讽刺他们的大作。杨先生为方唐漫画配诗配词近 10 首，形成系列。它们的材料都来自现实生活，经画家幽默，再到杨先生挖苦，就更显得尖刻辛辣，使之无地自容。

三、杂文的硬骨品格

杨先生的旧体诗词还具有硬骨品格，所以我特生敬意。硬骨品格，是杂文的又一个特性。杂文，这个曾经被瞿秋白称之为战斗的“阜利通”(feuilleton)的文种，既是社会性的论文，又是文艺性的论文，不仅要有敏感的思维、深厚的文艺素养和幽默才能，而且还要有高度的社会责任感和斗争勇气；因为它“要催促新的产生，对于有害于新的旧物，则竭力加以排击”，要进行“‘文明批评’和‘社会批评’”(鲁迅语)。这样，自然要得罪一些人。杂文家们常常会受到误解，甚至遭到谩骂，弄得遍体鳞伤。然而杂文家们并不畏惧。

在一个杂文已被认为是“文学之末”的国度，在一个文学已经失却“轰动效应”的世俗时代，尤其是在“极左”思潮泛滥的那个年代，杨先生敢于以传统的形式创作具有杂文格调的诗词，真有点硬骨。早在1967年冬，他就写出“剥皮”孟浩然《春晓》的《冬晓》，1969年写出《元日被羁“牛栏”感赋》二首，1974年写出《定风波·席上戏谈“女祸”》，1975年写出《鹧鸪天（二首）·代人赋》《七律·是非》《踏莎行·重阳佳节，不准登高，感赋》等。这些诗词，或以自嘲的口吻，或以调侃的笔法，批判“极左”思潮。以后，他继续写了上文提及的《打油三首·诗园棘艾录》，以及为方唐漫画配诗配词系列。从这可以看出他的社会责任感，看出他敢于针砭时弊的大无畏的勇气。“文如其人”，他将《七绝（八首）·石》之二：“悠然默处莽林间，雷电风霜若等闲。本性愚冥君莫笑，身躯宁碎不能弯。”以毛笔手书并印在本书的封底，就足以证明。

杨先生的不少诗词令人过目难忘，究其原因，就是极有特色。

读《如诗云南》谈品位

颜　石

这是就事说事，说的是诗品与人品。

《如诗云南》由云南人民出版社出版5000册，数字不算少。尤其时下常见把病态当美容，时不时地在陋巷集市兜集；把伪劣镀一层铜水当金品充斥于闹市；相比之下，这个印刷数字是乐观的。最近翻了翻它，还觉得有亮点，也就读完了。之后，还想说点什么。

认识没几年的项兆斌于花甲之年，三年出版了两部长篇，接着又出了装帧不错的诗集。《华夏纪实》出了他的专刊，诗作诗评时常见之报刊。我的阅历中年岁最大的成功者在中国：北京有一位82岁高龄的梁颢中了状元，他感慨万千，写了一首《谢恩诗》，有这样的句子：“饶他白发巾中满，且喜青云足下生……也知年少登科好，怎奈龙头属志成。”诗经杜甫也有精辟总结："晚节渐于诗律细，庚信文章老更成。"少年得志，老年成功，古往今来不乏其人，可能各有各的原因吧！

在一次诗人集会中，项兆斌讲了一段往事：年轻时在工厂里工作，写了一首歌颂党的诗却挨批挨整了。他向领导解释，领导不懂诗，但懂整人，直截了当告诉他："你现在应该明白，我们就是要整你。"这事件之后，他就不再写东西了。但是，"天生我才必有用"。那把写作的种子始终储存在他心灵里，直到他找到好的土地与季节播种收获。

我也谈了关于诗品与人品的历史故事。我说的是唐代大诗人李绅因受朝廷守旧派排挤被贬到端州后写了《悯农》诗，其一是："锄禾日当午，汗滴禾下土，谁知盘中餐，粒粒皆辛苦。"至今千余年，这首诗普及最广，诗教简易，没有官方文件，全是百姓代代传诵，不分贫富，不分老幼，几乎人人能背。这就是诗品，与李绅的人品一致。我同时也谈了唐代七绝圣手王昌龄被亳州刺史、心胸狭窄妒才的小人闾丘晓杀害了。而这个小人终于遭报，最后被河南节度史张镐问罪杀了。张镐曾对李白、杜甫获咎时施以援手。闾丘晓人品极差，没留下一首好诗。

项兆斌有时也能碰上当年整他的人对他恭维几句，他只一笑了之。往事如烟，就让他烟消云散罢了。

我与项兆斌相识时间不长，但读他的作品不少。这次读他的《如诗云南》，我与诗品人品联系起来看。我觉得，诗作就是一面镜子，能从一定角度反映出作者的人格品位。

集子里的《为父亲项瑞霁年岁九旬画像》，让我明白了他在工厂里工作时为什么要挨整挨批，在那个"老子英雄儿好汉，老子反动儿混蛋"的岁月里，要搞阶级斗争典型事迹，他是首选又有什么奇怪呢！请看（前后四行诗省略）：

昔日的伪党员
今天的爱国人士
昔日的伪军官
今天的抗战老兵
昔日的伪军校学生
今天的黄埔寿星
昔日的阶下囚
今天的座上宾

这是家的不幸与有幸、耻辱与荣耀、有罪与有功、人上与人下的雕刻记忆，也说明了社会在进步。诗人作为亲历者正确地面对，接受了这一切并以诗记叙了这段历史。他的《中秋夜致女儿》：

高高的山，深深的海
拦不住我对女儿亲情无限
大大的天，宽宽的地
隔不断我对女儿的挂牵无边

长长的河，远远的路
带走了我对女儿的千声叨念

清清的风，飘飘的云
捎去了我对女儿的万声祝愿

旧旧的屋，甜甜的像
女儿在墙上微笑着和我做伴
圆圆的月，靓靓的娟
祝愿女儿万事圆圆满满

读完这12行诗胜过读几千文字，这就是诗的艺术功力，仿佛看到作者热泪盈眶，用笔沾着心血写就。这种血缘深情，应该是作为父亲最真挚最深切的情感，它属于真善美的，也映衬出诗人爱的心田。对一个家来讲，这种爱是必须的；而对于一个民族来讲，他的祖先岂不是同样祝愿子孙后裔也要这样相爱吗？

想当诗人，视野世界应当广阔。所面对的事物必然引起思考，能够写成诗的并非眉毛胡子一把抓，宏观或微观的摄入没有典型，意义可能导致失败。艾青大师在《诗论》中有这样的论述："写作必须在不写就要引起无限悔恨与懊丧的时侯来开始，不然的话，你所写的东西是要引起无限的悔恨与懊丧的。"项兆斌在他生活的云南，写云南是"彩云的故里"，昆明是"春姑娘的家乡"。他写《西郊睡美人山》："长发浪涌碧波/酥胸峰挺蓝天/千年前许愿——谁能将她唤醒/她就做谁的新娘"。这样简洁明快、短小精悍的诗句，阴阳相合，柔情美韵，意境如画。他爱这片土地之深，一目了然。他写《石林》之一："民歌的海洋/凝固的音符。"之二："'不愿做奴隶的人们'铁拳高举。"之三："宇宙万物的天之雕。"这样的诗、意味深长，画面生动。从其炼句之功，看得出作者对诗与对汉语文字的敬重与锤炼。《春姑娘的家乡美昆明》四节20行诗，第一节两行，第四节为加深情感重复第一节两句。第二节：

春姑娘就是滇池OK
五百里银波抒柔情
金太阳是她的粗脸蛋
银月亮是她的亮眼睛
春姑娘还是美人山
千年湖滨盼情人
今年十八呀明年十七
睡美人永远最年轻

这8行诗写昆明之美如春姑娘般纯情大美，高雅大度，节奏轻松，韵律自然。又进一步以海鸥、翠湖、红山茶、茶花、花裙为春姑娘——昆明之美塑像。诗行整体排列与韵律合拍、也较美观；从律感上看，诗人把古体诗词与新诗结合得很好，没有生硬凑的别扭，应该是提倡的诗体形式。当然，任何一种新、旧体或创新体只要符合诗美诗律都不应排斥。作者写云南之美还有很多，有感而写就好，写出来心情舒畅就好。诗集里还有写民歌的、孔雀的、昆明社区花絮的，以及从诗人生活阅历中提取的画面，都如明镜般活现着爱的感怀、善的记叙，哪怕治痛的记忆，也是美与善的交织。写到这里，应该读一下泰斗艾青在《诗

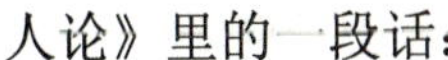

人论》里的一段话：

假如人生是匆忙的过客，在世界上
　彷徨一些时日……
假如活着只求一身温饱，和一些人
　打招呼、道安……
不曾领悟什么，也不曾启示过什
　么……
没有受人毁谤，也没有诋骂过
　人……
对所看见的、所听见的、所触到的、
　没有发表过一点意见……
临死了，对永不回来的世界，没有
　遗言……
能不感到空虚和悲哀吗？

读项兆斌的《如诗云南》，我感到，诗人对人生，生活，社会，与其相关联的环境是认真而有责任感的，并且不会停止，继续攀援他所追逐的写作生活、艺术境界。

关于所谓毛泽东词《蝶恋花·向板仓》的疑问

高　昌

5月14日与著名诗人、文艺理论家郑伯农老师通电话时，郑老师提醒我注意一下近日网上流传的一首“毛泽东尘封至今83年的诗词《蝶恋花·向板仓》”。确实，网上一搜，到处都是，百度网还为此专门设立了一个词条。

这首词是这样写的：

蝶恋花·向板仓

霞光褪去何凄楚，万箭穿心不似这般苦。奈何吾身百莫赎，待到九泉愧谢汝。　　无感霜风侵蚀骨，此生煎熬难与外人吐。恸声悲歌催战鼓，更起刀枪向敌仇。

毛泽东

一九三〇年寒冬

据网上资料说，这首词刊载于《党史文苑》杂志（中共江西省委党史研究室、江西省中共党史学会主办的全国第一家党史半月刊）。有论者发表文章介绍说：“这是一首毛泽东生前填写的《蝶恋花》词，毛泽东用毛笔行草书写在10行（竖行）信笺纸上，纸张陈旧，尺寸约为285mm×198mm。这首词尘封至今已83年。整首词凄婉悲愤，读之极易使人潸然泪下，同时又易使人同仇敌忾。这首词是毛泽东何时何地为何人或何事所填？这是专家学者首先应该搞清楚的，其次才是评价其文学价值及其他。”

但我读罢此文，心中却颇有疑问。我想，与探讨该词何时何地为何人何事所填更重要的，首先是介绍这首词的发现过程，并鉴明真伪。

经过仔细品读辨析，我认为，这首词出自毛泽东之手的可信度值得研究。疑问有以下几点：

第一，这首词调寄《蝶恋花》，却不

符合《蝶恋花》的格律。是作者根本不通格律吗？答案是否定的。我们来看毛泽东写于1930年7月的《蝶恋花·从汀州向长沙》：

六月天兵征腐恶，万丈长缨要把鲲鹏缚。赣水那边红一角，偏师借重黄公略。 百万工农齐踊跃，席卷江西直捣湘和鄂。国际悲歌歌一曲，狂飙为我从天落。

这首词格律通顺，怎么可能在同一年的寒冬写《向板仓》的时候，却突然不按照《蝶恋花》的词谱规律来填词了呢？

我们再来看一看毛泽东另一首更著名的《蝶恋花·答李淑一》：

我失骄杨君失柳，杨柳轻扬直上重霄九。问讯吴刚何所有，吴刚捧出桂花酒。 寂寞嫦娥舒广袖，万里长空且为忠魂舞。忽报人间曾伏虎，泪飞顿作倾盆雨。

这首词虽然作者因为词意的原因而分用两个韵部，但平仄格律还是基本按照词谱来填的。其中“我失骄杨君失柳”和“六月天兵征腐恶”的平仄均依冯延巳“六曲阑干偎碧树”体，即“中仄中平平仄仄”。而《向板仓》第一句“霞光褪去何凄楚”的平仄格式则是“平平仄仄平平仄”。这和作者两首公认的《蝶恋花》词的平仄是迥然而异的。

第二，这首《向板仓》的文辞平淡，缺少文采，语意牵强，语气不符合毛泽东口吻。“无感霜风侵蚀骨”“此生煎熬难与外人吐”之类句子生硬诘屈，没有毛词特有的流畅神采；“恸声悲歌”重复；“起刀枪向敌仇”的句子也不符合毛泽东的彼时彼地的身份。尤其是“奈何吾身百莫赎，待到九泉愧谢汝”这两句，更不一定出自毛泽东的手笔。尽管毛泽东引用诗经的句子用百死莫赎来谈到过开慧之死，但即使在词中引用这样的语意，也会写成“奈何其身百莫赎”，我估计不会写成“吾身”百莫赎。

第三，题目和当时的历史环境不相符。一九三〇年十一月十四日，杨开慧在长沙浏阳门外识字岭英勇就义。毛泽东即便悼念杨开慧，为什么不写成“识字岭”，却写成他们居住过的“板仓”呢？

第四，落款的“一九三〇年寒冬”不符合毛泽东诗词的年代落款习惯。毛似没有在诗词末尾用季节落款的例证。某些人所论“冬”即十二月的说法，我认为很勉强。

第五，也是最重要的疑问，至今未见有人公布这首词的手稿以及详尽地论述这首词的发现过程。而我认为这些，才是认证这首词是否出自毛泽东之手的关键。

且说重庆的一场“全国诗人笔会”
（外一则）

万龙生

据权威媒体报道，前几天，在号称“诗的重镇”的重庆，举行了有全国50余位诗人、诗评家参加的“全球化语境下中国诗歌的原创力研讨会”。与会者展开了“唇枪舌剑”式的讨论。据说是“振臂一呼，应者云集”，这50余人就把“朦胧派之后形成的各个流派的原创诗人都一网打尽”了，“诗会的质量在全国看来也是非常高的”。那我们能不对其寄予厚望吗？

其实，这个论题就莫名其妙，什么是“全球化语境”？这个“语境”到底与“中国诗歌的原创力”有何关联？有谁说得清楚啊？柏桦可谓一语中的：“诗歌其实是没有一个全球化标准的”，那么“全球化语境”又何在？这样的讨论于诗歌何益，与重庆何干？

令人不解的是，既然把重庆尊为“诗歌重镇”，为什么从报道看，重庆市作协和主办单位寥寥儿位负责人倒是前往捧场，却鲜见重庆重要诗人的身影？是不是主事者太过谦虚了？或许果真是“外来和尚好念经”？从两家主流媒体浓墨重彩报道的这些大家们的精彩发言来看，很少有什么高论能够鞭辟入里，让人们闻之提神解惑；有些甚至莫名其妙，毫无意义；有的完全经不起推敲，甚至违背常识。谓若不信，试举几例：“全球化语境就是不需要翻译，读者就会感动。只要诗意永恒，任何人都能领悟。”——我实在闹不明白，像我这样的外语盲，不经过翻译，怎么能领悟普希金、歌德、雨果、济慈等等伟大诗人作品中永恒的诗意？这样就轻而易举把“全球化语境”解释清楚了？那还需要如此劳师动众、花钱出力来一本正经地研讨不休吗？“我们的语言本身就有原创性。汉语本身就带有诗性、形象性。我们的原创性就是从汉语中产生的。”——照此说来，那个“全球化语境”还有什么意义可言呢？这次研讨会不是闹着玩儿吗？再则，一种语言“本身”有什么“原创力”可言呢？语言不过是一种工具，离开了使用者，可能具有什么“原创性”？退一步说，我们承认这个判断，那么若是把“汉语”置换为别种语言，不也一样“放之四海而皆准”吗？“只要你生活得有诗意，哪怕你不写诗也可以成为诗人。”——我们换一句话说吧：只要你会讲故事，哪怕你不写小说，也可以成为作家。或者：只要你心中有画面，哪怕你不画画，也可以成为画家。或者：……这样对不对？那还要艺术家们干嘛呀？

“诗歌与大众永远有隔阂。”

——是这样吗？那些流传至今的优秀诗篇不是深入人心、永垂不朽吗？与大众有什么隔阂呢？是不是以高踞于大众之上的精神贵族自居呢？是不是为自己写不出那样的好作品找借口呢？别说早了，就是朦胧诗的几位代表人物，他们的佳作与大众也没有什么隔阂。坏就坏在“朦胧派之后形成的各个流派的原创诗人们”的确乏善可陈。出此言者自己与大众有隔阂也许不假，却偷梁换柱，说成诗歌与大众有隔阂！有就有吧，要是自认高明、高贵、高雅，也不打紧，可千万别把诗歌绑架了，把你、你们就当作诗歌的化身！“在座的很多诗人都已经是在世界上很有影响力的。”——不知这样说依据何在？还“很多”呢！还“很有”呢！会上倒是有人说，“中国古代诗歌早已具备全球化的特点”，国外很多人都能读懂李白、杜甫、陶渊明的诗歌。“在座”诸君也许听着同行的吹捧很受用，不会脸红的，但是他们谁能望那些前贤项背呀！

好了，如此种种，不必再举了。要知道，这还是老记们择其要者而取之，那些“唇枪舌剑”中不知还有些怎样的高论！这次“质量在全国看来也是非常高的”研讨会算是收场了，给重庆留下了什么呢？我不能不怀疑，通过这次活动，“推动重庆文艺事业的繁荣，增强重庆文化的软实力”的美好愿望会不会落空呢？

对中国作协“蓝皮书”的意见

——读《2013年中国文学发展状况》

万龙生

中国作协主办的《作家通讯》第三期在《文学大讲堂》专栏发表了吴义勤的长文《2013 中国文学发展状况》。由此得知从2009年起，就由中国现代文学馆组织力量编写年度“蓝皮书”，并于每年4月“世界读书日”在《人民日报》发表；而今年开始则以中国作协名义发表。果然，4月22日一篇长文《2013年中国文学发展状况》就在《人民日报》发表了。不知为什么没有冠以“蓝皮书”名目，不过以权威的“蓝皮书”视之未尝不可。紧接着次日的《文艺报》全文转载此文。有趣的是，两篇同题文章（吴文只少一“年”字）大体相同，而吴义勤的身份是中国作协属下的中国现代文学馆馆长，很显然吴文就是“蓝皮书”的初稿。总之，这个“蓝皮书”足以代表中国作协对于2013年中国文学发展状况的观点，则是完全可以肯定的。作为热爱、关心中国文学事业的文学人，也作为中国作协的会员，我认真阅读“蓝皮书”之后，有几点疑虑，不吐不快，姑妄言之，聊作“野人献芹”吧。

一、自恋情结：报喜不报忧

既然是现状，理应包含成绩和问题两个方面。然而通观蓝皮书，简直就纯系自我陶醉，看不到一丁点问题。这可是与吴义勤文章所说事实完全矛盾："中国当代文学面临前所未有的评价危机，全社会对于当代文学没有共识，分歧严重，常常陷入极端肯定与极端否定的观念对峙中。"而且吴义勤就此判断："极端是远离真相的。"但是言犹在耳，蓝皮书这种"极端肯定"明明是对于真相的遮蔽，又怎么能够成为吴义勤所说"接近和呈现真相的一种努力"呢？这岂不是自我否定吗？怎么能够自圆其说？

例如蓝皮书列举四条功绩，为文学评论评功摆好。而对人们早就啧有烦言的评论界盛行的廉价表扬、互相吹捧、甚至"红包研讨"早已导致公信力的缺失，蓝皮书对这诸多恶习却熟视无睹，只字不提。这正是中国作协不能正视问题、陷入"自恋"泥潭的例证。

二、关于诗歌

在蓝皮书中，对于文学创作几种重要门类的现状分别予以描述。（不知何故，戏剧却不在场，"被缺席"了。而众所周知，各类戏剧的剧本一向是属于文学领地的。）其中诗歌与儿童文学篇幅偏小，大体相当。所幸旧体诗在诗歌部分叨陪末座，尚有一席之地，约占百字左右。而蓝皮书承认其"日益旺盛的生机与活力"的旧体诗不入吴义勤法眼，在他的初稿中没有它的位置。这表明作为现代文学馆的馆长，还没有将当代诗词纳入他的工作范围，这与旧体诗呈复兴之势的"现状"大相径庭，也跟不上中国作协领导的认识高度。

而对于中国当前诗歌现状，蓝皮书所见也是形势"一派大好"，与它真正的现状完全不符，与真相相距甚远。就在5月14日，《文艺报》发表峭岩文章，指出"诗坛乱象不可小视。审美标准错位，惨不忍睹。"这并非危言耸听，而是有例为证：一首根据一款电子游戏写的也属游戏之作的《和僵尸作战》居然获得十万元巨奖，形同闹剧；题为《一首诗能引导我们走多远》的分行文字恶俗不堪、玷污诗歌，我都不忍引用，怕的是有污篇幅。这样的东西居然还被"名流权威"们捧为"探索新诗写作的范本"，简直匪夷所思！新诗的问题多多，不再缕述。蓝皮书似乎也有意回避，不肯涉及，甚至连一笔带过都没有"带一笔"。它的描述离真相之远不可以道里计。

不妨转述一下文学理论家洪子诚最近在一次访谈中的一个说法："中国作家协会不重视诗，他们那里也好像没有人懂诗，评出的诗歌奖，有的很搞笑。所以大家开玩笑说，作协可以改名为小说家协会了。"（《文艺报》2013.8.12）不知作协的领导们闻之作何感想？

三、关于网络文学

蓝皮书的文学创作部分，第一节就是《小说与网络文学》，看起来把网络文学摆到了很高的地位。吴义勤的初稿与此不同，是将其单列，使之“独立”，其范围同样是囿于小说。二者压根儿没有考虑到，“网络文学”的概念显然不止于小说。这样就实际上把诗歌、散文等网络文学的分支蛮横地“革除”出文学的家门了！

单说诗歌网站、博客，在网络上就不知有多少，还别提综合性文学网站一般都有诗歌板块！那么多爱诗之人，那么多每天都在生长的诗花诗草居然被一笔勾销。这样一块诗人成长的沃土，这样一支群众性诗歌队伍，居然在蓝皮书中消失得无踪无影，就像罗布泊消失于茫茫戈壁，简直难以设想！这个常识性、逻辑性的低级错误实在不该由中国作协这样的权威部门来犯吧？这反映出一个什么问题呢？不妨深长思之。

四、关于文学翻译

文学翻译是双向文学交流的必经渠道。近年来对于中国当代文学的对外译介显得十分重视。这无疑是正确的、必要的。蓝皮书强调的也是这个方面。但是与此同时，我认为外国优秀文学作品的汉译，尤其是高质量的汉译也值得重视，不能放松。

写到这里，不禁联想到一件怪事，顺便谈谈吧。在本届“鲁迅文学奖”的报评翻译作品中，有一部重庆市作协上报的引起了很大反响的翻译诗集《钟摆下的歌吟——阿克梅派诗选》竟被摒弃于参评目录之外。据说主事者给出的理由是“重译的作品不在评选范围之中”。这个理由怎么站得住脚呢？且不说此书所选俄国阿克梅派三位诗人作品中，也有完全新译的；再说，翻译外国文学作品几乎不可能“一步到位”，武断地规定一部优秀的外国文学作品重译就不能评奖，怎么能够保证翻译质量的不断提高呢？据知，著名俄国文学翻译家丁鲁首次以诗体翻译的克雷洛夫寓言，使其恢复了本来面貌，在上届“鲁奖”的评选中也惨遭淘汰。是否也是因为克氏寓言曾被译过了呢？

文学翻译的历史中，同一部外国作品出现许多不同译本完全是一种正常的现象。这有助于翻译水平的提高，进而使读者对外国优秀文学作品能够更好地得其精髓。篇帙浩繁的莎士比亚全集最近出版了第三套译本，就是由方平主持的首次“以诗译诗”的全译本。即便这样，另两部以诗译诗的全译本还正在由辜正坤教授和台湾的俞步凡翻译中。

评奖是一种重要的引导，发挥着指挥棒作用。一部外国文学作品，只要译过一次，无论其水平如何，再译就没有评奖资格，就会使一些译者失去再译的兴趣；而真正有事业心的优秀翻译家有

了更好的重译本，却被剥夺了评奖的机会，这难道公平吗？我不仅联想到洪子诚先生开的那个玩笑了；如果把关键词代换一下怎么样呢？

好了，借此机会提请主持、领导“鲁奖”评选工作的中国作协考虑这个问题吧：希望改变这一不利于翻译水平不断提高和翻译事业持续发展的错误规定。

“新古体诗”是发展，不是“倒退”

宁　正

近见《华夏诗报》上一篇题为《振兴诗歌，呼唤诗魂》文章，力图为中国诗歌当前困境寻找解脱之路；这也是笔者多年的宿愿，值得细读求知。可是，越读越觉得该文多处“准星”失常，“子弹”乱飞，负面效应严重。例如：对当前诗人们为推动中国诗歌创新、发展所作的“诗体探索”的评价，该文说成：“中国诗歌绝不能否定自由体，再回到新古体诗词的老路上去，那不是发展，是倒退。”真是大谬不然！“大谬”有三：一是倡写新诗体者是为了使诗歌更适合时代、民众的需求，是吸取格律诗和自由诗之优点，去其弊端而创作的新诗体，和格律诗、自由诗共存共荣，并未否定自由体。二是创作新诗体是对诗歌发展道路的探索，是开拓前所未有的新路，不是“老路”。三是“新古体诗词”是对诗苑的贡献，是诗歌革新的推动、是诗路的前进而不是“倒退”。以例言之，众所周知，当今中国创作“新古体诗词”的代表诗人是北京的贺敬之、南京的顾浩、台湾的范光陵等。2011年“南通诗会”已对他们的贡献、他们创作的“新古体诗词”对中国诗苑发展起了良好的巨大作用，作了热情的肯定。这是昭昭诗史的！可是这件事在《振兴》文中，却被说成是“倒退”！令人惊诧！幸好在同一天《华夏诗报》上头版热情赞誉贺老对中国诗歌发展的贡献，所以，贺老等创作“新古体诗词”是发展，不是倒退！是悬诸日月而不刊之论，这里就不多说了！

笔者对《振兴诗歌，呼唤诗魂》这篇文章深感不安的是，该文还有不少，“谬误”，若不辩正，会影响学术讨论的正常发展，必须予以澄清，以免再发生类似者。拙见可以概括为“三要、三不要”。

一要公心、激情，不要私念、情绪化。写文章，提意见，都需要激情，有激情才能下笔风生。但更要出以公心，是为真理、为事业的发声，而不是为私念所左右、情绪化的信口开河。例如：该文标题很好，能体现想为当前诗歌困境寻找解脱之路，论述通顺。可是细看下去时，却发现字里行间，表现出一种主观偏激情绪，如对当前中国诗苑情状的评估，对诗人为求解诗苑困境所作的种种探索的评价，都缺乏持平、冷静意味，竟轻率地说倡议创建“中国特色新诗体”者，是“倒退”，是“否定自由体”。这样是非颠倒，实在是情绪化造成。

二要周密审察、正确理解对方，不要吹毛求疵、误会歪曲对方。

想论述某个问题，特别是要批评他人、他文，一定要弄清楚情况，了解事情的全貌、原委、来龙去脉，了解文章的论点、论据，不能信口乱说、逞口舌笔墨之快，更不能吹毛求疵、曲解人意、歪曲原文。如 2012 年 12 月 21 日《人民日报》发表《呼唤创建中国特色新诗体》是一件应天顺人的大好事，论据、论证都很有分寸，给人很多启发，却被作者讥为一剂要挽救诗歌困局的无用的“万有灵药”，“新诗体果真有点铁成金、治乱变盛的魔力？我狐疑。”该文作者“狐疑”后，又进一步责难：“想用概念模糊的创新诗体当作破解诗坛困境的万有灵药，不现实。穴位没找准，药方无效应，盲人瞎马，前路不明。”这就更让人莫名其妙！竟将《人民日报》文章以及从事创建新诗体的同志和诗作、诗论，都说成“盲人瞎马”！这真叫有失正常情态。所以评论者的心态、情绪是搞好评论的头等大事。

三是征引对方观点要全面，自己结论要放在稳固（资料全面，论证辩证）的基础上，而不要断章取义，随意增删。我曾戏言：若要赞美别人，或赞美别人的诗文，可以“短笛无腔信口吹”；若要提不同看法、质疑，批评别人、别人诗文，则应如履薄冰，出口、下笔慎之又慎，一定要弄清楚对方观点、引述作为“靶子”时，一定要全面，不要断章取义、随意增删改。如 2010 年以来，贺敬之、丁国成、顾浩、方祖岐、王同书等积极推进中国诗歌创新、发展的研究，积极创作“新古体诗词”，积极进行创建新诗体的理论探索。这当然是功在当代、利益千秋的好事。2011 年以来，顾浩同志更著论阐述“中国特色新诗体”的基本特征：（1）精炼的语言；（2）和谐的韵律；（3）简短的篇幅；（4）多样的体式。又有人将“新诗体”概括为：“志趣高雅，精炼清醇。句式整齐，长短匀称。声调和谐，灵活用韵。结合音像，味浓体新”32 个字，从思想和艺术的言志、抒情、美语三方面丰富诗人顾浩的诗论，并深入阐述了新体产生、发展、变化的规律：格律从无到有，从简到繁，从严到无，从无到简。“中国特色新诗体”就体式而言，并无铁定模式，属于大体则有、定体则无。新古体诗词、自度曲、自由词、新格律诗以及今日顾浩所创建的“八韵体”，皆是对“新诗体”的探索，是供诗友们参照的新路，并不是炮制一个固定模式，要大家“照葫芦画瓢”，更不是说它们相加就是“中国特色新诗体”。而《振兴》文却说：“有人抢先阐释新诗体即‘新古体’+‘新格律体’+‘自度词’，此论有悖常识，谬误明显。”这个“谬误明显”，正应该说“该文”。《振兴》文这里的“失误”也有二，一是贺、丁、顾等并无任何人对“新体”是如此说的。《振兴》文正是“随意增删”别人观点，自造“靶子”，再对这“靶子”进行驳诘斥责，这是庸人自扰。二是怎么能将贺老等的探索新诗体和卑下的“下半身”等写作联在一起、相提并论，真是硬将黄金混为粪土，荒谬之至。这怎么能得到正确的结论，怎么能算学术研究？

笔者了解《振兴》文的作者，是资深诗刊编辑，一贯是肯定贺、顾等的创作和论述的，而居然有如此多的谬误，原因何在？“欠学”是最重要的。试想如果他认真学习贺老等著作，何致如此！

学术争论是好事，有争论才有前进。但是争论应有正确的规范，才能使争论沿着正确的轨道前进，才能起到真理愈辩愈明，最后达到真理得到共同认同的效果。

旭宇其人*

高洪波

认识旭宇，从读《军垦新曲》算起，足足40年了。旭宇当年在我的故乡内蒙古生产建设兵团垦荒。我在云南一处叫“大荒田”的军营学习写诗，他与火华合作的这本诗集从北疆飞到南疆，于是我记住了一个响亮的名字。

真正见到旭宇则在20年前。那时我去河北石家庄，必看三个人：一个是《小兵张嘎》的作者徐光耀，他是铁凝的恩师；一个徐光耀的儿女亲家诗人刘小放；再一个便是旭宇。徐光耀的《小兵张嘎》养育了一代人，和我是儿童文学界同行；刘小放与旭宇则是著名诗人，与我也是同行。同行相敬相亲，不看岂不是大大地失礼?!

旭宇和徐、刘二人有同好：集古与藏石；而我偏偏在这一点上又与他们三人一致，于是想不走动都不行，惦记。

其实交往到现在，大家都不约而同地写起字来。小放擅写大字；光耀则喜隶书，都造诣颇深。说到旭宇的字，我决定不置一词，因为他当过中国书法家协会两届副主席，也是河北省书协主席，他的鼎鼎书名掩去了诗名与藏名。这个色彩丰富的旭宇让我想起别林斯基一段名言：“什么是艺术的使命和目标？……用言辞、声响、线条和色彩把大自然一般生活的理念描写出来，再现出来：这便是艺术的唯一而永恒的课题！诗情的灵感是大自然创造力的反射……只有在理智和感情的和谐中才能够达到人的最高的完美境界！……诗人的天才越高，他就越能深刻而广泛地拥抱大自然。”（《别林斯基选集》第一卷）别林斯基讲到艺术的使命和目标，完成的手段是“用言辞、声响、线条和色彩”，如果我没有理解错的话，当是诗歌、音乐、书法与绘画。诗歌当然是泛指一切文学，书法是我加上的，因为俄罗斯好像没有书法这门艺术。可是别林斯基关于“深刻而广泛地拥抱大自然”的论断，我觉得用来评价旭宇非常贴切。

2011年，70岁的旭宇编著了一本十分有趣的书《江山多娇》，由河北美术出版社出版，副题是《白阳藏文案清供石集》，印数4000册。在浩如烟海的图书市场，此书籍无名，可是一旦你捧读之后，会被旭宇藏石的丰富与精美所震撼，也会被旭宇 50 余位诗友的才情与友情所折服。旭宇在《后记》里感谢了许多朋友。他这样写道：“在诗人们灵泉的灌溉下，诗与石结为一体，有了非凡的生命，有了智慧，有了亲情，有了向往。小小的一本文案清供集，竟凝聚了故国五千年的灿烂和生长在这灵地上李杜后来者的赤子真情。”

格外让我感念的是雷抒雁、韩作荣与贾漫3位诗友的热诚。抒雁写的是《飞天神曲》，贾漫写的是《北极之融》，还有韩作荣写的是《西风瘦马》。3位诗人如今已离我们远去。他们咏的石头不朽，他们的诗也永存。而这一切都应该感谢诗人兼藏石家、创意大师旭宇先生！

旭宇让我们热爱诗歌与生活；旭宇让我们感恩大自然与祖国母亲；旭宇使我们灵动而又淳朴；旭宇又让我们理解什么是友谊与真诚——从这个意义上说，年长我10岁的旭宇的确值得敬重。如今他人书俱老，炉火纯青，诚如他在写给自己的自题诗所云：“左肩是诗歌的太阳 / 右肩是书法的月亮 / 灵魂全天候照耀 / 生命在宣纸的积雪中 / 生长汉字的魔方。”好一个“灵魂全天候照耀”，这是诗心自觉与自信的自白，也是浸透了传统文化并悟出现代意象后的升华，旭宇正是这样的：

我就是那只紫毫
一条抖动的不老的长江

以我入诗，以己为笔，紫毫白阳，书写大江。旭宇旭宇，旭日东升的“旭”，响彻寰宇的“宇”。而那个曾经叫过“许玉堂”的燕赵汉子，该是别一种前生今世吧！

旭宇其人，值得认真研究，更耐反复探讨。

*此文系高洪波同志在“旭宇艺术研讨会”上的发言。

哀悼秦中吟同志

编者按：著名诗人，诗论家秦中吟同志，因病于2014年3月23日晚在银川逝世，享年78岁。秦中吟，原名秦克温，1936年生于宁夏平罗。长期担任《宁夏日报》记者部、文艺部高级编辑，中华诗词学会顾问，宁夏诗词学会、宁夏毛泽东诗词研究会会长，《夏风》诗刊主编，宁夏社科联学术委员。1995年加入中国作家协会。享受国务院颁发的政府特殊津贴。著述甚丰，先后出版有新诗集《飘香的黄土》《抓格者的情思》《黄河浪花》《秦中吟抒情诗》，旧体诗集《逆方吟草》《塞上新咏》《攀登兰山》，评论集《诗的理论与批评》《诗论新篇》《秦中吟文学评论集》，散文集《诗余纪事》，长篇小说《梅花开了杏花红》《一把手与千手观音》等。各类作品获宁夏及全国性奖30余次。

秦中吟同志是宁夏文学和诗词事业的重要组织者，为中华诗词的复兴、发展、繁荣做出了不可磨灭的特殊贡献。《诗国》同仁对于他的不幸逝世表示深切哀悼！

诗国社

郑伯农

挽秦中吟会长

兴诗社、创诗刊、育嘉树、开新局，朔方永记领潮者；　　解民心、抒民意、扬国魂、铸佳篇，华夏同吟正气歌。

李文朝

沉痛悼念秦中吟先生

秦中吟者逝才翁，泪雨悲风送远行。
莫道书生矜意气，高标逐上贺兰峰。

宣奉华

痛悼秦中吟诗长，寄慰李雪松大姐

一

黄河九曲浪千重，遥叩英灵泪雨濛。
不信吟翁骑鹤逝，贺兰屹立响诗钟。

二

三月沙湖柳色新，坡头琪树已成林。
朔方金岸千层绿，俱是诗翁不朽魂。

三

信是诗踪暂远游，五洲四海纵方舟。
京华昨夜潇潇雨，欲挽吟旌涕泪流！

杨金亭

挽诗人秦中吟（二首）

雄边谁谱大秦音，直面人生笔有神。
情满兰山歌未竟，花儿声咽哭诗魂。

卅载知音忆旧踪，沙坡头上逐驼铃。
黄河酬唱声犹在，梦接人天不老情。

星　汉

哭秦中吟先生

似与先生谈笑间，心头岂料倒春寒。
廿年情分山河老，千首诗词笔墨残。
挺立红尘知爽烈，辛劳紫塞共艰难。
今朝剩有三升泪，我寄飞云洒贺兰。

杨逸明

悼秦中吟先生

爬格遗文见素心，读来字字抵纯金。
铮铮不灭诗中骨，耿耿难忘塞上音。
笔带夏风常泼墨，泪随春雨每沾襟。
朔方一自君离去，谁伴黄河浪共吟？

赵京战

悼秦中吟先生

诗翁跨鹤水云间，始得逍遥一日闲。
碧宇茫茫回首望，夏风吹度贺兰山。

易　行

痛悼秦中吟诗长

3月27日夜，惊悉秦中吟先生病逝，悲痛惋惜而苦吟二绝以祭。

能不忆秦公？吟坛不老松。
贺兰折一角，化作太白星。

夜静悼诗成，行行赤子情。
更深谁伴我，吟到满天红？

张脉峰

挽诗翁秦中吟

廿载躬耕费苦辛，开荒拓土到如今。
黄河奔涌心头梦，金岸勤描塞上春。
长系中华兴古韵，深思吟苑创高新。
江南三月空拂柳，不见插枝播绿人。

忆秦中吟老师

清风出贺兰，勤勉未辞闲。
克己擎高帜，温文铸锦篇。
榴花结友谊，诗意望云天。
去夏相别后，炊烟塞外寒。

项宗西

痛悼秦中吟诗长

文苑深耕数十秋，朔方吟帜立潮头。
痛君西去几多泪，不尽长河滚滚流。

李增林

敬挽秦中吟同志（龙门对）

立足塞上，胸怀大地，感恩人民，时时壮怀激烈，婉转吟哦中华梦；　攀越兰山，放眼群峰，爱恋祖国，日日豪情勃发，引吭诵唱振兴歌。

魏康宁

怀念中吟老（二首）

黄水岸边柳，贺兰岭上松。
情牵塞北雨，心系六盘风。
诗似山泉涌，同如溪水清。
今生情未了，来世再吟衷。

塞北新苗壮，关中雨露清。
朔方成大业，华夏树秦风。
古韵吟边塞，新声唱风城。
先生离我去，风范驻心中。

吴淮生

哭克温

文苑论交五十秋，几回谈艺聚书楼？
雄章丽句篇篇在，短调长吟汩汩流。
翠柏立根黄土地，时名驰誉大神州。
哭君此去天堂路，好共青莲结伴游。

王正华

长相思·缅怀秦中吟诗友

朝也忙，夕也忙，写作编排献热肠。辛勤冠朔方。　　情满腔，义满腔，爱憎分明辞韵长。诗文感上苍。

闫云霞

天仙子·哭秦会长

欲借清词成一哭，隔天遂走人仙路。弥留未见几捶胸。炯炯目，铮铮骨，德艺双馨旗帜竖。　　敢问苍天人曷辜？损我文星将众负。难眠之夜念无穷，蝶梦逐，鹃花馥，正上兰山情愫故。

金缕曲·沉痛悼念秦中吟先生

莽莽兰山咽。夜阴沉、松涛怒吼，近清明节。初病观察与君话，不料竟成永别。传噩耗、如天崩裂。以会为家唯奉献，景和情、历历如何却？簌簌泪、淌难绝。　　惜诗如命心如铁。指吟鞭、引领边塞，岭巅摘月。爱国爱民诗千首，讴尽一腔热血。时呐喊、文兴兴国。雅韵传承传浩气，赞百年、风雨功勋业。励后学、不停脚。

张　嵩

哭恩师秦中吟先生

诗化飞舟逐月辉，谪仙约请共一杯。
世间清冷无别恨，天上欢欣少戒规。
浪漫人生书傲骨，豪情年代举旌麾。
骚坛环顾称师表，能有几人可树碑？

沉痛悼念张锲同志

编者按： 著名作家，中国作协原党组成员、副主席、书记处常务书记，《诗国》顾问张锲同志，因病于2014年1月13日在京逝世，享年81岁。著有长篇小说《改革者》、中篇小说集《爱情奏鸣曲及其他》、散文集《新潮集》、长诗《生命进行曲》、诗歌诗论选《鸿爪集》等。作品多次获奖。如长篇报告文学《热流》获第一届全国优秀报告文学奖，《改革者》获《当代》文学奖并被拍成电影，报告文学《在地球的那一边》获《十月》文学奖等。张锲同志四处奔走，多方呼吁，积极筹建中华文学基金会，终于在1986年6月得以成立，时任全国人大常委会委员长的万里出任名誉会长，中国作协主席巴金出任会长，张锲任副会长兼总干事，资助了一大批困难作家及作家遗属。他还先后创办了北京文采阁、深圳创作之家、《环球企业家》杂志等，以及“理解与友谊国际文学奖”“中美文化交流奖”“庄重文文学奖”“冯牧文学奖”“姚雪垠长篇历史小说奖”等等，为中国的文学事业做出了巨大贡献。

《诗国》创办之初，即得到了张锲同志的热情支持与宝贵指导，赐寄诗作。他不仅擅写新诗，而且精通格律。他的新诗《生命进行曲》，他的旧体诗、特别是爱情诗，一经发表，广受称赞。《诗国》同仁为失去这样一位杰出领导和优秀诗人而深感悲痛！

诗国社

张锲遗作·闽西行

小引：福建西部系革命圣地，红军长征出发地，是处有山皆绿，无水不清，风景绝佳。二〇〇六年秋末冬初，因参加海峡诗词笔会，到此一游，成七绝数首纪胜。

其一

红色江山血染成，闽西遍地育英灵。
夜来卧听风和雨，犹有刀枪喊杀声。

其二

无边竹海起狂涛，浪涌波翻胆气豪。
忽然一声传虎啸[①]，九天疑似落狂飙。

其三

梅花山上看梅花，老干临池影横斜。
我有心思向天诉[②]，与梅做伴永为家。

其四

山色青青草色青，闽西四季小阳春。
幽兰香送云天外[③]，开我心扉醉我魂，

注：①在竹林深处，管理者收养了老虎八九只。 ②梅花山顶有池，名天诉。 ③陈毅

有诗《闽西人》:“宁可手无篮，不可居无兰。”

杨金亭

挽张锲同志

青春草檄风雷笔，劫后京华领艺林。
道德文章存党性，雄图壮梦鉴冰心。
襟怀磊落关天下，翰墨风流贯古今。
蓬岛烟霞犹未散，放歌更唱最强音。

郑伯农

祭张锲

一

运笔惊文海，攻关结硕花。
呕心谋福利，作协好当家。

二

曾记狂飙起，犁庭扫落花。
心廉身自挺，何惧北风刮。

三

英魂何处去，访旧走天涯。
曾洒及时雨，神州尽绿芽。

李文朝

痛悼张锲名誉会长

《改革》潮头唱大风，基金又建助诗功。
《热流》今引千行泪，《生命》旗扬火样红。

注：长篇小说《改革者》、长篇报告文学《热流》和长篇诗歌《生命进行曲》都是张锲同志的代表性作品。张锲同志作为中华文学基金会的主要创办者和负责人给予中华诗词学会以大力支持。

梁　东

悼张锲

记得无眠夜，潮头鼓与呼。
江淮追一梦，华夏赋三都。
文苑翻新柳，冰心在玉壶。
长歌九回首，跨鹤走云衢。

冯立三

送张公锲
——仿乐府一百一十字

凛然一丈夫，慷慨著热流。
热岛三落泪，飞龙一望收。
结谊当代楼，白酒弄新愁。
王侯宁有种，韩信漂泊久。
天地有阴晴，且跳龙门口。
汗洒文采阁，大道白杨秀。
奖以重文名，文凭新星留。
倏忽三十载，天地两幽幽。
劬劳成功业，为政自无羞。
甘苦何人知，景超伴到头。

水关英雄笑，沙滩风雨稠。

雷　达

送别张锲先生

一生精力献文坛；满腔热血育新人。

郑伯农　李燕平

送别张锲老大哥

谱佳篇兴善举终日张而不弛；
追梦想克难关一生锲而不舍。

哲　夫

挽　联

生老病死人之常态，有为即美；
炎凉荣辱世之浮云，无悔即好。
横批：节亮风高

高洪波

悼念张锲

其一

半世坎坷风雷老将驾鹤去；
一生坦荡苍茫诗意浩难收！

其二

一生坦荡热心热血写热流；
半世率真竭诚竭力为文坛。

何志云

挽　联

亦师亦友亦兄长，公已西去；
同歌同哭同岁月，我惟无言。
横批：诗心永在（其一）
　　　铭念斯人（其二）

首届“清泉杯”《诗国》2014年度奖揭晓

由中国社会主义文艺学会主办的《诗国》，在香港知名诗人李清泉赞助支持下，首届“清泉杯”《诗国》2014 年度奖，近日在京揭晓。

荣誉奖 3 名：

周啸天《邓稼先歌》（古风，新五卷）

木　斧《成都记事·寂静（1931 年）》（新体诗，新七卷）

李树喜《清四家诗论漫评》（诗论，新七卷）

一等奖 3 名：

杨逸明《黄河壶口瀑布》（古体诗，新六卷）

峭　岩《奶奶与纺车》（新体诗，新五卷）

刘麒子《座右吟》（新古体诗，新七卷）

二等奖 5 名：

王永桂《兰妻吟（十二首）》（古体诗，新五卷）

王治华《鹧鸪天·赞青松—献给中国共产党》（古体词，新五卷）

丁　芒《曹雪芹饮贫》（新体诗，新五卷）

黄克明《袅袅炊烟》（新体诗，新六卷）

侯孝琼《自由曲·狗年自嘲》（新古体诗，新五卷）

三等奖 12 名：

冯刚毅（澳门）《己丑端午追怀屈子（七言排律）——应屈原故乡湖南溴寿之邀作》（新古体诗，新五卷）

刘柏青（广东）《咏梅（八叠）——奉和古求能诗长》（古体诗，新五卷）

星　汉《癸巳夏兰州雨中看黄河》（古体诗，新六卷）

李谷虚《咏小溪》（古体诗，新七卷）

马晋乾《田野上的童话》（新体诗，新六卷）

王少欧《腊梅花的留言》（新体诗，新八卷）

孙　智《牛的寓言》（新体诗，新八卷）

邢海兵《裁剪雨》（新体诗，新七卷）

傅　实《登山》（新体诗，新五卷）

太行石《某新贵曲》（新古体诗，新六卷）

高　平《哀诗坛》（新古体诗，新八卷）

金　陵《论诗》（新古体诗，新七卷）

诗论奖5名：

张器友《贺敬之在建设新诗体方面的贡献》（新七卷）

张国鹄《小议“诗”与“痴”》（新八卷）

毕振东《浅论元曲艺术特色》（新五卷）

刘润为《清新刚健　自成一家》（新七卷）

武正国《作诗须有我》（新五卷）

优秀奖30名：

李葆国《蒲津渡铁牛》（新七卷）、水虎英雄《伞》（新七卷）、周峙峰《忆鞭挞之辱》（新八卷）、冯树良《鹧鸪天·红日》（新七卷）、王跃农《鹧鸪天·骆驼》（新六卷）、陈秀新《六十抒怀》（新六卷）、墨花飞舞《回家》（新七卷）、刘如姬《感事》（新七卷）、蒋泰材《假物咏“文革”人物·松（周）》（新八卷）、邹积慧《东方第一哨》（新六卷）、巫志文《苍鹰》（新七卷）、伍锡学《微型小说词选·水调歌头·毛狗治病》（新五卷）、叶晓山《抗美援朝诗选·哭英雄》（新五卷）、白云瑞《槐下独坐》（新七卷）、丁伟超《野菊》（新六卷）（以上古体诗作者15名）。

许烟华《大多数的石头》（新八卷）、唐德亮《神女，我已爱你三千年》（新六卷）、张浩《兵马俑》（新五卷）、钟春葆《莲》（新七卷）、王海娜《观海钓》（新七卷）、刘月映《老牛》（新八卷）、严羽《晨别》（新六卷）（以上新体诗作者7名）。

桂平《瘦西湖春夜曲》（新八卷）、蔡丽双（香港）《清丽双臻·诗人节感怀（自度词）》（新七卷）、毛锜《蟾宫乐——看十四晚登月电视直播》（新六卷）、陈英高《忆少年耕读》（新八卷）、杨子忱《东北乡音》（新五卷）、刘陶枢《望夫石》（新八卷）（以上新古体诗作者6名）。

王玉树《学诗手札》（新五卷）、石理俊《绝句的结构艺术》（新八卷）（以上诗论作者2名）。

说明：

经评委会讨论决定：①增设荣誉奖3名；②孙智、邢海兵、傅实总分均为575分，3人并列三等奖，使原定三等奖10名增至12名。

评委会主任杨金亭，以及评委郑伯农、成志伟、王平、赵安民、朱先树、丁国成等，他们评奖严肃认真，做到公平公正，对初评匿名诗文打分，按得分多少评出获奖诗文。

（史迅）

首届“清泉杯”《诗国》2014年度奖评委会

主　任：**杨金亭**　《诗刊》原副主编，中华诗词学会原副会长现顾问、中华诗词研究院顾问、《中华诗词》原主编现顾问，《诗国》顾问

评　委：**郑伯农**　中国作家协会原党组成员、现名誉委员，《文艺报》原总编，中华诗词学会原代会长现驻会名誉会长，《中华诗词》主编，《诗国》顾问

成志伟　中宣部文艺局原副局长，中国艺术文化普及促进学会副会长

王　平　中国书籍出版社社长兼总编辑，《新阅读》杂志社社长兼总编辑，《诗国》编委会副主任

赵安民　中国书籍出版社副总编辑，国际易学联合会理事，《诗国》编委会副主任

朱先树　《诗刊》原三编室主任、刊授学院教务长、现编委，《诗国》主编

丁国成　《诗刊》原常委副主编，中国作协名誉委员，中华诗词学会原副会长现顾问，《中华诗词》副主编，《诗国》主编

“诗国新疆土，大可立汉帜”（陈毅）
“清泉杯”《诗国》2015 年度奖征稿、征订启事

为了促进诗歌繁荣、诗论发展，著名香港诗人李清泉先生慷慨赞助，特与《诗国》合作，设立“‘清泉杯’《诗国》年度奖”，每年举办一届。评奖不收费，本着法眼、公心、铁面原则，做到公平、公开、公正评奖，接受社会监督。

一、评奖范围：

（1）面向海内外广征诗歌、诗论，内容健康，形式不限。（2）《诗国》2015 年刊发的所有诗文。（3）只是本刊顾问、编委、工作人员诗文除外。

二、奖项设置：

（1）诗歌奖，包括古体诗、新古体诗、新体诗，一等奖 3 名，奖金 2000 元；二等奖 5 名，奖金 1000 元；三等奖 10 名，奖金 500 元；优秀奖 30 名，奖金 100 元。（2）诗论奖 5 名，奖金 2000 元。所有奖项，均发获奖证书和纪念品。

三、征稿时间：

（1）从 2014 年 9 月 30 日开始，至 2015 年 9 月 30 日截稿，以邮戳为准。此后来稿，作为下一年度参评。古体诗、新古体诗及诗论请寄：100021 北京朝阳区华威北里 48 号楼 307 室丁国成主编（15811555238）；新体诗及诗论请寄 100011 北京安定门东河沿 8 号楼 2006 室　朱先树主编（13671204720）。短诗限寄 5 首，长调限寄 3 首，并在首页写清作者姓名、详址、邮编、手机号码！

四、评奖办法：

（1）初评组选出入围作品，匿名编号。（2）名家组成的终评委分头打分，按得分多少评出获奖诗文。（3）评奖结果在 2015 年底《诗国》公布。

本《征稿启事》长期连年有效（《诗国》每年 4 卷，好诗美文多于同类书刊。由中国书籍出版社公开出版，每卷定价 45 元，全年优惠价 150 元。联系人：彭震萍社长 13264251077、丁国成可订刊）。邮箱 pengzp@126.com，可转稿。

中国社会主义文艺学会诗国社